계 용 묵
작품선집

계용묵 작품선집

발행일   2017년 10월 27일

지은이   계 용 묵   엮은이   편 집 부
펴낸이   손 형 국
펴낸곳   에세이퍼블리싱
편집인   선일영   편집   이종무, 권혁신, 전수현, 최예은
디자인   이현수, 김민하, 한수희, 김윤주   제작   박기성, 황동현, 구성우
마케팅   김회란, 박진관, 김한결
출판등록 2004. 12. 1(제2012-000051호)
주소   서울시 금천구 가산디지털 1로 168, 우림라이온스밸리 B동 B113, 114호
홈페이지 www.book.co.kr
전화번호 (02)2026-5777   팩스   (02)2026-5747

ISBN   979-11-88645-01-5 04810   978-89-6023-773-5 04810(세트)

에세이퍼블리싱은 (주)북랩의 문학 전문 브랜드입니다.

일제강점기 한국현대문학 시리즈

035

민중문학의 효시 '백치 아다다' 외 소설과 수필 47선

계용묵
작품선집

계용묵 지음 | 편집부 엮음

ESSAY

목차

Part 2.
수필

일러두기

1. 〈일제강점기 한국현대문학 시리즈〉로 출간하는 한국 근현대 작품집은 공유 저작물로 그 작품을 집필하신 저자의 숭고한 의지를 받들어 최대한 원전을 유지하였다.

2. 오기가 확실하거나 현대의 맞춤법에 의거하여 원전의 내용 이해에 문제가 없을 정도의 선에서만 교정하였다.

3. 이 책은 현대의 표기법에 맞춰서 읽기 편하게 띄어쓰기를 하였다.

4. 이 책은 원문을 대부분 살려서 옛글의 맛과 작가의 개성을 느끼도록 글투의 영향이 없는 단어는 현대식 표기법을 따랐다.

5. 한자가 많이 들어간 글의 경우는 의미 전달이 어려운 경우에 한해서 한글 뒤에 한자를 병기하여 그 뜻을 정확히 했다.

6. 이 책은 낙장이나 원전이 글씨가 잘 안 보여서 엮은이가 찾아 볼 수 없는 경우에는 굳이 추정하여 쓰지 않고 원전의 내용을 그대로 살렸다.

7. 중학생 수준의 독자가 이해하기 어려운 단어, 어휘에 대해서는 본문 밑에 일일이 각주를 달아 가독성을 높였다.

8. 단편소설은 발표연도 순으로 엮었다.

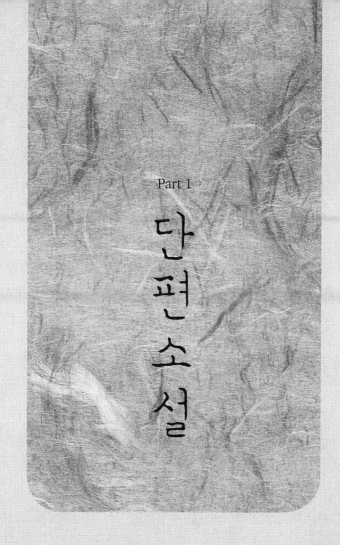

Part 1

단편소설

상환(相換)

밤 열두 시가 훨씬 넘은 때이다. 창수는 두근거리는 가슴을 느낄 여지도 없이 발에 채찍질을 하여 두 주먹을 부르쥐고 부리나케 집으로 돌아왔다.

대문을 들어선 그는 놓이는 마음보다 졸이는 마음이 더하였다. 허리와 등 그리고 목까지 들썩거린다. 땀은 비 오듯 맺혀 떨어진다. 손과 다리는 푸들푸들 떤다. 숨은 하늘에 닿았다.

쿵쿵거리는 발소리에 놀라 깨인 창수의 아내는 그 쿵쿵거리는 소리가 '찌궁' 하는 대문 소리와 같이 멎고 아무 인적이 없음을 이상하게 여기어 등잔에 불을 켜놓고 의복을 추려 입었다.

'쿵' 하는 소리가 토방 위에서 나자 문고리 소리와 같이 문이 열리고 창수가 들어선다.

창수는 마치 도깨비에게 홀리운 사람 같았다. 전 같으면 점잖게 곤두기침을 서너 번 하고 들어설 그가 오늘 저녁에는 웬일인지 인적도 없이 들어와서 둘레둘레 사방을 살피기만 하고 아무 말이 없다.

어쩐 셈인지는 모르나 무슨 일은 단단히 있는 사람이다. 웬 입성은 물에 빠졌다 나온 사람 모양으로 땀에 쥐어짜고 얼굴에서는 김이 물물난다. 한참 만에 겨우 정신을 차린 듯이 한숨 한 번을 길게 쉬고 길머리에 그대로 주저앉는다. 아내는 쿵쿵거리는 소리에 울렁거리는 가슴은 다 까라지고 이제는 남편의 이상한 태도에 대신하였다. 그리고 아까 쿵쿵거리던 소리가 남편의 발소린 줄은 알게 되었다.

너무도 뜻밖의 일이라 아내는 어쩐 영문인지를 몰라 멍하니 앉아 있는 남편을 한참 바라보다가 "왜 그리우, 무슨 일이 났소?" 하고 물었다.

"가, 가마……."

"가, 가마…… 라니요 왜 그래요?" 하고 재차 묻는 아내의 목소리는 떨렸다.

"글쎄. 가, 가마……."

"왜 말을 못 하시우. 아이구, 무슨 일이야……." 하고 다시 힘 있게 재차 묻는 아내의 눈에는 안개같이 뿌얀 눈물이 어리었다. 그리고 쏟아졌다. 한참 동안 말이 없었다. 아내의 눈에서는 여전히 눈물이 줄이어 나왔다.

아내가 무엇을 생각하는 모양이더니 흐르는 눈물을 치마 고름으로 문지르며 부엌으로 나가 커다란 자배기에 냉수를 느짓느짓하게 길어서 들어와 손발을 씻어 주었다.

이것은 여편네들이 흔히 하는 까무러친 데는 유일의 양약으로 알기 때문이었다. 그리고 남편을 끌어다 아랫목에 눕히고 얇지 않은 이불을 덮어 주었다. 그리고 그 옆에서 아내는 남편의 손과 발을 주무르며 밤이 새도록 지켜 앉아서 동정을 살피었다. 그러나 동정을 알 수 없었다. 그 후에 남편은 이어 잠이 들기 때문에……

그 이튿날 아침이다. 장밋빛 해가 그리 훨씬을 나오지 못한 때이다. 그때 "창수! 창수!" 하고 대문 앞에서 창수를 부르는 사람이 있었다.

"전에 없이 이 이른 아침에 누가 찾을까. 어제저녁에 기어이 무슨 일이 났구나." 하고 아내는 속으로 중얼거리며 미닫이를 열고 "누구요?" 하고 물었다.

"창수 계시나요?"

"네, 계시긴 합니다만 갑자기 두통으로 꼼짝 못 하고 누웠습니다. 누군가요?"

"이 아래 동리에 사는 김홍득(金弘得)이라는 사람인데요, 긴급히 좀 볼일이 있어서요. 정 꼼짝 못 하시거든 저녁때 찾아오마고 말씀드려 주시오. 그럼 갑니다."

"네, 그러리다. 안녕히 내려가시우." 하고 아내는 그 사람을 보냈다. 창수는 아직도 이불 속에서 일어나지는 않았으나 어젯밤 증세는 멎었다. 멀거니 눈을 뜨고 지금 김홍득이가 찾아와서 하던 이야기도 다 들었다.

그러나 속으로 무엇이 간지러운 듯이 조마조마하다는 기색을 얼굴에 드러내놓고 눈을 게슴츠레하고 있었다.

아닌 게 아니라 홍득의 말소리를 듣기만 하여도 치가 떨릴 터인데 이 아침에 찾아까지 와서 긴급한 볼일이 있다고 함에는 창수의 마음이 아니 간지러울 수가 없다.

창수는 속으로 '야, 큰일이다. 어떻게 난 줄을 알까?' 하는 생각과 아울러 두근거리는 가슴은 금할 수 없었다. 그리고 그는 또 저녁때 찾아온다 하였다.

'아! 찾아오면 어떻게 말을 하여야 할까. 단녕 난 줄은 아는 이상 그런 일은 절대 없다고 부정할 수도 없고. 아! 어쩌면 좋단 말이냐? 큰일이다. 그러나 나를 잡지는 못하였으니 아니라고 그냥 우겨볼까? 그러나 또 그것이 탄로가 되면 그때에는 진작 자백을 하고 지나던 것만도 못할 것이요. 아! 모르겠다. 되는대로 대답을 하자. 하다가 탄로가 되면 되고. 그러나 우겨볼 일이다. 그렇다. 될 수 있는 대로는 우기리라.'

하고 그는 한숨 한 번을 후, 내쉬고 무어라고 한참 생각하더니

'뛰는 것도 좋다. 그가 저녁에 찾아오기 전 어디로 몸을 감추었다가 형님을 찾아 봉천으로 뛰리라. 그렇다. 그것이 상책이다. 그러면 아내는 어떻게 하여야 할까. 데리고 가자니 여비가 없고 만일 데리고 간다 하면 그때에는 무엇을 할 것인가. 형님과 같이 농사를 짓자. 그러나 농사 바탕은 있을까. 아니다, 아니다. 그러면 이 방성 일판에서는 나를 가지고 목이 붉어지도록 욕을 하리라. 야성(野性)을 가진 개 같은 놈이라고. 아니, 아니 내가 왜 어젯밤에 그곳엘 갔을까. 유부녀 강간, 아! 그것은 차마 못 할 짓이다'

라고 순서 없이 또다시 속으로 중얼거리며 초조하다는 듯이 벌떡 일어나 헝겊 지갑에서 장수연(長壽煙)을 꺼내어 곰방대에 붙여 물고 눈을 감았다, 떴다 하면서 무슨 묘계를 또다시 생각하는 모양이다.

창수의 일어나는 꼴을 본 그 아내는 잃었던 남편을 찾은 듯한 어떻다고 할 수 없는 반가움에 남편의 곁으로 바싹 다가앉으며 얼굴에 웃음을 띠우고,

"이제 좀 나신 게외다. 어젯밤 일을 기억하십니까?" 하고 물었다. 창수는 귀찮다는 듯이 턱을 가슴에 붙이고 머리를 벅벅 긁으며,

"어젯밤 일이란 무엇이야?"

"그럼, 어젯밤에 정신을 도무지 몰랐습니다그려. 그런데 들으셨겠지마는 아침에 김홍득이라는 사람이 찾아왔으니 무슨 만날 일이 계시우? 무슨 긴급한 일인지 매우 긴급한 일이라 하면서 저녁때 오겠다고 합니다그려."

"일이야 무슨 일은 없어. 아니 그런데 마누라 우리 봉천 가서 살아 보지 않을까?"

"아니 그게 무슨 소리요. 어두운데 홍두깨도 분수가 있지 웬 뚱딴지로 봉천은 무어요?"

"글쎄, 이 말이 어두운데 홍두깨 푼수도 되네만은 여기서야 살 수가 있어야지. 연년이 흉년에 지금 빚이 얼마인지 자네 아나? 삼천 냥이야! 삼천 냥(三白圓)." 하고 아내를 노려보더니 다시 말끝을 이어,

"내년까지 흉년이 들면 거랭이밖에 그래서 더할 것이 있을 줄 아나?" 하고 급하다는 듯이 아내를 쳐다본다.

"글쎄 그렇지 않은 것은 아니지만, 이곳을 어떻게 떠나요?"

"떠나면 떠나지 어떻게도 있나?"

창수의 말이 채 떨어지기 전에 새삼스럽게 무엇을 생각한 듯이,

"그럼 김홍득이라는 사람하고 봉천 가자는 약속이 있었습니다그려. 옳지, 그런 게야……."

창수는 김홍득이라는 말을 듣고는 아무 말이 없이 또다시 턱을 가슴에 대고 무엇을 생각하더니 벌떡 일어서 밖으로 나갔다. 나서는 그의 발부리는 무슨 결심이 있는 듯 힘이 있어 보이었다.

저녁때라는 때는 되었다. 분선에서는 아침 모양으로 "창수! 창수!" 하고 또 부르는 소리가 난다. 창수의 아내는

"또 왔구나! 김홍득이가." 하고 부엌에서 가시를 닦다가 물 묻은 두 손을 행주치마 앞자락에 문지르며 벽문 턱을 나서 고개를 대문으로 갸우듬하게 돌리고,

"지금 곧 나가셨습니다."

무어라고 입안말로 볼 부은 소리로 중얼거리더니

"어디로요?"

"어디론지 말하지 않고 갔어요."

아! 그놈 놓쳤구나, 하는 듯이 고개를 끄덕끄덕하며 먼 산을 바라보고 한참 주저하더니 돌아서 나간다. 나가는 홍득의 발에는 거름풀이 적셔졌다.

어느덧 해는 서산 너머로 기어들고 온누리는 붉으레한 황혼의 품속에 안기어 버렸다.

밥을 지어 놓은 창수의 아내는 들어올까 들어올까 하고 기다리다 못하여 가까운데 사람이 보이지 않을 만치 어두워질 때까지 대문 지두리에 비켜서서 남편이 들어오기를 기다렸다. 그러나 들어오지 않았다. 그날 밤에도 기다렸다. 그 이튿날도 기다렸다. 한 달 두 달이 되도록 창수의 그림자는 보이지 않았다.

봉천을 갔나 하고 조카에게로 편지까지 하여 보았으나 회답이라고 오는 것은 모두 재미없는 회답이었다.

창수가 떠난 지 사흘 만에 그 동리에는 이러한 소문이 퍼졌다. 홍득의 아내하고 창수하고 어디로 도망을 하였다고……

이 일이 난 후에 홍득은 아내를 찾으려고도 아니하고 "세상이란 이렇구나." 하고 픽 웃었다.

홍득의 아내와 창수의 그림자가 사라진 지 석 달 만에 이 동리에

는 이러한 소문이 또 들리었다. 창수의 아내하고 홍득이하고 한날한
시에 없어졌다고…….

　그러나 그 후에는 그들의 소식을 아는 사람은 하나도 없었다. 지
금껏 그들의 소식은 막연하다.

최 서방(崔書房)

새벽부터 분주히 뚜드리기 시작한 최 서방네 벼 마당질은 해가 졌
건만 인제야 겨우 부추질이 끝났다. 일꾼들은 어둡기 전에 작석을
하여 치우려고 부리나케 섬몽이를 튼다.

그러나 최 서방은 아침부터 찾아와 마당질이 끝나기만 기다리고
우들 부들 떨며 마당 가에 쭉 늘어선 차인꾼들을 볼 때 섬몽이를
틀 힘조차 나지 않았다. 그는 실상 마당질 끝나는 것이 귀찮다느니
보다 죽기만치나 겁이 난 것이다.

그것은 하루에도 몇 번씩 찾아와 호미값(胡米價)이라 약값(藥價)이라
하고 조르는 것을 벼를 뚜드려서 준다고 오늘내일하고 미뤄오던 것
인데 급기야 벼를 뚜드리고 보니 그들의 빚은 갚기는커녕 송 지주의
농채도 다 갚기에 벼 한 알이 남아서지 않을 것 같아서 으레 싸움
이 일어나리라 예상한 까닭이다.

"열 섬은 외상 없이 나지?"

사랑 툇마루 위에서 수판을 앞에 놓고 분주히 계산을 치고 앉았
던 송 지주는 이렇게 물었다.

"열 섬이야 아마 더 나겠지요."

최 서방은 열 섬이 못 날 줄은 으레 짐작하지만, 일부러 이렇게 대답을 했다.

"글쎄……, 그러고 벼는 충실하지?"

지주는 놓았던 주판알을 떨어버리고 마당으로 내려와 들여놓은 벼를 여물기나 잘하였나 하고 시험 삼아 한 알을 골라 입 안에 넣고 까보았다.

"암, 충실하고 말고요. 이거야 소문난 번데요."

이것은 일꾼 중에 한 사람의 이야기였다.

섬몽이 틀기는 끝이 나고 이제는 작석이 시작되었다. 차인꾼들은 제각기 적개책을 꺼내어 든다.

"십오 원이니 섬 반은 주어야겠소."

호미값 차인꾼이 한 섬을 갓 되어 놓은 벼를 가로 깔고 앉으며 이렇게 말을 건넨다.

"글쎄, 준다는데 왜 이리들 급하게 구오."

최 서방은 또 한 섬을 묶어 놓았다.

"오 원이니 나는 반 섬이면 탕감이 되오."

이것은 포목 값(布木價) 차인꾼이 들채는 소리였다.

"섬 반이고 반 섬이고 글쎄 벼를 팔아서야 돈을 갚아도 갚지 있는 벼가 어디로 도망을 치겠기에 이리들 보채오."

최 서방은 우선 이렇게밖에 대답할 수 없었다.

"벼자 돈이고 볏값도 빤히 금이 났으니 어서들 갈라주소. 괜히 이 치운데 어둡기나 전에 가게."

약값 차인꾼은 이렇게 말을 붙이고 또 한 섬을 깔고 앉는다.

"여보, 그것이 무슨 버릇들이오. 남의 벼를 그렇게 함부로 깔고 앉으니."

"그리기 날래들 갈라주어요."

"글쎄, 팔아서야 준다는데 무얼 갈라 달라고 그래요."

"그러면 그럼 오늘도 안 주겠다는 말이요, 말이."

"안 주겠다는 게 아니라 벼를 팔아서 주마, 하는데 되어 놓는 족족 한 섬씩 덮쳐 깔고 앉으니 어디 체면이 되었단 말이요, 그럼."

"그래 오늘내일하고 속여온 당신의 체면은 그래서 잘됐단 말이요, 그래."

"오늘이야 글쎄 벼를 팔아야지요."

"그럼 오늘도 정말 안 줄 테요?"

"아니 못 주지요."

"정말."

"정말 아니고."

"정말."

"정말이야 글쎄."

"정말이야 글쎄가 무어야 이 자식."

호미값 차인꾼은 분이 치밀어 푸들푸들 떨리는 주먹을 부르쥐고 최 서방의 턱 앞으로 바싹 다가섰다. 그리고 주먹을 훌끈 내밀었다. 최 서방은 '히' 하고 뒷걸음을 쳤다. 그러나 아무 반항도 안 했다.

작석은 또한 끝이 났다. 열 섬을 믿었던 벼는 여덟 섬에 그치고 말았다. 송 지주는 그것 가지고는 청장이 빳빳하다는 듯이 머리를 흔들며,

"이번에도 회계가 채 안 되는군. 모두 오십이 원인데." 하고 다시

계산을 틀어 본다.

"어떻게 그렇게 되오."

최 서방은 자기의 예산과는 엄청나게 틀리다는 듯이 깜짝 놀라며 이렇게 반문했다.

"원금이 사십 원에 이자를 십이 원 더 놓으니까."

"무어 그 돈에다 이자까지 놓아요?"

"이자를 안 놓으면 어쩌나. 나도 남의 돈을 빚낸 것인데."

"그렇다기로 이자는 제해 주세요."

"그 돈으로 자네 부처가 일 년이란 열두 달을 먹고 산 것인데 변을 안 물단 게 안 돼, 안 돼, 건."

그는 엉터리없는 수작이라는 듯이 '안 돼' 하는 '돼' 자에 힘을 주었다. 최 서방은 보통의 농채(農債)와도 다른 이물푼삯[1]에 고가의 이자를 지우는 데는 젖먹던 밸까지 일어났으나 송 지주의 성질을 잘 아는 그는 암만 빌어야 안 될 줄 알고 아예 아무 말도 안 했다. 실상 그는 말하기도 싫었던 것이다.

"그러니까 태반이 넉 섬씩이지. 한 섬에 십 원씩치고도 모자라는 십이 원을 어쩌나? 오라 가만있자, 또 짚이 있것다. 짚이 마흔 단이니까 스무 단씩이지. 그러면 한 단에 십 전씩 치고 이 원, 응응 겨우 우수떼논 그래 십이 원은 어쩔 테야?"

그는 최 서방이 그리 해주겠다는 승낙도 얻지 않고 자기 혼자 이렇게 결산을 치고 다짜고짜로 일꾼들을 시켜 한 섬도 남기지 않고 모두 자기네 곳간으로 끌어들였다.

---

1) 인수세(引水稅).

행여나 벼로나 받을까 하고 온종일 추움에 떨면서 깔고 앉았던 볏섬을 놓아준 차인꾼들은 마치 닭 쫓아가던 개가 지붕을 쳐다보는 격으로 눈들만 멀뚱멀뚱하여 어쩔 줄을 모르고 멀거니 서서 송 지주의 분주히 왔다 갔다 하는 꼴만 쳐다보고 있었다.

그들은 한껏 분하면서도 우스웠다. 그래서 하하, 하고 웃었다. 그러나 다시,

"돈 내라, 이놈아."

"오늘 저녁에 안 내면 죽인다."

"저렇게 속이기만 하는 놈은 주먹맛을 좀 단단히 보아야 아마 정신이 들걸." 하고 제각기 이렇게 부르짖으며 달려들었다. 그것은 마치 이제는 돈도 받기 글렀는데, 그사이에 품 놓고 다니던 분풀이로나 때워버리려는 듯하였다.

그들은 골이 통통히 부어서 갖은 욕설은 거들며 덤비었다. 호미값 차인꾼은 최 서방의 멱살을 붙잡았다.

"놓아. 이렇게 붙잡으면 누굴 칠 테야."

최 서방은 이제는 팔아서 준단 말도 할 수 없었다.

"못 치긴 하는데 이놈아."

호미값 차인꾼은 최 서방의 귀밑을 보기 좋게 한 개 갈겼다. 약값 차인꾼과 포목 차인꾼도 각각 한 개씩 갈겼다.

"아이."

최 서방은 뒤로 비칠비칠하며 전신을 떨었다. 그리고 당연히 맞을 것이라는 듯이 아무런 반항도 안 했다.

"돈 내라, 이놈아."

호미값 차인꾼은 이번에는 불두덩을 발길로 제겼다. 여러 차인꾼

도 또한 같이 제겼다.

"아이고."

최 서방은 기절하여 번듯이 뒤로 나가 넘어졌다. 넘어진 그의 코에서는 피가 흘렀다. 추움에 떨던 차인꾼들은 땀이 흠뻑 났다.

최 서방은 죽은 듯이 넘어진 그대로 여전히 누워 있었다. 한참 만에 그는 알뜰히 아픔을 간신히 참는 듯이 얼굴을 찡그리고 이빨을 뿌득뿌득 갈며 손을 허우적거렸다. 그리고 불두덩을 한 손으로 움켜쥐고 간신히 일어섰다. 그의 일어선 자리에는 코피가 군데군데 빨갛게 물들어 있었다.

그가 완전히 걸어 막살이를 찾아 들어갈 때 날은 벌써 새까맣게 어두워 있었다.

최 서방에게 있어서 여름내 피땀을 흘리며 고생하여 벌어놓은 결정이라고는 오직 죽도록 얻어맞은 매가 있을 뿐이다. 그 밖에는 아무러한 것도 없었다.

그는 밤이 깊도록 오력을 잘 못 썼다. 더구나 불두덩이 아파서 잘 일지도 못했다. 그는 이렇게 남 못 보는 고초를 맛보지만, 어느 뉘더러 호소할 곳도 없었다. 있다면 오직 사랑하는 아내가 있을 뿐밖에 다만 자기 혼자서 아파할 따름이었다.

그는 참으로 불쌍한 사람이었다. 이같이 불쌍한 처지에 있는 소작인(小作人)이 이 나라에 가득 찬 것이 그것이지만 그 중에도 최 서방처럼 불행한 처지에 앉은 사람은 별로 없을 것이다. 이렇게 그가 불행한 처지에 앉게 된 원인은 오직 단순한 두 가지가 있을 뿐이다.

하나는 악독한 독사(毒死) 같은 지주를 가졌다는 것이요, 하나는 그가 본래부터 성질이 착하다는 것이니, 모든 사람은 정의와 인도를 벗어나 남의 눈을 감언이설로 속여 가며 교활한 수단으로 목숨을 연명하여 가지만 이러한 비인도적이요 비윤리적인 행동에는 조금도 눈떠보지 않은 그에게는 밥이 생기지 않았다.

이따금 밥을 몇 끼씩 굶을 때는 도적질이란 것도 생각해 본 적이 한두 번이 아니었지만 이런 것을 생각할 때마다 비인도적이라는 것이 번개처럼 머리에 번쩍 떠오르곤 하여 그는 차마 그를 실행하지 못하였던 것이었다.

그가 이같이 착하니만치 그 반면에는 악독한 지주가 있어 이렇게 불쌍한 그의 피를 또한 빨아내는 것이었다.

예년은 말고 금년 일 년만 하더라도 이 동리 앞 벌판에 지독한 가뭄이 들어 모두 볏모를 말려 죽이다시피 하였지만 송 지주의 작인치고도 오직 최 서방 하나만이 인력으로는 도저히 인수할 수 없는 물을 빚을 얻어가며 펌프를 세내어 물을 한 방울 두 방울 빨아올리게 하여 볏모를 꾸준히 구하여 온 것이었다.

이렇게 그는 오직 살겠다는 생존욕에서 남 아니하는 고생을 하여 가며 남 못 하는 수확을 하였지만 '수확'이라는 것을 걸금 주었던 송 지주의 빚이라는 것이 고가의 이자까지 쓰고 나와 그로 하여금 도리어 가해를 지게 하여 그들이 피땀의 결정은 결국 송 지주네 고방으로 들어가게 된 것이었다. 그리고 보니 그는 당장에 먹을 것이 없는 것이라 농사를 지어 줄 셈 치고 안 쓸 수 없어 사소한 용처를 외상으로 맡아 썼던 것이 일이 이렇게 되고 보니까 차인꾼들한테 매를 얻어맞는 경우에까지 이른 것이었다.

실상 그들의 빚은 송 지주의 그것과는 다른 관계로 감사히 절하고 갚아야 하건만 더구나 호미값이란 잊을 수 없었다.

이 지방 풍속에 으레 소작인이 먹을 것이 없으면 추수를 할 때까지 식량을 지주가 당해 주는 법이건만 유독 송 지주만은 먼저 당해 준 식량에 고가의 이자를 끼워 계산을 틀어가다가 추수에 넘치는 한이 있게 되면 예사로 그때에는 잡아떼고 작인들은 굶어 죽든지 말든지 그것을 상관하지 않고 다시는 주지 않는 것이었다.

그래서 금년에 최 서방은 사흘이라는 기나긴 여름날을 굶다 못해 이전부터 친분이 있던 그 고을에서 호미 장사하는 사람을 찾아가서 그런 사정을 말하였다. 그도 가난을 겪어본 사람이라 지극히 불쌍히 여겨 호미를 두 포대나 맡아준 것이었다. 그래서 최 서방네 내외는 주린 창자를 회복시켜 오늘까지 목숨을 이어온 그러한 호미값이었다.

그런데 그는 오늘 마지막으로 뚜드린 벼를 지주의 권력에 못 이겨 이 아닌 추운 겨울에 쫓겨날까 두려워 호미값을 미리 끊어주지 못하고 그의 빚에 그만 탕감을 치워 버린 것이었다.

최 서방은 지금 불김이 기별도 하지 않는 차디찬 냉돌에 누워서 발길에 챈 불두덩과 주먹에 맞은 귀밑이 쑤시고 저림도 잊어버리고 불덩이같이 뜨거운 햇볕이 내리쪼이는 들판에서 등을 구워 가며 김 매는 생각과 오늘 하루의 지난 역사를 머릿속에 그리어 본다.

'나는 왜 여름내 피땀을 흘리며 김을 매었노. 그리고 호미값을 왜 미리 못 끊어 주었을꼬. 송 지주는 왜, 그렇게 몹시도 악할꼬. 나는 왜 그리 약한고, 나는 못난이다. 사람의 자식이 왜 이리 못났을까? 그런데 차인꾼들은 나를 왜 때렸노, 그들은 너무도 과하다. 아니, 아니 그런 것이 아니다. 그들도 밥을 얻기 위하여 나와 그렇게 피를 보게 싸웠던 것이다.

그들은 내가 피땀을 흘리며 여름내 농사를 짓는 것과 조금도 다름이 없이 그래야만 입에 밥이 들어오기 때문일 것이다. 아니 그들은 농작이 없어 농사도 짓지 못하고 막벌이로 품팔이로 저렇게 남의 돈을 거두어 주고 목숨을 붙여가는 그들이 나보다 도리어 불쌍하다.

나는 조금도 그들을 욕할 수 없다. 야속하달 수 없다. 그러나 지주네들은 왜 아무러한 노력도 없이 평안히 팔짱 끼고 뜨뜻한 자리에 앉았다가 우리네의 피땀을 온 송이째로 들어먹을까, 암만해도 고약한 일이다.

금년만 하더라도 우리 부처가 얼음이 갓 녹아 차디찬 종아리를 찢어내는 듯한 봄물에 들어서서 논을 갈고 씨를 뿌렸으며 불볕이 푹푹 내리쬐는 볕에 살을 데여가며 물 푸고 김매고 가으내 단잠 못 자고 벼 베기와 싯거리 질며 겨우내 추움을 무릅쓰고 굶어가며 마당질을 하였는데 우리는 한 알도 맛보지 못하고 송 지주네 곳간에 모조리 들여다 쌓았것다. 괘씸한 일이다.

그리고 우리 부처가 이렇게 노력을 할 때 송 주사는(그는 늘 송 지주를 송 주사라 부른다) 긴 담뱃대 물고 뒷짐을 지고 할 일 없어 술 먹고 장기 두고 더우면 그늘을 찾고 추우면 뜨뜻한 아랫목에서 낮잠 질이나 하였었다.'

이까지 머릿속에 그리어 생각해 온 그는 실로 분함을 참지 못하였다.

"에이."

그는 자기도 모르게 이렇게 부르짖으며 두 주먹을 불끈 쥐었다. 그리고 부르르 떨었다.

"왜 그리우?"

산후에 중통을 하고 난 그의 아내는 발치목에서 어린애 젖을 물

리고 있다가 무엇을 생각하고 있는 듯하던 남편이 그같이 알지 못할
소리를 지르고 떠는 주먹을 보고 의아하게도 이렇게 물었다. 남편
은 아무런 대답도 없이 여전히 부르쥔 주먹을 펴지 못하고 떨었다.
한참 만에 그는 입을 열었다.

"여보 마누라, 우리는 여름내 무엇을 하였소?"

이 소리는 매우 친절하고 측은하고 어성이 고왔다.

"무엇을 하다니요, 농사하지 않았어요?"

"그러면 지은 농사는 왜 없소?"

아내는 이 소리에 실로 기가 막혔다. 정신이 아찔하여지고 대답이
나오지 않았다. 저녁때 남편이 매를 맞던 꼴과 송 지주의 벼를 떼어
들어가던 현장이 눈앞에 갑자기 환하게 나타났다.

"에이."

그는 또다시 주먹을 부르르 떨었다.

아내는 어쩔 줄을 모르고 남편의 곁으로 다가앉으며 눈물을 흘렸다.

"울기는 왜 우오. 우리 의논 좀 하자는데." 하고 그는 다시 무엇을
생각하더니 아내를 노려보며 말끝을 이었다.

"마누라, 우리는 왜 빚을 졌는지 아시오?"

"호미와 강냉이(옥수수) 사다 먹지 않았어요?"

"그런데 우리는 그 호미값을 왜 못 무오?"

아내는 기가 막혀 또 말문이 막혔다. 지난여름에 사흘씩 굶어 떨
던 그때의 현상이 또다시 눈앞에 나타났다. 남편도 이렇게 묻고 보
니 생각은 새로워 알지 못할 눈물이 눈초리에 맺혔다.

"우리가 이리로 이사한 지 몇 핸지?"

"십 년째 아니오."

"옳아. 십 년째, 우리는 십 년째를 이 독사의 구덩에서." 하고 그는 혼잣말 비슷이 이렇게 부르짖고 한숨을 괴롭게도 한 번 길게 빼고 다시 말을 이었다.

"여보게 마누라, 남 보기에는 우리가 송 주사네의 덕택으로 먹고 입고 사는 줄 알지만 실상 우리는 우리의 두 주먹으로 우리의 몸을 살린 것일세. 우리는 송 주사의 은혜하고는 반푼어치도 없고 도리어 그들한테 피를 빨린 것일세. 내나 자네나 이렇게 피기 없이 뽀독뽀독 마른 것이 모두 송 주사한테 피를 빨린 탓일세. 우리가 그렇게 피와 땀을 흘리며 죽을 고생 다 하면서 벌어놓으면 그들은 그것을 가지고 잘 먹고 잘 입고 그리고도 남으면 그 돈으로 또 우리의 피를 빠는 것일세. 그러면 금년의 우리가 벌은 그것으로 또 내년에 우리의 피를 줄 것이 아닌가. 어떻게 생각하면 그런 줄을 빤히 알면서 피를 빨리는 우리가 도리어 우스운 것일세. 그러기에 우리는 이제부터 피를 빨리지 않게 방책을 연구해야 하겠네. 그래서 자유롭게 살아야 하겠네. 만일 우리의 두 주먹이 없다 하면 그들은 당장에 굶어죽을 것일세. 죽고말고 암 죽지 죽어." 하고 그는 매우 흥분된 어조로 이렇게 장황히 부르짖었다.

그는 상당히 무엇을 깨달은 듯하였다. 아내는 이런 소리를 남편에게서 듣기는 실상 이번이 처음이었다. 그리고 가슴이 시원하다는 듯이 빙그레 웃었다.

"글쎄, 참 그렇긴 하지만 어찌하우?"

아내는 무엇을 생각하는 듯하더니 한참 만에 어찌할 바를 모르겠는 듯이 이렇게 물었다.

"어찌해, 싸워야지. 싸울 수밖에 없네. 그들의 앞에는 정의도 없고

인도도 없는 것을 어찌하나, 아니 이 세상이란 또한 역시 그런 것이
니까.

남의 눈을 어떻게 패측한 수단으로라도 가리지 않고는 밥을 먹을
수 없는 것을 나는 이제야 비로소 깨달았네. 우리는 이제부터 이 모
든 더러운 독사 같은 무리와 필사의 힘을 다하여 싸워야 하겠네. 싸
워야 돼. 그래서 우리는……" 하고 그는 무엇을 더 말하려다가 참기
어려운 듯이 주먹을 또다시 부르르 떨었다.

"글쎄요, 아이참 낼 아침밥 지을 게 없으니 이 일을 또 어찌하우."

아내는 새삼스럽게 잊히지 못하던 아침거리가 머리에 또 떠올랐다.

"그러기에 싸우잔 말이야."

해진 창틈으로 바람은 씽씽 들어오지만 추운 줄도 모르고 이렇게
그들 내외는 생활고에 쪼들려 닥쳐오는 고통을 서로 하소연하며 장
차 어찌 살꼬 하는 앞잡이 길에 온 정신을 잃고 깊은 명상 속에서
밤이 새도록 헤매었다.

그 이튿날 아침 일찍이 송 지주는 최 서방을 불러다 놓고 어제저
녁 벼에 탕감이 채 되지 못한 나머지 십 원을 들채기 시작했다.

어젯밤 밤새도록 한잠도 자지 못한 최 서방의 눈은 쑨 죽처럼 풀
어지고 눈알엔 발갛게 핏줄이 거미줄처럼 서리어 있었다.

"자네 농사는 참 금년에 장하게 되었네. 농사는 그렇게 근농으로
하지 않으면 이즘 전답 얻기도 힘든 세상일세. 참 자네 농사엔 귀신
이야. 그렇기에 그래도 근 백 원 돈을 이탁데탁 청당했지. 될 말인
가." 하고 송 지주는 점잖음을 빼고 최 서방을 추어 하늘로 올려보
내며 다시,

"그런데 어제 오십이 원에서 사십이 원은 귀정이 된 모양이나 이제

나머지 십 원은 어쩔 셈인가? 조속히 그것도 해 물고 세나 쇠야지?"

최 서방은 없는 돈을 갚겠다지도 또한 안 갚겠다지도 어떻게 대답을 하여야 좋을지 몰라 한참이나 주저주저하다가,

"금년엔 물 수 없습니다. 그대로 지워 주십시오." 하고 그는 낯을 들지 못했다.

"물 수 없으면 어쩐단 말이야."

"그럼 없는 돈을 어찌합니까."

"물지도 못할 걸 쓰기는 그럼 왜 그렇게 썼어, 웅!"

"그 돈 뒀기에 주사님네 농사를 지어 바치지 않았습니까?"

"이놈 나를 거저 지어 바친 것 같구나. 나루 온 천하의 말버릇 같으니. 에이 이놈."

그는 기다란 댓새[2]를 최 서방의 턱 앞에 홀근 내밀었다.

"아니 그럼 아시는 바 한 말도 없는 벼를 무엇으로 돈을 장만해 내랴십니까?"

"이놈, 그럼 없다고 안 물 테야 웅! 이놈아, 내가 너희들은 그래도 불쌍한 것이라고 특별히 먹여 살렸건만. 에이, 이 은혜 모르는 놈, 이놈 썩 나가, 전답도 모조리 다 내놓고 이 도야지 같은 놈, 아직도 밥을 굶어 보지 못하였던 거로구나." 하고 그는 누구를 잡아 삼킬 듯이 뻘건 눈을 홀근거리며 댓새로 최 서방의 턱을 받쳤다.

최 서방은 이렇게 어지없는 욕설을 들을 때, 아니 턱을 댓새로 받치울 때 담박 달려들어 댓새를 부러치고 대항도 하고 싶었으나 그는 약하였다.

---

2) '담뱃대'의 평안북도 방언.

그리고 머리끝까지 치밀어 오르는 분이 진정할 수 없이 가슴을 뛰게 하였지만, 그는 말을 못하였다. 나오려는 말은 입안에서 돌돌 굴다 사라지고 말뿐이었다. 최 서방이 집으로 나간 뒤끝에 송 지주는 곧 멈³⁾들을 불러 가지고 막살이로 쫓아 나와서 약간 한 가장으로 십 원을 또한 탕감하려 하였다.

우선 그는 멈들을 시켜 김장하여 넣은 독과 부엌에 걸은 솥을 뽑아 내왔다.

이때 최 서방은 더 참을 수 없었다. 여러 해를 두고 곪기고 곪겨 오던 분을 일시에 탁 터져 나왔다. 마치 병의 물이 꿀럭꿀럭 거꾸로 솟듯이.

"이놈!"

최 서방은 주먹을 부르쥐었다. 그리고 입술을 푸들푸들 떨며 송 지주와 마주섰다.

"이놈이라니, 야, 이, 이이 무지한 버릇없는 놈아……."

송 지주는 어쩔 줄을 모르고 몽둥이를 찾아 사방을 살피며 덤볐다. 실상 그는 나이 오십에 이놈이라는 소리를 듣기는 이번이 처음이라, 젖먹던 밸까지 일어나 섰을 것도 그리 무리는 아니었다.

"에이, 이 독사 같은 사람의 피를 빠는……." 하고 최 서방은 허청 기둥에 세웠던 도끼를 들어 솥과 독을 단번에 부쉈다. '찌룽땡' 하고 깨어져 사방으로 달아나는 소리는 마치 폭발이나 터지는 듯이 요란하였다.

"독을 깨, 깨, 개 깨치면 이이 십 원은."

---

3) 머슴의 준말

"이놈아, 이이 내 피는."

그들의 형세는 매우 험악하였다. 최 서방은 앞에 들어오는 것이든 무엇이든지 모조리 때려 부술 듯이 주먹과 다리는 경련으로 와들와들 떨었다.

이런 광경을 멀거니 보고 있던 그 아내는 세간의 전부인 독과 솥이 깨어져 없어지는 아까움보다 승리가 기쁘다는 듯이 빙그레 웃었다.

송 지주는 멈들의 손에 끌리어 못 이기는 체하고 끄는 대로 끌리어 들어갔다. 멈들에게 독과 솥을 지워가지고 들어가려 가지고 나왔던 지게는 멈들의 등에서 달랑달랑 비인 대로 쫓아 들어갔다.

겨울은 가고 봄이 왔다. 어느 일기 좋은 따뜻한 날 석양에 무순(撫順) 차표를 손에다 각각 한 장씩 쥔 최 서방 내외의 그림자는 S정거장 삼등 대합실 한구석에 나타났다. 그들의 영양 부족을 말하는 수척한 얼굴은 몹시도 핼끔한 것이 마치 꿈속에서 보는 요물을 연상케 하였다.

더구나 그 아내의 등에 업힌, 겨우 두 살밖에 안 되는 어린애는 추움에 시달렸음인지 한 줌도 못 되리만치 배와 등이 거의 맞붙다시피 쪼그린 데다가 바지저고리도 걸치지 못하고 알몸대로 업혀서 빼악빼악하고 울며 떠는 꼴이란 차마 볼 수 없었다.

그들은 송 지주와 싸운 그 자리로 그 막살이를 떠나 끼니를 걸러가며 혹은 방앗간에서 그도 없으면 한길에서 밤새워 가며 정처 없이 일자리를 찾아 돌아다니다가 어떤 자그마한 도회지에서 최 서방은 삯짐과 품팔이로 아내는 삯바느질과 삯 빨래로 간신 간신히 차비를 장만하였다.

그들이 그 막살이를 떠날 때의 본래 목적은 어떻게 죽 물로라도 두 내외의 배를 채울 수만 있으면 내 고국은 떠나지 않으리라 생각하였건만 그것조차 여의치 못하여 최후의 수단으로 마침내 서간도 길을 단행한 것이었다.

그의 내외는 차 시간이 차차 가까워져 몇 분 격하지 않은 앞에 잔뼈가 굵은 이 땅, 같은 피가 넘쳐 끓는 동포가 엉킨 이 땅을 떠나 산 설고 물 선 이역의 타국에 고생할 것을 생각할 때에 실로 사무쳐 흐르는 눈물을 금할 수 없었다.

기차가 도착하자 플랫폼으로 앞서거니 뒤서거니 엉기엉기 걸어가는 사람들 틈에는 그들 내외도 섞여 있었다. 시각이 있는 차 시간이다. 그들은 할 수 없이 차에 몸을 담았다. 호각 소리가 끝나자 차는 바퀴를 움직였다.

"아! 차는 그만 가누나! 우리는 왜 이같이 눈물을 뿌리며 조국을 떠나지 않으면 안 되노?" 하고 그는 입속말로 중얼거리며 바람이 씽씽 들이쏘는 차창으로 머리를 내밀고 차마 고국은 못 잊어 하는 듯이 눈물에 서린 눈으로 사방을 힘없이 살펴보았다. 그리고 좀 더 기차가 머물러 주었으면 하는 듯하였다.

그러나 내닫기 시작한 사정 없는 기차는 흰 연기 검은 연기 번갈아 토하며 세 생명의 쓰라리게 뿌리는 피눈물을 씻고 줄달음치기 시작했다.

인두지주(人頭蜘蛛)

S시에는 산업박람회(産業博覽會)가 열리었다.

구경이라면 머리를 동이고 달려드는 사람들은 오늘도 이른 아침부터 모여들기 시작하여서 너른 터전은 그야말로 인산인해를 이루었다. 그것은 이런 대목을 보려고 각처에서 모여든 마술단, 연극단, 무슨 단 무슨 단 하는 온갖 노름 놀이가 귀가 소란하게 뚱땅거리며 그들을 꾀어 들이는 까닭이었다.

이날도 경수는 빈 지게를 지고 무슨 벌이가 혹시 있을까 하여 이 광장을 빙빙 돌다가 한낮 후에는 그만 화가 나서 집으로 돌아가려던 차에 홀연 사람 거미라고 외치는 소리를 듣자 그는 걸음을 멈추고 귀를 기울였다.

"자, 구경하시오! 오 전씩. 남영인도산(南洋印度産) 사람 거미, 사람 대가리에 거미 몸뚱이란 이상한 짐승이올씨다……."

맞은편 막다른 골목에다 가마니와 섬거적으로 막을 치고 출입하는 문 위에 다는 새 옥양목 바탕에다 사람 대가리가 돋친 거미를 이상스럽고 울긋불긋하게 그려서 걸고 그 옆에는 해진 양복을 입은 장대한 남자가 서서 목이 터지도록 이렇게 외치고 있다.

"참, 세상에 별 괴상한 것도 다 보겠군! 허! 허, 원 세상에 사람의 머리 돋친 거미란 놈이 다 있단 말인가?"

거기는 들고 나는 사람이 연신 줄달으며 나오는 사람들마다 희한하다는 듯이 모두 이렇게 중얼거린다.

이때 경수도 속으로 혼자 중얼거리며 오고가는 사람들 틈에 끼어서 얼마 동안 그 그림을 쳐다보았다.

그는 들어갈까 말까 하고 주저하다가 제일 구경 값이 싼 김에 그만 지게를 벗어 놓고 단풍 한 갑 사 먹을 돈 오 전 있는 놈을 자선하기로 결심하였다.

들어가 보니 그것은 과연 사람 거미였다. 눈이나 코, 입 모든 것이 영락없는 사람이다! 아니, 사람 중에도 미남자다. 갸쭉한 얼굴에 이목구비가 번듯한데 머리는 왼쪽을 타서 하이칼라로 갈라 붙였다. 그런데 몸뚱이는 사방 한 자 반씩이나 될 놈이 검붉은 빛으로 게(蟹) 발 같은 발을 뻗치고 있는 것은 보기에도 흉한 큰 거미 몸뚱이가 아닌가.

이런 괴물을 바야흐로 단풍이 물들기 시작하는 가지가 무성한 큰 나무 두 개를 양쪽에 세워놓고 그 가지에다 굵은 노끈 같은 거미줄을 늘어놓고는 그 한가운데에 매달았는데 그것은 암만 보아도 사람 대가리가 돋친 거미가 분명하였다.

"아이구, 저 얼굴 좀 봐…… 사람 같으면 좀 잘생겼나."

기생 같은 여자 하나가 이렇게 부르짖으며 좀 자세히 보려고 그 곁으로 가까이 가 보았다. 이때 서비는 혀를 쑥 빼물고 눈을 이상하게 끔쩍이며 고개를 앞으로 내밀고는 앞발로 줄을 당기며 흔든다.

그것은 마치 기생에게로 달려들려는 것 같이 보이었다.

"애고머니!"

이때 기생은 정말로 달려드는 줄 알았는지 그만 기절을 하며 뒷걸음질을 치는 바람에 구경꾼들은 모두 허리를 잡고 웃었다.

그러나 경수는 웃지도 않고 이상한 태도로 자세하게 들여다보며 이 이상한 괴물의 정체(正體)를 알아내려 하였다마는 아무리 보아야 그것은 사람 거미였다. 그는 다시 생각해 보았다.

사람이 거미의 탈을 썼다고 하자니 두 다리는 어디다 처치를 하였을까? 아무리 다리를 꼬부려 넣었다 하더라도 양편으로 쑥 두드러진 무릎마디는 드러날 것이다…….

그러나 그가 처음 볼 때는 혹시 고무로 만들어서 전기 작용을 한 것이나 아닌가 하였으나 결코 그런 것은 아니었다. 그 괴물의 얼굴에는 분명히 따뜻한 붉은 피가 살 속으로 흘러 있다. 그러면 정말로 사람 거미라는 이상한 괴물이냐?

그러나 이런 동물이 이 세상에 있을 수는 없다. 경수는 이 풀기 어려운 스핑크스의 수수께끼를 속으로 또 풀어 보려던 중, 그때 마침 괴물이 기생에게 히야까시를 하는 것을 보고 그것은 정녕 사람을 알아보는 모양이라는 짐작이 나서 마침내 그것에게 말을 붙여 보았다.

"너 지금 몇 살이냐?"

괴물은 머리를 흔든다. 그것은 말을 모른다는 형용 같다.

"말을 못 알아들어?"

이번에는 고개를 앞으로 끄덕였다. 그것은 그렇다는 형용인 듯싶게 경수는 비로소 그 동물이 말을 알아듣는 줄 알게 되었다. 그래 그는 한 걸음 다가서며 또다시 물어보았다.

"끄덕거리는 뜻은 무슨 뜻이냐?"

괴물이 이번에는 아무런 형용도 내지 않고 뚫어지도록 경수를 바라볼 뿐이다. 웬일이냐! 그의 눈초리는 실룩하고 안색은 이상하게도 안타까운 빛으로 변하였다. 그러자 두 눈에서는 눈물이 텀벙텀벙 쏟아진다……

이때 경수나 모든 구경꾼은 물론이요, 이 괴물의 주인까지도 어인 영문인지를 몰라서 많은 사람의 시선은 모두 괴물에게로 쏟았다. 그러나 이때 경수의 생각은 저것이 말을 하고 싶으나 말이 나오지 않아서 그런가 보다 하였지마는, 주인이 놀라는 기색은 그 괴물이 평소의 태도가 아니라는 것을 넉넉히 짐작하게 하였다. 그러나 그 괴물이 하필 경수를 보고 눈물을 흘린다는 것은 경수 자신도 아무래도 해석할 수 없는 일이었다.

'저게 어째서 나를 보고 눈물을 흘릴까?' 경수는 자기도 모르게 이렇게 중얼거리고 마주 쳐다보았다. 참으로 괴상한 일이다.

그러나 괴물의 눈에서는 더 한층 눈물이 펑펑 쏟아진다.

나중에는 흑! 흑! 느껴 운다. 이때 괴물의 안색은 온통 슬픈 표정이 가득 찼다. 이 광경을 본 주인은 경수와 괴물 사이에 무슨 심상치 않은 관계가 있나 보다 하였다. 그러나 지금 그것을 물어보다가는 괴물의 정체가 폭로(暴露)될 것이요, 그렇게 되면 영업(營業)에 방해가 될까봐서 이때 주인은 어찌할 줄을 모르고 당황할 무렵에 별안간 공중에서 프로펠러 소리가 요란하자 관중은 우, 하고 휘장 밖으로 몰려나갔다.

경수도 이때 비행기를 구경하고 싶은 생각도 있었으나 그보다도 이 괴물이 무엇인가 알고 싶어서 그대로 서서 괴물을 쳐다보고 있었다. 이때 장내는 주인과 경수의 단 두 사람만 남아 있었다.

"경……경수! 아."

이때 별안간 괴물은 이렇게 부르짖더니 주인에게 무슨 눈치를 한다. 이 괴상한 사람 거미가 별안간 자기의 이름을 부르는 소리를 들을 때 경수는 소스라쳐 놀라지 않을 수 없었다.

그는 더욱 웬 영문인지 몰라서 홀린 듯이 괴물을 쳐다보고 있을 뿐이었다. 이때 주인은 거미줄을 푸르고 그 괴물을 번쩍 들어서 땅에 내려놓았다. 괴물은 홀떡홀떡 거미 까풀을 벗더니 엉금엉금 경수 앞으로 기어 나오는데 그것은 두 다리가 엉덩이까지 잘린 두루뭉수리인 사람이었다.

"아, 경수……그래도 나를 몰라보겠나……? 나는 창…….."

앉은뱅이는 떨리는 목소리로 이렇게 부르짖자 별안간 경수의 손목을 덥석 쥔다. 이때 경수는 정신이 벌떡 났다.

그는 비로소 그게 누구인 줄 알았다. 이 두 다리는 없는 사람은 과연 창오가 분명하였다. 죽은 줄로만 알던 창오가, 창오는 경수의 예전 친구였다.

그때 그 지진 난리 통에 서로 갈린 후로 벌써 3, 4년 째나 소식이 묘연한 그는 필경 죽은 줄만 알았는데 이렇게 다시 만날 줄이야, 실로 꿈에도 뜻하지 못한 일이었다. 비로소 경수도 와락 달려들어 창오의 손목을 잡아 흔들며, "아! 창오!" 하고 부르짖는 그의 목소리는 절반 목메인 감격에 찬 소리였다.

경수와 창오는 어려서 한 동리에서 자랐을 뿐만 아니라 남달리 친하게 지내던 터이다. 그래 나무를 하러 가도 같이 다니고 일을 가도 같이 다녔었다.

그러나 그들은 가난한 소작인이었으므로 남의 땅마지기를 부쳐 가며 간곤한 생활을 부지하던 터인데, 그들이 부치던 땅이……으로 넘어가는 바람에 그들은 일조에 밥줄이 끊어지고 말았다.

그대로 앉아서 굶어 죽을 수는 없으므로 어디 가서 노동이라도 해서 돈을 벌어야 하겠다고 그때 한참 돈벌이가 좋다는……으로 그들은 정처 없는 길을 떠났었다. 그러나 급기야 들어가 보니 듣던 말과는 딴판으로 아무 발년도 없고 말도 모르는 벙어리들에게 일자리를 주는 놈은 없었다. 그래 그들은……에서……로, 다시……으로 걸인처럼 방랑하다가 생각만 하여도 끔찍한 저관…… 통을 치르는 통에 그때 그들은 풍비박산이 되었다.

그래서 그 뒤로는 어떻게 된 줄을 모르는 까닭으로 그들은 지금까지 서로 죽은 줄만 알았던 것이다. 그때 경수는 죽을 고비를 여러 번 치르고 간신히 몸을 숨겨서 고국으로 돌아왔으나 창오는 그때에 ××에게 붙들리어서 거진…… 맞고 다시 ××서에 한 달 동안을 갇혔었다 한다.

"그래 그 후에 어떻게 되어서 저 지경이 되었나?" 하고 경수는 궁금한 듯이 그의 굼뜬 말을 채치었다.

"아 그 뒤에 그 난리가 안정된 뒤에 무사히 놓이기는 하였지마는 그날부터 또 먹을 것이 있어야 살지…… 그래……이라면 진저리도 나고 하여 ××탄광에를 가지 않았겠나, 그때 유치장에 같이 갇혔던 어떤 친구가 그리로 가자는 바람에……." 하고 말을 끊자 창오는 힘없이 또 한숨을 내쉰다.

"그래서……."

"다행히 일자리를 붙들어서 일을 잘하게 되었는데 이듬해 봄에 탄광이 무너지는 바람에 나도 그때 속에 들어가서 석탄을 파내다가 그만 아랫도리를 치었다네……" 하고 그는 다시 말을 이어서 그때 자기도 꼼짝없이 죽을 것 같이 일하던 동무들이…… 구해서 살기는 살았지마는 두 무릎이 부러졌다는 말과, 그때 그 굴이 무너지는 통에 무참하게 죽은 우리 동포가 얼마나 되는지 모른다는 말과 그래, 할 수 없이 자기는 병원으로 떠메 가서 썩어 들어가는 두 허벅다리를 자르고 몇 달 동안을 죽다 살아났다는 말과 병원에서 나올 때는 위로금 한 푼 받지 못하고 빈손으로 앉은뱅이 병신 걸인이 되어서 노상에 내던짐을 받았다는 말과 그 날부터 할 수 없이 남의 집 문전에 다 턱을 걸고 촌촌이 빌어먹으며 앉은뱅이걸음으로 이태 만에 고국 땅을 밟게 되었다는 말과 어떻게든지 거지 노릇을 면하여 보려고 그때 탄광에서 같이 병신이 된 동무와 밤낮으로 연구한 결과 마침내 이런 짓을 꾸미게 되었다는 말과, 그것은 그런 생각이……에서부터 들었는데 그때 바로 그 동무가 여간 쉬운 일을 해서 번 돈과 다기가 공원과 길거리에 앉아서 번 돈으로 그곳 마술가를 찾아가서 그런 사정 이야기를 하고 거미탈을 만들어 달라고 간청한 결과 그 사람이 무슨 맘이 있었는지 대번에 승낙하여 잘 만들어 줄 뿐 아니라 그곳 경찰서에 교섭하여 흥행(興行) 허가까지 맡아주었다는 말과 그 뒤부터는 가는 곳마다 그 짓으로 돈을 꽤 잘 벌어서 고생을 덜 하고 바다를 건너왔다는 말과 고국에 와서는 차마 그 짓을 말자고 하였으나, 고향이라고 돌아와 보니 부모는 돌아가시고 아내는 개가하고 역시 노동할 자리도 없거니와 할 수도 없어서 곤란하던 차, 마침 이 땅에 박람회가 열린다는 소문을 듣고 이런 기회에

돈푼이나 벌어 볼까 하고 그 짓을 또 시작하였다는 말을 일장설화
하였다.

　이때 경수는 듣기만 하여도 뼈에 저리었다. 그러나 경수는 다시
그를 데려갈 자기 집이 없음을 슬퍼하였다.

　"아! 그렇게 되었나……? 나는 지금 무에라고 자네를 위로할 말이
없네…… 그러나 자네가 저렇게 된 것은…… 알겠네그려! 그러면 자
네가 그것을 안다면 자네는 그 짓으로써 위안을 얻지 못할까? 이 넓
은 세상…… 는 혹시 자네보다도 불행한 사람이 없을 것도 아닌
가…… 그러면 말일세! 자네는 저렇게 되니만큼 도리어…… 가지고
누구……감하게 우리 ××에서……지 않겠나……" 하고 경수는 그를
쳐다보고 말하였다.

　"그야 더 말할 것이 있겠나. 그러나 나 같은 병신이 무슨 일을 할
수 있으며 또는 나 같은 사람을 누가 같이 할 동무로 알겠나, 다만
병신 걸인으로 알 뿐이겠지……. 아! 나는 그렇다고 자네는 그 후에
어떻게 되어서 지금 이곳에 와 있는가?" 하고 창오도 강개한 듯이
경수를 마주볼 뿐이었다.

　"나도 자네와 같이 사고무친한 나 한 몸이 남아서 정처 없이 돌아
다니는 중일세. 그러나 나는 여기 온 뒤로는 고독을 느끼지 않게 되
었네. 그날그날 품팔이를 해서 살기는 사네마는 나 같은 우리……
에는 수백 명의 건장한 동무가 있으므로 그들과 함께……배우는 것
이 나의 지금 통쾌한 생활일세, 그러면 자네도 나하고 같이 가세, 자
네 하나 더 있으나 덜 있으나 내 생활에는 별로 다를 것이 없겠네마
는 자네는……가면 할 일이 낳을 줄을 내가 질 아니까."

　"아! 그럴 수가……그럴 수가 있겠나. 그렇다면 가다뿐이겠나. 가

다가 죽더라도 가겠네. 참 이젠 자네보고 말일세마는 내가 이 꼴을 해가지고 무엇을 더 바라고 살겠나마는 부모 처자가 어떻게 되었는지, 그들이나 한 번 만나 보고 죽었으면 하는 생각으로 고향에를 나왔더니 일이 이 지경이 되었으니 다시 무엇을 바라겠나…… 내게는 그런 영광이 없겠네, 그러나 내가 가서 할 일 무무……."

"아니 그런 여러 말은 그만두고 지금부터라도 갈 수만 있거든 거세…… 내가 오늘 놀기를 잘했군! 만일 오늘 쉬는 날이 아니었으면 내가 여기 왔을 리가 만무하였을 것이니 그러면 자네를 못 만났을 것이 아닌가?" 하고 경수는 다시 한 번 그의 손을 힘 있게 잡아 흔든다.

"아 그러면 가겠네! 가다 뿐이겠나…… 그러나 여기서는 기위 시작한 것이고, 박람회도 며칠이 안 남았으니 이곳에서 떠나는 날 자네를 찾아감세."

"그럼 그렇게 내일모레 밤에 그럼 내가 또 오지."

"아! 그럼 모레 만나세."

"그러세!" 하고 경수가 창오의 손목을 놓고 나가자 창오는 다시 거미 까풀을 뒤어썼다.

"자! 구경하시오! 남양 인도산 사람 대가리에 거미 몸뚱이란 이상한 짐승을 한 번 보는 데 오 전씩……."

돌아오는 경수의 귀에 다시 이런 소리가 들리었다. 그는 창오의 아까 그 모양을 연상하고 저절로 몸서리가 쳐졌다. 경수는 별안간 까닭 모를 눈물이 핑 돌자 그의 두 주먹은 무의식적으로 꽉 쥐어졌다. 그리고 이런 말이 마치 공중에서 부르짖는 것 같이 자기도 모르게 부르짖었다.

백치 아다다

질그릇이 땅에 부딪히는 소리가 났다고 들렸는데 마당엔 아무도 없다. 부엌에 쥐가 들었나? 샛문을 열어 보려니까,

"아, 아아, 아이, 아아, 아야." 하는 소리가 뒤란 곁으로 들려 온다. 샛문을 열려던 박 씨는 뒷문을 밀었다.

장독대 밑 비스듬한 켠 아래 아다다가 입을 헤 벌리고 납작하니 엎더져 두 다리만을 힘없이 버지럭거리고 있다. 그리고, 머리 편으로 한 발쯤 나가선 깨어진 동이 조각이 질서 없이 너저분하게 된장 속에 묻혀 있다.

"아이구테나! 무슨 소린가 했더니! 이 년이 동애를 또 잡았구나! 이 년아, 너더러 된장 푸래든! 푸래?"

어머니는 딸이 어딘가 다쳤는지 일어나지도 못하고 아파하는 데가는 동정심보다 깨어진 동이만이 아깝게 눈에 보였던 것이다.

"어, 어마! 아다아다, 아다, 아다."

모닥불을 뒤집어쓰는 늣한 늠식한 어머니의 음성을 또다시 듣게 되는 아다다는 겁에 질려 얼굴에 시퍼런 물이 들며 넘어진 연유를 말하여 용서를 빌려는 기색이나 말이 되지를 않아 안타까워한다.

아다다는 벙어리였던 것이다. 말을 하려고 할 때는 한다는 것이 아다다 소리만이 연거푸 나왔다. 어찌어찌하다가 말이 한마디씩 제법 되어 나오는 적도 있었으나 그것은 쉬운 말에 그치고 만다.

그래서, 이것을 조롱 삼아 확실이라는 뚜렷한 이름이 있음에도 불구하고 누구나 그를 부르는 이름은 아다다였다. 그리하여 이것이 자연히 이름으로 굳어져 그 부모네까지도 그렇게 부르게 되었거니와, 그 자신조차도 '아다다' 하고 부르면 마땅히 들을 이름인 듯이 대답을 했다.

"이 년 까타나 끌이 세구나! 시켠엘 못 가갔으문 오늘은 어드메든지 나가서 뒈디고 말아라, 이 년아! 이 년아! 이 년아!"

어머니는 눈알을 가로 세워 날카롭게도 흰자위만으로 흘기며 성큼 문턱을 넘어선다. 아다다는 어머니의 손길이 또 자기의 끌채를 감아쥘 것을 연상하고 몸을 겨우 뒤재비 꼬아 일어서서 절룩절룩 굴뚝 모퉁이로 피해 가며 어쩔 줄을 모르고 일변 고개를 좌우로 돌려 살피며 아연하게도,

"아다, 어, 어마! 아다, 어마! 아, 아다다다다다!" 하고 부르짖는다. 다시는 일을 아니 저지르겠다는 듯, 그리고 한 번만 용서를 하여 달라는 듯싶게.

그러나 사정을 모르는 채 기어코 쫓아간 어머니는,

"이 년! 어서 뒈테라. 뒈디기 싫긴 시집으로 당장 가거라. 못 가간?"

그리고 주먹을 귀 뒤에 넌지시 얼메고 마주선다.

순간, 주먹이 떨어지면? 하는 두려운 생각에 오싹 하고 끼치는 소름이 뒤해 논 닭 같이 전신에 돋아나는 두드러기를 느끼는 찰나, 턱

하고 마침내 떨어지는 주먹은 어느새 끌채를 감아쥐고 갈짓자로 흔들어 댄다.

"아다, 어어, 어마! 아, 아고, 어, 어마!"

그러나 소용이 없다. 한 번 손을 댄 어머니는 그저 죽어 싸다는 듯이 자꾸만 흔들어 댄다. 하니, 그렇지 않아도 가꾸지 못한 텁수룩한 머리는 물결처럼 흔들리며 구름같이 피어나선 엉클어진다.

그래도 아다다는 그저 빌 뿐이요, 조금도 반항하려고는 않는다. 이런 일을 거의 날마다 지내보는 것이기 때문에 한대야 그것은 도리어 매까지 사는 것이 됨을 아는 것이다. 집의 일이 아무리 꼬여 돌아가더라도 나 모르는 채 손 싸매고 들어앉았으면 오히려 이런 봉변을 아니 당할 것이, 가만히 앉았지는 못했다.

선천적으로 타고난 천치에 가까운 그의 성격은 무엇엔지 힘에 부치는 노력이 있어야 만족을 얻는 듯했다. 시키건 안 시키건, 헐하나 힘차나 가리는 법이 없이 하여야 될 일로 눈에 띄기만 하면 몸을 아끼는 일이 없이 하는 것이 그였다.

그래서 집안의 모든 고된 일은 실은 아다다가 혼자서 치워놓게 된다. 그러나 어머니는 그것이 반갑지 않았다. 둔한 지혜로 차비 없이 뼈가 부러지도록 몸을 돌보지 않고, 일종 모험에 가까운 짓을 하게 되므로, 그 반면에 따르는 실수가 되려 일을 저질러 놓게 되어 그릇 같은 것을 깨쳐 먹는 일은 거의 날마다 있다 하여도 옳을 정도로 있었다.

그래도 아다다의 힘을 빌지 않고는 집안일을 못 치겠다면 모르지만, 그는 참여하지 않아도 행낭에서 차근차근히 다 해줄 일을 쓸데없이 가로맡아선 일을 저질러 놓고 마는 데 그 어머니는 속이 상했다.

본시 시집을 보내기 전에도 그 버릇은 지금이나 다름이 없이, 벙어리인데다 행동까지 그러하였으므로 내용 아는 인근에서는 그를 얻어가려는 사람이 없었다. 그리하여 열아홉 고개를 넘기도록 처문어 두고 속을 태우다 못해 깃으로 논 한 섬지기를 처넣어 똥 치듯 치워 버렸던 것이 그만 5년이 멀다 다시 쫓겨 와 시집에는 아예 갈 생각도 아니 하고 하루 같은 심화를 올렸다.

그래서 어머니는 역겨운 미움에 아다다가 실수를 할 때마다 주릿대를 내리고 참예를 말건만, 그는 참는다는 것이 그 당시뿐이요, 남이 일을 하는 것을 보면 속이 쏘는 듯이 슬그머니 나와서 곁을 슬슬 돌다가는 손을 대고 만다.

바로 사흘 전엔가도 무명념을 할 때, 활작 달은 솥뚜껑을 차비 없이 맨손으로 열다가 뜨거움을 참지 못해 되는 대로 집어 엎는 바람에, 자배기를 하나 깨쳐서 욕과 매를 한모태 겪고 났지만 어제 저녁 행랑 색시더러 오늘은 묵은 된장을 옮겨 담아야 되겠다고 이르는 말을 어느 겨를에 들었던지 아다다는 아침밥이 끝나자 어느새 나가서 혼자 된장을 퍼 나르다가 그만 또 실수를 한 것이었다.

"못 가간? 시집이! 못 가간? 이 년! 못 가 갔음 죽어라!"

붙잡았던 머리를 힘차게 휙 두르며 밀치는 바람에 손을 감겼던 머리카락이 끊어지는지 빠지는지 무뚝 묻어나며 아다다는 비칠비칠 서너 걸음 물러난다.

순간, 아찔해진 아다다는 넘어지지 않으려고 애써 버지럭거리며 뻐치는 다리에 겨우 진정을 얻어 세우자,

"아다, 어마! 아다, 어마! 아다! 아다!" 하고, 다시 달려들듯이 눈을 흘기고 섰는 어머니를 향하여 눈물 글썽한 눈을 끔벅 한 번 감아 보

이고, 그리고 북쪽을 손가락질하여 어머니의 말대로 시집으로 가든지 그렇지 않으면 죽어라도 버리겠다는 뜻으로 고개를 주억이며 겁에 질려 어쩔 줄을 모르고 허청허청 대문 밖으로 몸을 이끌어 냈다.

나오기는 나왔으나, 갈 곳이 없는 아다다는 마당귀를 돌아서선 발길을 더 내놓지 못하고 우뚝 섰다. 시집으로 간다하였으나 아무리 생각해도 남편의 매는 어머니의 그것보다 무섭다. 그러면 다시 집으로 돌아가나? 이번에는 외상없는 매가 떨어질 것 같다. 어디로 가야 하나?

갈 곳 없는 갈 곳을 뒤짜 보니 눈물이 주는 위로밖에 쓸데없는 5년 전 그 시집이 참을 수 없이 그립다. 추울세라, 더울세라, 힘이 들까, 고단할까, 알뜰살뜰히 어루만져 주던 시부모, 밤이면 품속에 꼭 껴안아 피로를 풀어 주던 남편, 아! 얼마나 시집에서는 자기를 위하여 정성을 다하던 것인고.

참으로 아다다가 처음 시집을 가서의 5년 동안은 온 집안의 사랑을 한몸에 받아 왔던 것이 사실이다.

벙어리라는 조건이 귀에 들어맞는 것이 아니었으나, 돈으로 아내를 사지 아니하고는 얻어 볼 수 없는 처지에서 스물여덟 살에 아직 장가를 못 들고 있는 신세로 목구멍조차 치기 어려운 형세이었으므로 아내를 얻게 되기의 여유를 기다리기까지에는 너무도 막연한 앞날이었다.

벙어리이나 일생을 먹여 줄 것까지 가지고 온다는 데 귀가 번쩍 띄어 그 자리를 앗길까 두렵게 혼사를 치렀던 것이니, 그로 인해서 먹고살게 되는 시집에서는 아다다를 아니 위할 수가 없었던 것이다.

그러한 가운데 또한 아다다는 못하는 일이 없이 일 잘하고, 고분

고분 말 잘 듣고, 조금도 말썽을 부리는 일이 없었다. 그래서 생활고가 주는 역겨움이 쓸데없이 서로 눈독을 짓게 하여 불쾌한 말만으로 큰 소리가 끊일 새 없이 오고 가던 가족은 일시에 봄비를 맞은 동산같이 화락의 웃음에 꽃이 피었다.

원래, 바른 사람이 못되는 아다다에게는 실수가 없는 것이 아니었으나, 그로 의해서 밥을 먹게 된 시집에서는 조금도 역겹게 안 여겼고, 되레 위로하고 허물을 감추는 데 서로 힘을 썼다.

여기에 아다다가 비로소 인생의 행복을 느끼며, 시집가기 전 지난날 어머니 아버지가 쓸데없는 자식이라는 구실 밑에, 아니, 되레 가문을 더럽히는 앙화자식이라고 사람으로서의 푼수에도 넣어 주지 않고 박대하던 일을 생각하여 어머니 아버지를 원망하는 나머지 명절 목이나 제향 때이면 시집에서는 그렇게 가보라는 친정이었건만 이를 악물고 가지 않고, 행복 속에 묻혀 살던 지나간 그 날이 아니 그리울 수가 없었다.

그러나 그날은 안타깝게도 다시 못 올 영원한 꿈속에 흘러가고 말았다.

해를 거듭하여 생활의 밑바닥에 깔아 놓았던 한 섬지기라는 거름이 차츰 그들을 여유로운 생활로 이끌어, 몇백 원 돈이 눈앞에 굴게 되니, 까닭 없이 남편 되는 사람은 벙어리로서의 아내가 미워졌다.

조그만 실수가 있어도 눈을 흘겼다. 그리고 매를 내렸다. 이 사실을 아는 아버지는 그것을 들어오는 복을 차 버리는 짓이라고 타이르나 듣지 않았다. 그리하여 부자간에 충돌이 때로는 일어났다.

이럴 때마다 아버지에게는 감히 하고 싶은 행동을 못 하는 아들은 그러한 분을 아내에게로 돌려 풀기가 일쑤였다.

"이 년, 보기 싫다! 네 집으로 가거라." 그리고 다음에 따르는 것은 매였다. 그러나 아다다는 참아 가며 아내로서의, 며느리로서의 임무를 다했다.

이것이 시부모로 하여금 더욱 아다다를 귀엽게 만드는 것이어서 아버지에게서는 움직일 수 없는 며느리인 것을 깨닫게 된 아들은 가정적으로 불만을 느끼어 한 해의 농사를 지은 추수를 온통 팔아가지고 집을 떠나 마음의 위안을 찾아 주색에 돈을 다 탕진하고 물거품 같이 밀려 돌아가 동무들과 짝지어 안동현(安東縣)으로 건너갔다.

그리하여 이 투기적 도시에 물젖어 노동의 힘으로 본전을 얻어선 〈양화〉와 〈은떼루〉에 투기하여 황금을 꿈꾸어 오던 것이 기적적으로 맞아 나기 시작하여 이태 만에는 2만 원에 가까운 돈을 손에 쥐고 완전한 아내로서의 알뜰한 사랑에 주렸던 그는 돈에 따르는 무수한 여자 가운데에서 마음대로 골라 가지고 집으로 돌아왔다.

그리고는 새로운 살림을 꿈꾸는 일변 새로이 가옥을 건축함과 동시에 아다다를 학대함이 전에 비할 정도가 아니었다. 이에는, 그 아버지도 명민하고 인자한 남부끄럽지 않은 새 며느리에게 마음이 쏠리는 나머지, 이미 생활은 걱정이 없이 되었으니, 아다다의 깃으로서가 아니라도 유족한 앞날의 생활을 내다볼 때 아들로서의 아다다에게 대하는 태도는 소모도 마음에 걸리는 것이 없었다.

그리하여 시부모의 눈에서까지 벗어나게 된 아다다는 호소할 곳조차 없는 사정에 눈감은 남편의 매를 견디다 못 해 집으로 쫓겨오게 되었던 것이니, 생각만 하여도 옛 맷자리가 아픈 그 시집은 죽으면 죽었지 다시는 찾아갈 생각은 없었던 것이나.

그래서 집에 있게 되니 그것보다는 좀 헐할망정 어머니의 매도 결코 견디기에 족한 것이 아니다. 그리고 그것은, 날마다 더 심해만 왔다. 오늘도 조금만 반항이 있었던들, 어김없이 매는 떨어지고 말았을 것이다.

그리고 어디로 가나? 아무리 생각을 해 보아야 그저 이 세상에서는 수롱이네 집밖에 또 찾아갈 곳이 없었다. 수롱은 부모 동생조차 없는 삼십이 넘은 총각으로 누구보다도 자기를 사랑하여 준다고 믿는 단 한 사람이었다. 그리하여 쫓기어 날 때마다 그를 찾아가선 마음의 위안을 얻어 오던 것이다.

아다다는 문득 발걸음을 떼어 아지랑이 얼른거리는 마을 끝 산턱 아래 떨어져 박힌 한 채의 오막살이를 향하여 마당귀를 꺾어 돌았다.

수롱은 벌써 1년 전부터 아다다를 꾀어 왔다. 시집에서까지 쫓겨난 벙어리였으나, 김 초시의 딸이라, 스스로를 낮추어 보여지는 자신으로서는 자연히 염을 내지 못하고 뜻 있는 마음을 속으로 꾸며 가며 눈치를 보아 오던 것이, 눈치에서보다는 베풀어진 동정이 마침내 아다다의 마음을 사게 된 것이었다.

아이들은 아다다를 보기만 하면 따라다니며 놀렸다. 아니, 어른까지라도 '아다다, 아다다' 하고 골을 올려서, 분하나 말을 못 하고 이상한 시늉을 하며 투덜거리는 것을 봄으로 행복을 느끼는 듯이 손뼉을 치며 웃었다.

그래서 아다다는 사람을 싫어하였다. 집에 있으면 어머니의 욕과 매, 밖에 나오면 뭇 사람들의 놀림, 그러나 수롱이만은 자기를 사랑하는 것이었다. 아이들이 따라다닐 때도 남들이 아니 말려 주는 것을 그는 말려 주고, 그리고 매에 터질 듯한 심정을 풀어 주는 것이었다.

그리하여 아다다는 마음이 불편할 때마다 수룡을 생각해 오던 것이 얼마 전부터는 찾아다니게까지 되어 동네의 눈치에도 어느덧 오른 지 오래였다.

그러나 아다다의 집에서도 그 아버지만이 지체를 가지기 위하여 깔맵게 아다다의 행동을 경계하는 듯하고 그 어머니는 도리어 수룡이와 배가 맞아서 자기의 눈앞에 보이지 아니하고 어디로든지 달아났으면 하는 눈치를 알게 된 수룡이는 지금에 와서는 어느 정도까지 내어놓다시피 그를 사귀어 온다.

아다다는 제집처럼 서슴지도 않고 달리어 오자마자 수룡이네 집 문을 벌컥 열었다.

"아, 아다다!"

수룡은 의외에 벌떡 일어섰다.

"너 또 울었구나."

울었다는 것이 창피하긴 하였으나, 숨길 차비가 아니다. 호소할 길 없는 가슴속에 꽉 찬 설움은 수룡이의 따뜻한 위무가 어떻게도 그리웠는지 모른다.

방 안에 들어서기가 바쁘게 쫓기어 난 이유를 언제나 같이 낱낱이 고했다.

"그러기 이젠 아야 다시는 집으로 가지 말구 나하구 둘이서 살아, 응?"

그리고 수룡은 의미 있는 웃음을 벙긋벙긋 웃으며, 아다다의 등을 척척 두드려 달랬다. 오늘은 어떻게 해서든지 자기의 것으로 영원히 만들어 보고 싶은 욕망에 불탔던 것이다.

그러나 아다다는,

"아다, 무, 무서! 아다, 무, 무서! 아다, 아다다다!" 하고, 그렇게 한다면 큰일난다는 듯이 눈을 둥그렇게 뜬다.

집에서 학대를 받고 있느니보다는 수롱의 사랑 밑에서 살았으면 오죽이나 행복 되랴! 다시 집으로는 아니 들어가리라는 생각이 없었던 바도 아니었으나 정작 이런 말을 듣고 보니, 무엇엔지 차마 허하지 못할 것이 있는 것 같고, 그렇지 않은지라, 눈을 부릅뜨고 수롱이한테 다니지 말라는 아버지의 말이 연상될 때 어떻게도 그 말은 엄한 것이었다.

"우리 둘이 달아났음 그만이지, 무섭긴 뭐 무서워."

"……."

아다다는 대답이 없다.

딴은 그렇기도 한 것이다. 당장 쫓기어 난 몸이 갈 곳이 어딘고? 다시 생각을 더듬어 볼 때 어머니의 매는 아버지의 그 눈총보다도 몇 배나 더한 두려움으로 견딜 수 없이 아픈 것이다. 먼저 한 말이 금시 후회스러웠다.

"안 그래? 무서울 게 뭐야. 이젠 아예 가지 말구 나하구 있어, 응?"

"웅, 아다, 이, 있어, 아다, 아다." 하고, 아다다는 다시 있자는 말이 나오기나 기다렸다는 듯이 그리고 살길을 찾았다는 듯이 한숨과 같이 빙긋 웃으며 있겠다는 뜻을 명백히 보이기 위하여 고개를 주억거리며 삿바닥을 손으로 툭툭 두드려 보인다.

"그렇지, 그래. 정 있으야 돼, 응?"

"웅, 이서, 이서, 아다, 아다……."

"정말이나?"

"으, 웅. 정, 아다, 아다다……."

단단히 강문을 받고 난 수롱이는 은근히 솟아나는 미소를 금할 길이 없었다. 벙어리인 아다다가 흡족할 이치는 없었지만 돈으로 사지 아니하고는 아내라는 것을 얻어 볼 수 없는 처지였다. 그저 생기는 아내는 벙어리였어도 족했다.

그저 일이나 도와주고 아들딸이나 낳아주었으면 자기는 게서 더 바랄 것이 없었다. 아내를 얻으려고 10여 년 동안을 불피풍우 품을 팔아 궤 속에 꽁꽁 묶어 둔 1백 50원이란 돈이 지금에 와서는 아내 하나를 얻기에 그리 부족할 것은 아니나, 장가를 들지 아니하고 아다다를 꾀어 온 이유도 아다다를 꾐으로 돈을 남겨서 그 돈으로 살림의 밑천을 만들어 가정의 마루를 얹자는 데서였다.

이제 계획이 은근히 성공에 가까워져 옴에 자기도 남과 같이 가정을 이루어 보누나 하니 바라지도 못하였던 인생의 행복이 자기에게도 찾아오는 것 같았다.

"우리 아다다."

수롱이는 아다다의 등에 손을 얹으며 빙그레 웃었다.

"아다, 다다."

아다다도 만족한 듯이 히쭉 입이 벌어졌다.

그날 밤을 수롱의 품 안에서 자고 난 아다다는 이미 수롱의 아내 되기에 수줍음조차 잊었다. 아니, 집에서 자리를 받들어 들인다 하더라도 수롱을 떨어져서는 살 수 없으리만큼 마음은 굳어졌다.

수롱이가 주는 사랑은 이 세상에서는 더 찾을 수 없는 행복이라 느꼈다. 그러나 영원한 행복을 위하여는 이 자리에 그대로 박혀서는 누릴 수 없을 것이 다음에 남은 근심이었다.

수롱이와 같이 삶에는 첫째 아버지가 허하지 않을 것이요, 동네 사람도 부끄럽지 않은 노릇이 아니다. 이것은 수롱이도 짐짓 근심이었다. 밤이 깊도록 의논을 하여 보았으나 동네를 피하여 낯모르는 곳으로 감쪽같이 달아나는 수밖에는 다른 묘책이 없었다.

예식 없는 가약을 그들은 맹세하고 그날 새벽으로 그 마을을 떠나 신미도라는 섬으로 건너가서 그곳에 안주를 정하였다. 그러나 생소한 곳이므로 직업을 찾을 길이 없었다.

고기를 잡아먹고 사는 섬이라 뱃놀이를 하는 것이 제 길이었으나, 이것은 아다다가 한사코 말렸다. 몇 해 전에 자기 동네에서도 농토를 잃은 몇몇 사람이 이 섬으로 들어와 첫 배를 타다가 그만 풍랑에 몰살을 당하고만 일이 있었던 것을 잊지 못하는 때문이었다.

그렇지 않은지라, 수롱이조차도 배에는 마음이 없었다. 섬으로 왔다고는 하지만 땅을 파서 먹는 것이 조마구 빨 때부터 길러 온 습관이요, 손익은 일이었기 때문에 그저 그 노릇만이 그리웠다.

그리하여 있는 돈으로 어떻게 밭 날 갈이나 사서 조 같은 것이나 심어 가지로 겨울의 불목이와 양식을 대게하고 짬짬이 조개나 굴, 낙지, 이런 것들을 캐서 그날그날을 살아갔으면 그것이 더할 수 없는 행복일 것만 같았다.

그렇지 않아도 삼십 반생에 자기의 소유라고는 손바닥만한 것조차 없어, 어떻게도 몽매에 그리던 땅이었는지 모른다. 완전한 아내를 사지 아니하고 아다다를 꾀어 온 것도, 이 소유욕에서였다.

아내가 얻어진 이제, 비록 많지는 않은 땅이나마 가져 보고 싶은 마음도 간절하였거니와 또는 그만한 소유를 가지는 것이 자기에게 향한 아다다의 마음을 더욱 굳게 하는 데도, 보다 더한 수단일 것 같았기 때문이다.

그런데다, 본시 뱃놀이 판인 섬인데, 작년에 놀구지가 잘 되었다

하여 금년에 와서 더욱 시세를 잃은 땅은 비록 때가 기경시라 하더라도 용히 살 수까지 있는 형편이었으므로, 그렇게 하리라 일단 마음을 정하니 자기도 땅을 마침내 가져 보누나 하는 생각에 더할 수 없는 행복을 느끼며 아다다에게도 이 계획을 말하였다.

"우리 밭을 한 뙈기 사자, 그래두 농사허야 사람 사는 것 같다. 내가 던답을 살라고 묶어 둔 돈이 있거던!" 하고 수롱이는 봐라는 듯이 실경⁴⁾ 위에 얹힌 석유통 궤 속에서 지전 뭉치를 뒤져내더니 손끝에다 침을 발라 가며 팔딱팔딱 뒤져 보인다.

그러나 이 돈을 본 아다다는 어쩐지 갑자기 화기가 줄어든다. 수롱이는 이상했다. 돈을 보면 기꺼워할 줄 알았던 아다다가 도리어 화기를 잃은 것이다. 돈이 있다니 많은 줄 알았다가 기대에 틀림으로써인가?

"이거 봐. 그래 뵈두 1천 5백 냥(1백 5십 원)이야. 지금 시세에 2천 평은 한참 놀다가두 떡 먹두룩 살 건테!"

그래도 아다다는 아무 대답이 없다. 무엇 때문엔지 수심의 빛까지 연연히 얼굴에 떠오른다.

"아니 밭이 2천 평이문 조를 심는다 하구 잘만 가꿔 봐! 조가 열 섬에 조 짚이 백여 목 날 터이야. 그래 이걸 개지구 겨울 한동안이야 못 살아? 그렇거구 둘이 맞붙어 몇 해만 벌어 봐. 그적엔 논이 또 나오는 거야. 이건 괜히 생……"

아다다는 말없이 머리를 흔든다.

"아니, 내레 이게 거즈뿌레기야? 아 열 섬이 못 나?"

---

4) 그릇 따위를 얹어 놓기 위하여 부엌의 벽 중턱에 드린 선반을 뜻하는 살강의 방언.

아다다는 그래도 머리를 흔든다.

"아니, 그름 밭은 싫단 말인가?"

아다다는 돈이 있다 해도 실로 그렇게 많은 줄은 몰랐다. 그래서 그 많은 돈으로 밭을 산다는 소리에 지금까지 꿈꾸어 왔던 모든 행복이 여지없이도 일시에 깨어지는 것만 같았던 것이다.

돈으로 인해서 그렇게 행복할 수 있던 자기의 신세는 남편(전 남편)의 마음을 약하게 만듦으로, 그리고 시부모의 눈까지 가리는 것이 되어, 필야엔 쫓겨나지 아니치 못하게 되던 일을 생각하면 돈 소리만 들어도 마음은 좋지 않던 것인데, 이제 한 푼 없는 알몸인 줄 알았던 수롱이에게도 그렇게 많은 돈이 있어, 그것으로 밭을 산다고 기꺼워하는 것을 볼 때, 그 돈의 밑천은 장래 자기에게 행복을 가져다 주리람보다는 몽둥이를 벼르는 데 지나지 못하는 것 같았고, 밭에다 조를 심는다는 것은 불행의 씨를 심는 것만 같았기 때문이다.

아다다는 그저 섬으로 왔거니 조개나 굴 같은 것을 캐어서 그날 그날을 살아가야 할 것만이 수롱의 사랑을 받는 데 더할 수 없는 살림인 줄만 안다. 그래서 이러한 살림이 얼마나 즐거우랴! 혼자 속으로 축복을 하며 수롱을 위하여 일층 벌기에 힘을 써야 할 것을 생각해 오던 것이다.

"고롬 논을 사재나? 밭이 싫으문."

수롱은 아다다의 의견이 알고 싶어 이렇게 또 물었다. 그러나 아다다는 그냥 고새를 주억여 버린다. 논을 산대도 그것은 똑같은 불행을 사는 데 있을 것이다. 돈이 있는 이상 어느 것이든지간 사기는 반드시 사고야 말 남편의 심사이었음에 머리를 흔들어 댔자 소용이 없을 것이었다.

그리하여 그 근본 불행인 돈을 어찌할 수 없는 이상엔 잠시라도 남편의 마음을 거슬림으로 불쾌하게 할 필요는 없다고 아는 때문이었다.

"흥! 논이 도흔 줄은 너두 아누나! 그러나 어려운 놈엔 밭이 논보다 나앗디 나아." 하고, 수롱이는 기어이 밭을 사기로 그달음에 거간을 내세웠다.

그날 밤, 아다다는 자리에 누웠으나 잠이 오지 않았다. 남편은 아무런 근심도 없는 듯이 세상모르고 씩씩 초저녁부터 자내건만, 아다다는 그저 돈 생각을 하면 장차 닥쳐올 불길한 예감에 잠을 이룰 수가 없었다. 이불을 붙안고 밤새도록 쥐어틀며 아무리 생각을 해야 그 돈을 그대로 두고는 수롱의 사랑 밑에서 영원한 행복을 누릴 수 있으리라고는 믿어지지 않았다.

짧은 봄밤은 어느덧 새어 새벽을 알리는 닭의 울음소리가 사방에서 처량히 들려온다. 밤이 벌써 새누나 하니 아다다의 마음은 더욱 조급하게 탔다. 이 밤으로 그 돈을 처리하지 못하면 한 내일은 기어이 거간이 흥정을 하여 가지고 올 것이다. 그러면 그 밭에서 나는 곡식은 해마다 돈을 불려 줄 것이다. 그때면 남편은 늘어가는 돈에 따라 차차 눈은 어둡게 되어 점점 정은 멀어만 가게 될 것이다. 그 다음에는? 그다음에는 더 생각하기조차 무서웠다.

닭의 울음소리에 따라 날은 자꾸만 밝아 온다. 바라보니 어느덧 창은 희끄스름하게 비친다. 아다다는 더 누워 있을 수가 없었다. 옆에 누운 남편을 지그시 팔로 밀어 보았다. 그러나 움쩍하지도 않는다. 그래도 못 믿어지는 무엇이 있는 듯이 남편의 코에디 기끼이 귀를 가져다 대로 숨소리를 엿들었다.

씨근씨근 아직도 잠은 분명히 깨지 않고 있다. 아다다는 슬그머니 이불 속을 새어 나왔다. 그리고 실경 위의 석유통을 휩쓸어 그 속에다 손을 넣었다. 그리하여 마침내 지전 뭉치를 더듬어서 손에 쥐고는 조심조심 발자국 소리를 죽여 가며 살그머니 문을 열고 부엌으로 내려갔다.

그리고는 일찌기 아침을 지어먹고 나무새기를 뽑으러 간다고 바구니를 끼고 바닷가로 나섰다. 아무도 보지 못하게 깊은 물 속에다 그 돈을 던져 버리자는 것이다.

솟아 오르른 아침 햇발을 받아 붉게 물들며 잔뜩 밀린 조수는 거품을 부걱부걱 토하며 바람결조차 철썩철썩 해안을 부딪친다.

아다다는 바구니를 내려놓고 허리춤 속에서 지전뭉치를 쥐어 들었다. 그리고는 몇 겹이나 쌌는지 알 수 없는 헝겊 조각을 둘둘 풀었다. 헤집으니 1원짜리, 5원짜리, 10원짜리, 무수한 관 쓴 영감들이 나를 박대해서는 아니 된다는 듯이 모두들 마주 바라본다. 그러나 아다다는 너 같은 것을 버리는 데는 아무런 미련도 없다는 듯이 넘노는 물결 위에다 휙 내어 뿌렸다.

세찬 바닷바람에 채인 지전은 바람결 좇아 공중으로 올라가 팔랑팔랑 허공에서 재주를 넘어가며 산산이 헤어져 멀리 그리고 가깝게 하나씩 하나씩 물위에 떨어져서는 넘노는 물결 좇아 잠겼다, 떴다 숨바꼭질을 한다.

어서 물속으로 가라앉든지 그렇지 않으면 흘러내려 가든지 했으면 하고 아다다는 멀거니 서서 기다리나 너저분하게 물위를 덮은 지전 조각들은 차마 주인의 품을 떠나기가 싫은 듯이 잠겨버렸는가 하면 다시 기울거리며 솟아올라서는 물 위를 빙글빙글 돈다. 하더니, 썰물이 잡히자부터야 할 수 없는 듯이 슬금슬금 밑이 떨어져 흐르기 시작한다.

아다다는 상쾌하기 그지없었다. 밀려 내려가는 무수한 그 지전 조각은 자기의 온갖 불행을 모두 거두어 가지고 다시 돌아올 길이 없는 끝없는 한바다로 내려갈 것을 생각할 때 아다다는 춤이라도 출 듯이 기꺼웠다.

그러나 그 돈이 완전히 눈앞에 보이지 않게 흘러내려 가기까지는 아직도 몇 분 동안을 요하여야 할 것인데, 뒤에서 허덕거리는 발소리가 들리기에 돌아다보니 뜻밖에도 수롱이가 헐떡이며 달려오는 것이 아닌가.

"야! 야! 아다다야! 너, 돈, 돈, 안 건새 핸? 돈, 돈 말이야 돈……."

청천의 벽력같은 소리였다. 아다다는 어쩔 줄을 모르고 남편이 이까지 이르기 전에 어서어서 물결을 휩쓸려 돈을 모두 거둬가지고 흘러 버렸으면 하나 물결은 안타깝게도 그날그날 한가히 돈을 흐를 뿐 아다다는 그 돈이 어서 자기의 눈앞에서 자취를 감추어 버리는 것을 보기 위하여 그닐거리고 있는 돈 위에다 쏘아 박은 눈을 떼지 못하고 쩔쩔매는 사이, 마침내 달려오게 된 수롱의 눈에도 필경 그 돈은 띄고야 말았다.

뜻밖에도 바다 가운데 무수하게 지천 조각이 널려서 앞서거니 뒤서거니 둥둥 떠내려가는 것을 본 수롱이는 아다다에게 그 연유를 물을 겨를도 없이 미친 듯이 옷을 훨훨 벗고 철버덩 물속으로 뛰어들었다.

그러나 헤엄을 칠 줄 모르는 수롱이는 돈이 잉기이 도는 흰복판으로는 들어갈 수가 없었다. 겨우 가슴패기 잠기는 깊이에서 더 들어가지 못하고 흘러 내려가는 돈더미를 안타깝게도 바라보며 허우적 달려갔다. 차츰 물결은 휩쓸려 떠내려가는 속력이 빨라진다.

돈들은 수롱이더러 어디 달려와 보라는 듯이 휙휙 숨바꼭질을 하며 흐른다. 그러나 물결이 세질수록 더욱 걸음발은 자유로 졸릴 수가 없게 된다. 더퍽더퍽 물과 싸움이나 하듯 엎어졌다가는 일어서고, 일어섰다가는 다시 엎어지며 달려가나 따를 길이 없다.

그대로 덤비다가는 몸조차 물속으로 휩쓸려 들어갈 것 같아, 멀거니 서서 바라보니 벌써 지전 조각들은 가물가물하고 물거품인지도 분간할 수 없으리만치 먼 거리에서 흐르고 있다. 그러나 그것도 한순간이었다. 눈앞에선 아무것도 보여지는 것이 없다. 휙휙 하고 밀려 내려가는 거품 진 물결뿐이다.

수롱이는 마지막으로 돈을 잃고 말았다고 아는 정도의 물결 위에 쏟아진 눈을 돌릴 길이 없이 정신 빠진 사람처럼 그냥그냥 바라보고 섰더니, 쏜살같이 언덕켠으로 달려오자 아무런 말도 없이 벌벌 떨고 섰는 아다다의 중동을 사정없이 발길로 제겼다.

홍앗! 소리가 났다고 아는 순간, 철썩! 하고 감탕이 사방으로 튀자 보니 벌써 아다다는 해안의 감탕판에 등을 지고 쓰러져 있었다.

"이! 이! 이……."

수롱이는 무슨 말인지를 하려고는 하나, 너무도 기에 차서 말이 되지 않는 듯 입만 너불거리다가 아다다가 움쩍하는 것을 보더니, 아직도 살았느냐는 듯이 번개같이 쫓아 내려가 다시 한 번 발길로 제겼다.

푹! 하는 소리와 함께 아다다는 가끔선 언덕을 떨어져 덜덜덜 굴러서 물속에 잠긴다.

한참 만에 보니 아다다는 복판도 한복판으로 밀려가서 솟구어 오르며 두 팔을 물 밖으로 허우적거린다. 그러나 그 깊은 파도 속을 어떻게 헤어나랴! 아다다는 그저 물 위를 둘레둘레 굴며 요동을 칠 뿐, 그러나 그것도 한순간이었다. 어느덧 그 자체는 물속에 사라지고 만다.

주먹을 부르쥔 채 우상같이 서서 굼실거리는 물결만 그저 뚫어져라 쏘아보고 섰는 수롱이는 그 물속에 영원히 잠들려는 아다다를 못 잊어 함인가? 그렇지 않으면 흘러 버린 그 돈이 차마 아까워서인가?

짝을 찾아 도는 갈매기떼들은 눈물겨운 처참한 인생 비극이 여기에 일어난 줄도 모르고 끼약끼약하며 흥겨운 춤에 훨훨 날아다니는 깃 치는 소리와 같이 해안의 풍경도 돕고 있다.

청춘도(青春圖)

서곡(序曲), 창조(創造)의 마음

자유로 허여된 꿈일진댄 아름다운 꿈이라도 꾸고 싶다. 세상을 경도시킬 걸작이야 꿈엔들 그려 보기 바라련만 하다못해 마코라도 한 갑 생기거나 그렇지 않으면 계집이라도…… 쓸모없는 시시한 꿈이 비록 몇 시간 동안이나마 현실의 시름을 잊고 지낼 수 있는 행복된 잠을 또 깨워 놓는다.

어디로 들어왔는지도 모를 한 마리의 생쥐, 바르르 책상 귀로 기어올라 해진 양말 짝을 하릴없이 쏜다. 그리던 그림에 붓대를 대다 말고 조심스레 손을 어이돌려 책상 위로 늘어진 꼬리를 붙드는 찰나, 날쌔게도 그놈의 생쥐 팩 돌아서며 손잔등을 물고 늘어진다.

'아, 야아' 놀래며 손을 뿌리치니 어이없다. 새까만 방안은 보이는 것 없이 눈앞에 막막하고 곤히 잠든 아버지의 숨소리만이 윗목에 한가하다.

무슨 꿈이야 못 꾸어서 하필 생쥐에게 물린담. 꿈조차도 아름답게 못 가진 자신이 가엾기도 했다.

상하는 반듯하게 누웠던 몸을 모로 뒤챘다. 눈을 뜬 데야 보일 턱이 없는 새까만 방안이요, 게다가 눈을 감기까지 했건만 눈앞은 환히 밝다. 빽빽이 둘러선 송림, 그 산탁을 떨어진 약수터 풀밭 길을 꼬불꼬불 금주는 걸어 내려온다.

"벌써 아침 물참을 보고 오십니까?"

"네, 머, 전보다 별로 일러 뵈지도 않는데요."

"아침 물은 방불이 차지요?"

"막 가슴이 뚫어지는 것 같애요."

제법 만나기나 한 듯이 말을 주고받기까지 해 본다. 이렇게 금주가 안타깝게 잊히지 않은 것은 그 여자에게 반했으므로 설까, 아무리 이성에 주렸었기로서니 가슴이 반나 썩어진 듯한 그의 표정, 배꽃을 비웃는 하이얀 얼굴을 금시라도 피를 콸콸 쏟아낼 듯한 정경이 아닌가.

그런 여자, 그 여자를 못 잊는다면 대체 어찌해 볼 심판인가, 그래도 그 여자가 못 잊힌다면 자기는 오직 한 가지만을 아는 짐승과도 같지 않은가, 이것이 자기의 본성일까, 사람의 마음일까, 등잔에 불을 켜고 일어나 앉으니 스스로 생각해도 우스운 꼴이다. 담배라도 있으면 하니 마코 향기가 혀끝에 일층 새롭다.

몇 번이나 털어 봐도 없던 담배가 있을 턱 없는 지갑 귀를 다시 털어 보니 소용이 있을까, 샅귀라도 돌아가며 들쳐 보자니 없는 꽁초는 샘날 수 없고. 허하지 않는 담배는 있었다.

선반 위에 아버지의 장수연 갑이다. 도덕상 금단의 율칙이 두려운 것이 아니다. 율칙을 범하기 벌써 빛 번, 조서녘에도 꺼내고 남은 것이 몇 대 되지 않음을 안다. 노여(勞餘)에 아껴 가며 한 대씩 피는 담배어니 이제 마지막 남은 밑바닥을 긁어내기 거북함이 마음에 걸리는 것이다.

그러나 이성을 그리는 마음보다 못지않은 형세의 담배 맛이다. 참을래 참을 수 없어 한 대에 적당하리만한 분량을 다시 집어내어 궁여의 고안 그대로 신문지 여백을 쭉 찢어 두르르 말아 침으로 붙인 다음, 성냥갑을 더듬어 들고 문밖으로 나왔다.

스무날 달이 하늘에 밝다. 누동섶 개천에 돌돌돌 물소리가 청아하다. 달밤에 물소리는 이상히도 마음을 당긴다.

담배를 붙여 물고 누동으로 나갔다.

한 바퀴 뚜렷한 달이 개천 속에 떨어져 잠겼고, 몸을 헤치고 달을 찢으며 잘박잘박 역류(逆流)하는 송사리 떼, 귀엽다 말을 할까, 나불거리는 지느러미, 오물거리는 주둥이, 달빛에 번득이는 찬란한 비늘, 몸을 뒤챌 때마다 눈이 부신다.

물속에 가만히 손을 넣으니 놀래어 흩어진다. 그러나 얼마 아니 있어 다시 송사리 떼는 몰려와 툭툭 하고 길을 막는 손바닥을 주둥이로 치받친다. 정신을 차려 먹고 날쌔게 줌을 쥐니 포드르르 줌 안에서 한 마리의 송사리가 생명을 원하는 듯 꼬리를 떤다.

다시 한 번 또 한 번 거듭하여 보는 사이, 올라가고 또 내려오고 수없이 뒤를 따라 오락가락 몰려다니는 송사리 떼임을 깨닫고 평범한 행동에서의 향락만이 아님을 알았다. 본능에 충실하려는 봄의 행사임이 틀림없었다.

본능의 만족을 위한 거룩한 행사에 구속의 손을 대였음이 극히 죄송한 듯하였다. 본능의 만족, 자연의 행사, 거기에는 털끝만치라도 구속이 있어서는 안 된다.

미련도 없이 둔덕에 집어 던졌던 몇 마리의 송사리를 다시 물속에 집어넣었다. 물 밖에 자유를 잃었던 몸이 둔탁하게 헤엄을 쳐간다. 오그그 송사리 떼가 다시 몰려와 그놈을 에워싼다.

문득 한 마리의 새가 깃을 펴고 물속에 나타나며 송사리 떼를 놀래고 달을 가린다. 누동으로 날아드는 공중에 뜬 해오라기다.

돌아옴을 반겨 맞는 듯 버드나무 상가지 둥우리 옆에 앉았던 한 놈이 끼익 끽 소리를 지르며 목을 뺀다.

무심코 바라보던 상하는 거기에도 봄이 왔음을 알았다. 생동의 힘, 봄의 사자, 그것은 물속에도 공중에도 찾아왔다. 그러나 오직 땅 위에 선 자기에게만 없는 것 같았다. 알 수 없는 촉감에 다시 몸서리를 쳤다. 둘 곳 없는 심사에 담배꽁초를 개천 속에 힘껏 메어 던지니 마음이 시원할까. 난데없는 물살에 송사리 떼만이 놀래어 흩어진다.

예술캔버스를 들고 산으로 올라갔다. 심심하니 소일로서가 아니다. 예술적 감흥에 못 참아서다. 산간의 시내, 곡간의 괴석, 약수터의 풍경, 어린 날 모르던 이 모든 고향 풍물이 상하의 붓대를 끌었다. 오늘은 약수터의 풍경을 눈에 담고 떠난 것이다.

산탁을 떨어져 박힌 커다란 바위 두 다리를 쭉 버드러치고 앉았다. 경사진 켠 아래를 내려다보니 한 폭의 그림 같다. 건너 산 너머 바라보이는 드높은 교회당 지붕, 그 산탁 밑 떨어져 일대엔 채찍을 들고 소를 몰아 밭 가는 농부, 좀 더 가까이 앞으로 큰길엔 무엇이 분주한지 끊일 새 없이 줄달아 속보를 놓는 행객, 눈 아래 약수터엔 생명을 붙안고 싸우는 수객들, 모두 생을 위한 싸움임에는 틀림없으나 그 아름다운 자연의 경개임에도 흥취를 잃고 허덕이는 고달픈 인간이 상하의 마음을 흔든 것이다.

약수터엔 지금도 수객들이 떼를 잊지 않고 모여들었다. 담창쟁이, 속증앓이, 긴병쟁이, 건강을 잃은 가지가지의 환자가 배지를 들고 행렬을 짓는다. 금주도 의연히 그들의 행렬에 끼이기를 잊지 않았다.

벼랑진 돌 틈새로 솔솔솔 끊임없이 솟아오르는 약수 받으며 배지 안에 뽀얗게 안개가 서리는 물, 산속의 정기와와 같은 이 물에 생명을 맡기고 봄을 찾는 그들.

그러나 이 산간에는 이미 봄이 무르녹았으되 그들에게는 봄이 오지 않았다.

벌레 먹은 몸이 서리에 절고 바람에 시달려, 그대로 한겨울 동안 눈 속에 생동의 힘을 빼앗겼던 산간의 생명인 온갖 종족들, 잣나무, 들매나무, 섶나무, 구름나무, 소나무 켠 등지고 떨어진 평지엔 소민재리, 도라지, 봄, 부채, 뺨박덩굴, 칡덩굴 꼽을 수 없는 초복들은 파랗게 잎새에 초록물이 오르고 줄기는 싱싱하게 살이 찐다.

이것들의 생명을 길러내는 대자연 하늘을 엄한 아버지라면 땅은 자애로운 어머니다. 하늘에 솟은 해는 아버지의 눈이요, 땅속을 흐르는 물은 어머니의 젖이다. 어머니는 젖을 주어 살을 찌우고 아버지는 열을 주어 건강을 단련시킨다. 비교적 숙성에 빠른 진달래와 동동할미는 이미 꽃까지 피었다.

그러나 이 같은 아버지 같은 어머니를 가진 자연 속에 생명의 부여는 같이 받았으나 한 번 시들은 인간에게는 같은 산속의 정기를 받되 어머니의 젖이나 아버지의 단련도 아무러한 효과가 없었다.

삼십 명은 확실히 넘을 수객들의 얼굴에는 한 점의 봄빛을 찾을 길이 없고 구름같이 무거운 우울 속에 주름살을 못 편다.

금주, 이미 이 자연의 혜택을 받고자 세고에 병든 몸을 이끌고 산천 리 물 백 리, 천백 리 길을 더듬어 이 산속을 찾아온 지 이미 이태 산간의 신선한 공기를 호흡하며 산간의 종족을 길러내는 자애로운 어머니의 젖가슴 속에 안기어 두 돌의 봄을 맞았건만 금주에게는 봄을 주지 않았다. 그래도 금주는 게을리하지 아니하고 하루같이 산속을 뒹굴며 때 찾아 약수터로 내려왔다.

이렇게 지성을 들여 삶을 위하여 마음을 다하면 서리에 절었던 풀잎이 거센 땅을 들치고 다시 봄을 맞아 파랗게 생을 빛내며 살이 쪄 자라는 것과 같이 금주에게도 다시 봄이 돌아올까. 두드러진 뺨을 능히 감추고 살이 올라 배꽃같이 하이얀 그 얼굴에도 진달래 꽃빛물이 들어볼까.

이것을 그리는 것은 자유요, 그것은 예술이었다.

데생에 시험의 붓을 들었다. 배지를 한 손에 들고 골짜기의 잔디밭 위에 넋 없이 앉은 한 여인의 횡면 흰 닭에 검정 닭 모양으로 뛰어나게 차린 품이, 그리고 그 날씬한 몸맵시가 금주임에 틀림없었다.

한 사람의 폐병 환자를 취급할 것은 잊을 수 없는 대상이었으나 하필 금주를 그리고자 한 바는 아니었건만, 참을래 참을 수 없는 예술의 충동에서 시험하려는 붓끝에 못 잊는 금주가 모르는 듯 날아들음이 이상한 감흥을 자아내 주었다.

폐병 환자임에도 불구하고 마음을 당기는 금주, 애타는 속에서도 못 잊는 예술의 감흥, 알 수 없는 신비로운 심경, 그것을 자연미와 조화시켜 놓으려는 충동, 그 소재의 하나가 금주다. 금주는 예술이다. 예술 속에 금주가 있다. 금수는 내 붓끝에 가리가리 요리될 것이다. 금주는 이미 내 것이다. 상하의 붓끝은 금주의 얼굴에서 몸집까지 선에 힘을 주고 다시 그었다.

금주는 나를 그리라는 듯이 옴짝도 아니하고 앉아서 장글장글한 햇볕을 가슴에 받으며 시간 나마를 그린 듯이 앉았더니 두세 번의 얕은 기침 끝에 괴로운 표정을 지으며 산속으로 더듬어 오른다. 일상 가서 앉은 샘칫가 바위 위이려니 하였더니 뜻밖에 상하를 향하고 직로를 놓는다.

"오늘도 풍경이세요?"

상하의 앞에 우뚝 와 마주 서며 하는 인사다.

"네, 그저…… 요샌 어떠십니까?"

"머…… 그저 그래요. 미안하시지만 제 초상 하나 그려 주실 수 없을까요?"

자진하여서라도 그려주고 싶은 상하의 마음이다. 그러나 대번에 승낙은 싱겁다.

"내가 머 그림을 잘 그립니까? 어디."

"천만에요." 하다가 금주는 풍경 속에 그려진 여자 위에 문득 눈이 가고 시선에 힘을 준다. 아직 선으로밖에 되지 않은 그림이지만 그 윤곽만으로도 어딘지 그것이 자기임을 알아낼 수 있었던 것이다.

"아니 이게 제가 아니에요!"

금주는 자못 놀란다.

"네?"

"왜 풍경 속에다 저를 이렇게 그리세요?"

"그걸 모르십니까?"

금주는 가볍게 미소를 짓는다.

"알 수 없이 금주 씨가 그립습니다."

"알겠어요. 그러나 선생님! 용서하세요. 저는 며칠을 못 가 죽을 인간인가 보아요. 오늘도 각혈을 했답니다."

"모르지 않습니다."

"그러시면서 선생님은⋯⋯."

"네. 내 마음을 나도 모릅니다. 까닭 없이 금주 씨가 그립습니다."

"선생님, 절 잊어 주세요. 저는 살겠다는 욕망밖에 아무것도 없습니다. 저도 봄이 그립습니다. 청춘을 잊을 길이 있겠어요."

세상이 쓰림을 못 참는 듯 한숨 끝에 주려 잡은 눈가의 주름. 상하는 다시 더 말을 못했다. 삶의 위대한 힘에 마음이 찔린 것이다.

삶의 힘, 그것은 금주의 욕망의 전부다. 청춘을 짓밟고 청춘에 살려는 봄, 꿈의 보금자리에서 썩어지는 봄의 생명이 가엾기도 했다. 안타깝기도 했다.

상하는 이 가엾은 생명을 예술의 힘으로 영원히 살리고 싶었다. 다시 붓끝에 정신을 모았다.

"저를 그린 그림은 저를 주셔야 해요, 네? 선생님! 약속하여 주실 수 있겠지요?"

금주는 두 번 세 번 당부한다.

애욕(愛慾)

그림을 그리는 며칠 동안 쉬임 없이 자란 산속은 진초록으로 푸름이 거울같이 맑다. 산속은 청춘의 요람이라고 할까, 생기에 뻗은 산속, 이 산속에서 금주가 시들음이 거짓말 같지 않은가.

상하는 금주의 신변에 염려를 못 잊으며 일단의 정성을 다하여 끝 낸 그림을 들고 산속으로 기어올랐다. 샘칫가 도랑을 끼고 잔솔을 피하여 기름진 풀잎을 밟으며 꼬불꼬불 돌았다.

샘칫가 바위 위에는 언제나 같이 금주가 앞가슴을 풀어 놓고 일 광욕을 하고 있었다.

"할미꽃은 벌써 머리를 다 풀었군요."

"진달래꽃도 지나 봐요."

하다가 금주는 캔버스 위에 주었던 눈을 문득 돌려,

"아이, 다 되셨군요. 그림이!"

그리고, 손을 내밀어 그림을 눈앞으로 당긴다.

"원하셨던 초상만 그린 것이 아니라 금주 씨의 마음에 어떨까 해 서 퍽 자제됩니다."

다 그려졌다고 아는 그림이건만 상하는 그래도 어딘지 만족할 수 없는 듯이 들여다본다.

"아녜요. 이 그림이 제겐 더욱 좋아요."

"글세, 그러시다면……."

"이게야 완성한 예술품이 아니에요? 이 그림 속에는 생명의 고민 상이 여실히 표현되어 있어요. 봄을 모르는 제 심정이 제 얼굴에 어 떻게 이렇게 드러났을까요."

"영원한 기념으로 드립니다."

"아이, 고맙습니다."

하기는 하나 맘에 없는 그림을 받는 듯이 별안간 표정이 구름같이 흐린다. 상하는 까닭을 몰라 다음 말에 간난을 느끼고 준비에 바쁜 동안,

"현실은 참 괴로운 것이에요. 이것이 산 인간 풍경이 아니겠어요? 생명은 무엇으로 따질 수 있습니까? 선생님!"

"글쎄요, 욕망의 전부라고나 할까요."

"적절한 말씀이에요. 욕망이 제어된 곳에 생명은 없을 거예요. 청춘이 구깃구깃 구기운 제 심정이 어떠할 것입니까? 선생님!"

"가는 봄은 다시 돌아올 때가 있습니다."

"아녜요, 그야 위로의 말씀이지요. 인생의 봄은 거기에 적용되지 못하고 영원히 늙는가 보아요. 이제 보세요. 제가 며칠을 더 사나, 모든 것은 다 거짓이에요. 속아서 사는 것이 인생의 진리 같습니다. 저 너머, 저 교회당의 종소리는 성스럽게도 사람의 마음을 유혹합니다만 인간의 생명이야 좌우할 수가 있겠어요. 전도부인의 설교에 이 약수터에서도 벌써 몇 사람이나 쫓아가 기도를 받았습니다만 기적도 없었습니다. 저는 이제 이 그림 속에서만 영원히 살까 합니다. 요구하였던 초상이 제 마음을 이렇게 표현한 그림을 얻게 되니 저라는 고깃덩어리는 썩어져도 정신만은 영원히 살 것이에요."

"세상을 그렇게만 해석하실 수 있을까요?"

"그렇지 않으문 뭐 기적이게요! 단지 제가 요구하던 제 초상만을 그리셨다면 저라는 인간밖에 더 그러니 것이 되겠어요? 여기에는 제가 모든 인간을 대표한 한 본보기로 된 것이 더욱 좋아요. 세상을 비웃고 제 정신만을 살린 것이 되어 있지 않습니까? 새파란 청춘이 저기에 영원히 남는 것 같습니다……."

"그러시면 애초에 초상을 원하셨던 뜻은 무엇입니까?"

"그건 묻지 마세요."

"비밀입니까?"

"비밀이랄 건 없지만 말씀드리기 거북해요."

"거북한 일 같으면야 나더러 원했으리라고요?"

"그런 걸 기어코 알으셔야 하나요? 뭐 말씀 못 드릴 것도 없긴 없어요. 그럼 얘기하지요. 저는 이미 약혼을 했드랍니다. 결혼을 앞으로 얼마 남기지 않고 참다 못해서 이리로 왔어요. 그러니 사랑하는 이를 이렇게 멀리 떠나보내고 객지에서 그이가 오죽이나 제가 그리울 게야요? 그래서 저는 아내의 책임을 다하지 못하는 그이의 심정을 위로하여 드리려고 선생님에게 제 초상을 원하였던 게지요. 말하자면 저는 괴악한 년이에요. 제 목숨만이 살아나겠다고 아내로서의 책임을 피하는 년이 괴악한 년이 아니에요. 선생님!"

상하는 놀랐다. 금주를 위하여 정력을 다한 예술품이 자기를 박차고 금주를 사랑하는 사나이의 청춘을 위로하므로 금주의 사랑에 만족을 줌이 되는 것이다. 사랑하는 이를 예술화시키므로 만족할 것 같던 상하의 심정은 예술에 있지 아니하고 애욕 속에 있었다.

애욕, 그것은 예술보다도 위대한 힘으로 상하의 마음을 불태웠다. 이 세상에서의 온갖 힘으로도 꺾을 수 없는 가장 큰 힘 같았다.

누가 그러고자 해서 그런 힘을 길러 왔을까, 한 포기의 풀이 때가 오면 아무리 꺾어 버려도 몇 번이고 거센 땅을 들치고 나와 기어코 아름다운 꽃을 피워내는 그것과도 같이 꺾이지 않는 힘이었다.

"금주 씨! 그 그림을 내 눈앞에서 용감하게 찢어 보일 수 없습니까? 네에? 금주 씨!"

그것은 곧 자연의 힘이요. 생명의 부르짖음인 듯이 열정에 타는 외침이었다. 벅찬 소리를 듣는 듯이 고민의 표정이 깊어 간다고 보여지는 순간, 금주는 서너 번의 괴로운 기침 끝에 붉은 핏덩이를 선지로 쏟는다.

뿌리박은 사랑의 위대한 힘에 용납할 수는 없는 고민의 상징일까.
그렇지 않으면 사랑에 제어된 구기운 청춘의 발버둥일까.

상하는 오직 아연하고 더 할 말에 간난을 느꼈다.

생명(生命)

마음의 평화를 잃은 상하는, 그날 밤을 거의 새우다시피 고요히
앉아서 이런 경우에 들어맞을 선철의 명구를 무수히 끌어다 자위에
의 수단으로 일삼아도 보았으나 그것은 모두 거짓부리였다.

자기의 예술은 금주의 사랑에 완전히 사로잡힌 것같이 아무리 하
여도 불안한 마음을 가라앉힐 길이 없었다. 그것은 마치 생명을 잃
은 것과도 같았던 것이다.

예술은 곧 자기의 생명이 아니였던가. 십여 년 동안 예술을 위하
여 닦은 공부는 그대로 자기의 생명이었다. 만일 자기에게 예술이란
세계가 제어되어 있었던들 자기는 스스로 목숨을 끊고 영원한 예술
속에 깊이 잠들고 있었을는지 모른다. 오직 예술 그 속에서만 참삶
을 살 수 있었던 것이다.

거지 같은 오늘의 생활, 그것도 다만 예술에 충실하려는 마음이었
다. 밥만을 위하여 삶을 찾았더라면 자기는 결코 이러한 처지에서
한 대의 담배조차 궁하게 되지는 않았을 것이다.

예술을 희생하고 뜻 아닌 곳에서 밥을 빌 수는 없었다. 그것은 곧
자기라는 생명을 희생하는 것과도 같았던 것이다. 그리고 지금도 결

코 그것을 후회하는 것이 아니다. 한 개의 예술을 창조할 때 그 속에서 생을 찾고, 생의 가치를 느낌으로 자기라는 존재를 내다본다. 어떠한 예술적 소재를 머릿속에 두고 캔버스와 마주 앉을 때, 그리하여 새로운 세계가 붓끝에서 창조될 때 역시 자기의 생은 그 속에서 빛났다.

약수터의 풍경을 그릴 때도 금주의 영원한 생명을 위하여 자기의 생명을 정성을 다하여 기울여 넣었다. 그리하여 예술 속에 남아질 영원한 생명을 꿈꾸고 세상을 비웃었다.

그러나 금주의 사랑 앞에서 예술의 힘도 생명을 잃는다. 확실히 자기는 금주를 못 잊는 것으로 자기의 마음을 증명할 수 있지 않은가.

이것이 자기의 마음일까, 사람의 본성일까, 상하는 자신의 존재에 대한 회의를 풀 길이 없었다. 내어다볼 수 있는 죽음을 앞에 놓은 금주나, 씩씩한 건강을 자랑하는 자기나, 생명이 없는 점에 있어서는 조금도 다를 것이 없었다.

금주의 생명을 가이없어 하며 캔버스 위에 그려 놓은 자기의 생명도 반드시 가이없게 보아 주어야 마땅할 것이다. 아니 금주의 생명이 도리어 자기의 생명을 비웃을는지도 모른다. 그림을 원하여 은근히 자기의 마음속에 알뜰하게 사랑의 패를 주는 듯하다가 약혼설을 말하여 냉정히 돌려 따는 것은 자기를 조롱하는 것이 아니었던가.

더욱이 그 그림으로 사랑하는 이의 만족을 주자는 것은 확실히 자기의 예술을 비웃어 줌도 되는 것이다. 금주를 마음대로 할 수 있든지 그렇지 않으면, 그 그림을 다시 빼앗아 금주의 눈앞에서 빠악빡 찢어 불살라 버리든지 하지 아니하고는 언제까지나 마음의 평화는 올 것 같지 않았다.

종곡(終曲), 창조의 성격

이튿날 상하는 약수터의 아침 물참에 금주를 찾아 떠났다. 그러나 이태 동안을 하루 같이 빠져 본 일이 없다는 금주가 오늘은 약수터에서도 산속에도 보이지 않았다. 반나절 동안을 산 속에 기다려 보았어도 금주의 그림자는 나타나지 않았다.

상하는 선뜩 그날의 각혈을 연상하고 그의 죽음을 뒤미처 생각해 보며 몸서리를 쳤다. 그러나 금주는 죽음의 길을 찾아간 것이 아니요, 삶의 길을 찾아간 것이다. 금주가 거처하던 주인집을 찾으니,

"에, 그 아가씨요? 회당으로 갔어요. 전도부인이 늘 예수를 믿으면 병이 낫는다구 해두 쓸데없는 소리라구 귀담아도 듣지 않더니 어젯밤 피를 연거푸 세 번인가를 토하고는 근력 없이 밤새도록 누워서 뜬 눈으로 새고 나더니 무슨 생각으로 아침 일찍이 그리로 갔답니다."

주인 마누라는 분명히 대답하였다. 상하는 금주의 흉보를 듣는 것에 못지않게 놀랐다. 그렇게도 믿지 못하던 교회당을 필야엔 금주도 찾아가고야 만 것이다. 생명을 위하여 알고라도 속지 않을 수 없는 것이 금주의 마음이었다.

상하는 교회당을 향하여 발길을 옮겼다. 황혼에 물드는 교회당의 신비로운 지붕을 바라보며 산탁 길을 추어 올랐다. 뜻밖에 금주는 교회당 뒤 솔밭 잔디 위에 힘없이 앉아서 건너 산허리 너머의 마안한 바다를 무심히 바라보고 있었다.

"이리로 또 오세요? 왜 자꾸 이렇게 저를 따라다니는 게에요?"

상하의 그림자를 대하기가 바쁘게 금주는 독을 뿜는 듯한 날카로운 눈초리로 새침하여 쏜다.

상하는 그 대담함에 놀라고 멈칫 섰다.

"젊은 계집이 산속에 혼자 앉았는데 따라오는 것은 무슨 뜻이에요?"

"어제는 실례했습니다."

대답에 궁하여 늦어진 인사를 어색하게 하였다.

"글쎄 안 그래요? 선생님! 선생님에게 생명이 있다면 응당히 저에게도 생명은 있어야 옳을 것이 아닙니까? 생명은 선생님의 전유물만이 아니니까 말이에요. 안 그래요? 선생님!"

"……"

"그러나 선생님은 선생님의 청춘만을 위하여 남의 청춘을 짓밟으려는 것이 욕망의 전부이지요? 다 알고 있어요. 저인들 왜 청춘이 그리울 길이 없겠습니까, 빠에서 카페, 카페에서 티룸으로 이렇게 굴러다니는 동안 가지가지의 세파에 마음이 늙은 계집이랍니다. 왜 청춘이 그리울 길이 없겠어요, 청춘에 목말랐지요. 영원한 청춘에 목이 말랐어요. 그러나 선생님! 생명이 있고야 청춘이 있지 않습니까? 이렇게 된 팔자에 뭐 거리낄 것이 있겠어요?

털어놓고 시원히 말하겠습니다. 저는 실상 남편도 아무것도 없는 계집이에요. 선생님이 다 자꾸 저에게 맘을 두는 눈치를 엿보고 선생님의 사랑의 정도를 저울질하여 보자고 제가 초상화를 청해 본 것이에요. 그랬더니 그 그림 속에서 확실히 선생님의 사랑이 열정적인 것을 찾고 어떡하면 그 열중된 선생님의 사랑의 불길을 고이 재워 볼 수 있을까 하는 데서 냉정히 선생님의 마음을 단념시키자는 것이 남편이 있다고 거짓말을 꾸며 대인 원인이었더랍니다. 그러나 선생님은 그럼에두 불구하시구 저더러 그 그림을 찢으라고 열정적으로 부르짖으실 때 저는 저같이 천한 계집을 그처럼 사랑해 주시는 선생님의 열정에 감복하여 청춘의 힘을 이길 길이 없이 흥분되는 마음에 그만 각혈까지 하게 되었더랍니다. 마음이 흥분되면 또 각혈을 할까 두렵습니다. 저를 다시는 괴롭히지 말아 주세요. 네? 선생님! 이게 저의 선생님에게 알뜰한 원이에요. 영원히 잊어주실 수 있겠지요? 네? 선생님!"

말끝을 여물게 맺을 길이 없이 미처 스미는 눈물을 금주는 걷어잡지 못한다.

순간, 상하는 금주의 농락에 불쾌함을 느끼기보다 뜨겁다 못하여 냉정하지 않을 수 없었다.

청춘에 끓는 그의 마음이 오죽이 괴로웠을까. 괴롭다 못 하여 냉정하여졌을까. 냉정히 거절을 하고도 참을 수 없이 떨어뜨리는 눈물! 청춘에 끓는 정열의 눈물이 아니었던가. 생명이 발버둥치는 냉정한 눈물이 아니었던가,

생명은 곧 청춘의 힘이다. 이 눈물 앞에 어찌 마음이 흔들리지 않을 수 있을까. 자기가 생명으로 아는 생명과 금주가 생명으로 아는 생명과의 그 생명을 가지는 성질은 비록 다르나 하되 생명인 점에 있어서는 공통된다. 오직 목숨을 생명으로 아는 금주에게 있어선 이 이상 더 생명을 사랑할 줄 아는 아름다운 맘씨를 가지기 바랄 수 없을 것이다.

이미 이러한 맘씨가 금주의 마음속에 숨어 있었음에도 헤아리지 못하고 그의 마음을 괴롭혀 온 상하는 자책의 마음에 고개가 숙였다. 대답에의 빈곤을 느껴 어리둥절해 하는 동안 교회당의 저녁 종소리가 성스럽게 산곡을 울린다.

'뜨앙! 뜨앙! 땅땅! 땅……'

그것은 마치 상하의 난처한 정경에 동정이나 하려는 것처럼 금주

를 불러들였다.

비탈진 산탁 길에 조심스레 발자국을 옮겨 짚는 금주의 힘없는 거동을 멀거니 바라보며 성스럽게 들리는 종소리의 음향을 타고 상하는 알 듯하면서도 알 수 없는 창조의 성격에 고요히 생각을 깃들이며 있었다.

병풍 속에 그린 닭이

　사흘이면 끝을 내던 이 굵은 넉새 삼베 한 필을 나흘째나 짜는데도 끝은 안 났다. 오늘까지 끝을 못 내면 메밀알 같은 그 시어미의 혀끝이 또 오장육부까지 한바탕 할퀴낼 것을 모름이 아니다. 손에 붙지 않는 베라 하는 수가 없다.

　박 씨는 몇 번이나 이래서는 안 되겠다 마음을 새려먹고 놓았다가는 다시 북을 들어들고 쩽쩽 놓고 쩽쩽 분주히 짜보나 북 속에 잠긴 실은 풀려만 가는데도 가슴에 얽힌 원한은 맺혀만 가 그만 저도 모르게 북을 놓고는 멍하니 설움에 잠기게 되는 것이다.

　생각하면 참 눈에서 피가 쏟아지는 듯하였다. 하기야 애를 못 낳는 죄가 자기에게 있다고는 하지만 남편까지 이렇게도 정을 뗄 줄은 참으로 몰랐던 것이다. 어떻게도 섬겨오던 남편이었던고? 돌아보면 그게 벌써 십 년 전, 시집이라고 와 보니 남편이란 것은 코 간수도 할 줄 몰라서 시퍼런 콧덩이를 입에다 한입 물고 훌쩍이지를 않나, 대님을 바로 칠 줄 몰라서 아침 한동안을 외로 넘겼다 바로 넘겼나.

　남이 볼까 창피하여 시부모의 눈을 피해 가며 짬짬이 코를 닦아

주고 아침마다 대님을 혀까지 주어 자식같이 길러낸 남편이요. 그날 그날의 끼니에 쫓아 군색하여 먹기보다 굶기를 더 잘하는 가난한 살림살이를 어린 몸이 혼자 맡아가지고 삯김, 삯베, 생선자백이는 몇 해나였으며, 심지어는 엿 광주리까지 이어, 그래도 남의 집에 쌀 꾸러는 아니 다니게 만들어 신세를 고쳐놓은 것이 결코 죄될 일은 없으련만 이건 다자꾸 애를 못 낳는다고 시어미는 이리도 구박이요. 남편은 이리도 정을 떼는 것이다.

글쎄 뉘가 애를 낳고 싶지 않아 안 낳고 성주님께 빌기는 몇 번이나 했는데, 불공도 드리기를 철 따라 게을러 본 적이 없다. 그래도 안 생기는 것을 어쩌자고……. 생각할 때마다 아픈 눈물이 가슴을 찢으며 나왔다.

그러나 그것이 자기의 죄임이 틀림없다. 집안의 절대를 생각해도 그렇거니와, 나이 근 사십에 남 같으면 벌써 아들이라, 딸이라, 삼 형제를 슬하에 올망졸망 놓고 흥지낙지(興之樂之)할 것인데, 도무지 사람 사는 것 같지가 않게 밤낮 수심으로 한숨만 짓고 앉았는 남편이 하도 가긍해서 언젠가는,

"이젠 난 아들 못 낳갔넝거우다. 첩이라두 얻어보구레." 하니,

"글쎄 첩을 얻으문 집안이 편안하야디. 그르문 님재레 더 불쌍하디 않갔습마?" 이렇게 자기를 위하여 자제까지 하다 얻은 그러한 첩이다.

그렇게 얻은 첩에게 이제 남편은 빠졌다. 처음에는 그래도 며칠만에 한 번씩은 자기 방에 들어와 잘 줄을 알더니 이 봄을 잡으면서는 그림자도 얼씬하지 않는다. 이것이 무엇을 말하는 것일꼬. 시어미야 아무리 구박을 주어도 남편의 정만 있으면 살지 하고 한뜻같

이 그 시어미를 섬겨왔고, 남편은 또 어머니를 글다 자기편을 들어 왔다.

그러나 이젠 남편마저 어머니 편이다. 누굴 믿고 살아야 하나? 아무케서도 첩 년보다 자기가 시퍼런 아들을 하나 먼저 낳아 가시 돌친 시어미의 혀끝을 다듬고 첩 년에게 빼앗긴 남편의 정을 온통 끌어다 평화로운 가정을 만들어놓아야 할 텐데. 그래서 어디 선달네 굿에나 한 번 더 가서 애를 빌어 보리라 총알같이 별려왔으나 그것도 임의롭지 못하다.

어제도 굿 이야기를 했다가 퉁바리를 썼다. 그러나 오늘 밤까지 굿은 끝나고 만다. 아무리 생각해도 욕이 무섭다고 이 좋은 기회를 놓치기는 차마 아깝다. 박 씨는 다시 잡았던 북을 놓고 베틀을 내려 건넌방으로 건너갔다. 단번 더 시어미의 의향을 품해보자는 것이다.

"오마니! 아무래두 굿에 가보야가시오?"

시어미는 들었는지 말았는지 머리를 숙인 그대로 결던 꾸리만 그저 겨를 뿐이다.

"그래두 알갔소. 선앙님(성황님)이 복을 줄디."

"아아니, 이 년이 요즘엔 바람이 났나 보드라. 짜레는 베는 안 짜구 날마다 먼 산만 멍하니 바라보고 앉았더니 글쎄, 무슨 일을 내구야 말디. 시퍼렇게 젊은 년이 가랭이를 벌리구서 나덜이 우글부글하는 굿 구경을 간다!"

과하다. 가슴이 미어지는 듯하다. 이렇게도 말을 할 수가 있나? 분한 생각을 하면 마주 대항을 하여 될 대로 되라 가슴속에 구긴 분을 풀어도 보고 싶었으나 시어미의 발내납을 미느리 된 도리에 받는 수가 없다.

"아이고 오마니! 거 무슨 말씀이요? 그래두 내 몸에 자식이 나야 안 되갔소? 온나줴 오마니 제레 아무래두 명미 한 되만 개지구 가 볼래요."

"아이구 참 집안이 망헐래문 펜안히나 망하디. 메느리 바람 닐었 대는 소문 냉기구 망할 건 머잉고. 귀때기레 있으문 너두 동네서 너 까타나 쉴쉴 허는 소리를 들었갔구나, 에 이 년아."

"놈이야 아무래두 멜허우, 나만 안 그랬으믄 되디요. 아무래두 갔 다올래요."

"아, 이 년아! 아무래두 갔다오갔댐엔 나 있는 덴 와 와서 이리 수 선이냐? 수선이. 웅, 이 년이 굿 핑계를 대구 무슨 수를 푸이누라구? 다 알디 다 알아. 이 년, 네 오늘 저녁 선달네 굿엘 어디 갔단 봐라, 내 집 문턱에 발을 못 드러 놓으리라. 본래 야레 미물이디 미물이야. 그래두 데따운 년을 에미네라구……."

박 씨는 더 말하고 싶지 않았다.

만일 남편이 이 소리를 들었으면 나를 화냥년이라고 당장 내어쫓 을까? 아니, 아무리 정은 첩 년에게 갈렸다고 하더라도 십여 년을 같 이 살던 내 마음을 몰라줄 리는 없을 거야. 그 입에 담지 못할 험담 으로 나를 집어먹으려는 그 입놀림을 남편이야 마뜩해 곧이 들으리!

박 씨는 도리어 남편이 이 소리를 좀 들었더면 오히려 속이 시원 할 것 같다. 아무리 몰인정한 사람이기로 애매한 누명을 뒤집어쓰 는 이 나를 보고 짐승이 아닌 다음에야 내 이 터져 오는 가슴을 마 음으로라도 어루만져는 주겠지, 하니 남편이 그립기 그지없다. 장에 서 돌아오기만 하면 이런 소리를 반반이 외어 바치고 가슴속에 서 린 분을 풀어보고 싶다.

그래서 남편이 내 맘을 알아만 준다면 명미도 아니 줄 리 없을 것이니…… 생각을 하며 박 씨는 가슴에 넘쳐흐르는 울분을 삼키고 다시 베틀로 돌아왔다.

참으려야 참을 수 없는 눈물이 가슴을 할퀴기 시작한다. 마음 놓고 실컷 울기나 하면 분이 풀릴까, 참기도 어려웠으나 참으려고도 아니하고 그냥그냥 울다 보니 벳바닥 위에는 어느새 벌써 은하수같이 기다란 해 그림자가 꼬리를 길게 달고 가로누웠다.

벳바닥 위에 해 그림자가 가로누우면 또 저녁을 지어야 하는 것이다. 박 씨는 치마폭을 걷어 눈물을 씻고 일어섰다. 저녁을 먹고 나서도 남편은 돌아오지 않는다. 이제나 돌아오려나 문밖에 나서니 은은히 들려오는 선달네 굿 소리!

둥 둥둥 둥둥둥!
둥 둥둥 둥둥둥!

한참 흥에 겨워 치는 장구 소리다.

이 소리에 박 씨의 마음은 더욱 초조하다. 그대로 달려가기만 하면 신령님은 복을 한 아름 칵 안겨줄 것 같다. 아이, 그이가 오늘은 또 속 상하는 김에 술을 잡수셨나 보지. 들락날락 기다리나 어둠이 짙어 가는데도 돌아오는 기척이 없다.

박 씨는 안타까왔다. 어둠은 점점 짙어 가는데 그러다 굿이 끝나면 하는 생각은 그대로 참지는 못하게 했다. 아이를 못 낳는 한 그러지 않으면 시어미의 그 욕을 면해 볼 노리가 있을까? 시어미 눈야 얼마든지 피해갈 수 있을 것이나 시어미의 치마끈에 매달린 고방문 쇠를 어찌할 수 없으매, 복을 빌 명미를 낼 수 없음이 자못 근심일 따름이다.

그러나 그렇다고 또한 이 밤을 그대로 보낼 수는 없다. 생각다 못하여 박 씨는 애지중지 농 밑에 간직해두었던 은 바늘통을 뒤져냈다. 이것은 어머니가 시집을 때 노리개두 못 해주는데 이것이나 하나 해줘야 한다고 옥수수 엿 말을 팔아서 만들어준 것으로 자기의 세간에 있어선 다만 하나의 보물이었다. 그러나 박 씨는 이제 자식을 빌러 가는 명미의 밑천으로 그것을 팔자는 것이다.

바늘통을 뒤져 들은 박 씨는 한 점의 미련도 없이 그것을 들고 동구 앞 주막집 뚜장이 늙은이를 찾아가 일금 이 원에 팔아서 입쌀 한 되, 백지 두 장을 사 들고 부랴부랴 선달네 굿터로 달려갔다.

굿은 한창이었다. 사내, 계집, 어린이, 큰애, 늙은이, 젊은이 할 것 없이 동네 사람들은 거의 다 모인 성싶게 마당으로 하나이 터질 듯 둘러섰다. 보니 그 앞에선 떡이라, 고기라 즐비하게 차려놓은 상을 좌우에 놓고 남색 쾌자에 흰 고깔을 쓴 무당이 장구에 맞추어 흥겨운 춤이 벌어져 있다.

박 씨는 선달네 마누라에게 온 뜻을 말하고 놋바리 두 개를 얻어 담뿍담뿍 쌀을 담아 정하게 백지를 깔고 굿상 위에 받쳐놓았다.

복을 빌러 온 사람은 박 씨 자기만이 아니었다. 남편이 앓아서 무꾸리를 온 색시, 자손들을 잘살게 해달라 공을 드리러 온 늙은이, 소를 잃고 점을 치러 온 사내, 무어라 무어라 꼽을 수 없이 수두룩하다.

무당은 춤을 한참 추고 나더니, 복 빌러 온 사람들을 차례로 불러 복을 주기 시작한다. 박 씨는 여덟 번째였다,

"야들아!"

큰 무당은 한창 장구에 흥거운 시내들을 소리쳐 부른다.

"에에이!"

"어허니야 시내들아! 너희들 들어봐라. 심해에 김만복에 서얼훈에 무자하야 목욕재계 사흘 후에 성주님께 자식 빌려 명미 놓고 등대했다. 성주님을 모셔다가 오옥동자 금동자를 오늘루서 주게 해라. 자아, 노자, 노자, 노자아하!"

큰 무당은 다시 팔을 벌려 춤을 을신을신 추기 시작하니 시내들은 또 엉덩춤에 장구다.

둥둥 둥둥 둥둥둥…….
둥둥 둥둥 둥둥둥…….

큰 무당은 한참이나 춤을 추고 나더니 박 씨를 불러 자기가 입었던 쾌자를 벗어 입히고 고깔을 씌운다.

박 씨는 자못 그것이 사람 많은 가운데서 부끄러운 노릇이나, 그것을 가릴 째비가 아니다. 무당이 시키는 대로 정성껏 받지 않으면 안 된다.

그러나 다만 한 가지 근심은 추어보지 못한 춤이라, 어떻게 팔을 벌리고 다리를 놀려야 할지 알 수 없는 것이요, 그것이 서툴러서 뭇사람들의 웃음거리가 되면 하는 것이 순간 낯을 붉히었으나, 자식을 비는 춤이어니 하면 저도 모르게 온성신이 춤에만 쏠려 들었디.

"성주님 오셨나이까, 김해에 김만복이 일전에 자식 빌려 가노이다.

금동자를 주소서. 금동자를 주옵소서. 야들아! 시내들아! 자, 때려라. 노자, 노자."

큰 무당의 호령에 시내들은 또 일제히 받으며 춤 장구를 울린다.

쿵! 박 씨는 한 팔을 들었다.

쿵! 쿵! 쿵덕쿵 장구 소리에 맞추어 박 씨의 팔은 올라가고 내려오고, 처음 그 한 팔을 들기가 힘이 들었지 들고 나니 아무것도 아니다. 들었다 놓았다 춤도 아주 곱다.

얼마 동안을 추고 난 뒤, 큰 무당은 또 시내들을 불러 장구 소리를 멈추게 하고 박 씨를 붙들어 쾌자와 고깔을 벗긴 다음, 명미 바리에 쌀을 한줌 집어내어 공중으로 올려 던졌다. 다시 그것을 잡아 가지고는 그것이 쌍이 맞나 안 맞나를 검사하여 안 맞으면 버리고, 맞으면 박 씨를 준다. 그러면 박 씨는 그것을 받아서 잘근잘근, 그러나 경건한 마음으로 씹어서 삼킨다. 그것이 복인 것이다. 무당은 그 쌍이 맞는 쌀알이 박 씨의 나이와 같이 될 때까지 몇 차례를 거듭하고 나더니,

"어허니야아……어허니야아……."

큰 무당은 춤을 얼신얼신 추며,

"성주님이 김해에 김만복이 무자하사 천복 디복 다 주시다. 서른여섯 다섯쌍이 다 맞아 떨어졌다. 옥동자 금동자가 머지않어 생기리라. 성주님을 박대 마라. 선앙님을 박대 마라. 야! 박 씨야아!" 하더니, 굿상 위에 괴어놓았던 흰 떡 한 개를 박 씨의 치마를 벌리래서 집어넣는다.

"이건, 금동자니라."

또 한 개를 집어넣고.

"이건, 옥동자니라."

그리고 냉큼냉큼 세 개를 연거푸 집어주며,

"옥동자 금동자 오 형제를 두었더라. 이 복 받아 성주님께 물러주고 성공을 드려라, 아아 하아!" 하니,

박 씨는 받은 떡을 떨어질세라 조심히 치마귀를 둘러 싸안고 대문으로 빠져 집으로 돌아왔다. 그리고는 무당이 가르친 대로 뒤란 밤나무 밑 구석 오쟁이에 싸고 온 떡을 정성스레 하나하나 집어넣고 공손히 읍을 하여 허리를 굽혀 절을 하였다.

"성주님! 아무케두 자식을 낳게 해줍소사."

또 한 번 절을 하고 나서,

"시어머니 마음을 고쳐줍소사."

또 절을 한 다음,

"남편을 제 방으로 건너오게 해줍소사."

그리고 또 한 번 절을 하고는 조심조심 물러나 뒤란을 돌아왔다.

변 씨의 방에는 불빛이 익은 꽈리처럼 지지 울리게 창을 비친다.

남편이 장에서 돌아왔다. 가만가만히 문 앞으로 걸어가 엿들으니 사람이 없는 듯이 방안은 고요한데 남편의 고무신도 변 씨의 그것과 같이 가지런히 토방 위에 놓여 있다.

돌아오기는 왔다. 그러나 아직 잘 때는 아닌데 왜 이리 조용할꼬? 해어진 창틈으로 가만히 엿보니 남편은 술이 취한 양 아랫목에 번듯이 누웠고 변 씨만이 등잔 앞에 펄짜기 앉아 남편의 해진 양말 뒤축을 꿰매고 있다.

박 씨는 전에 달리 남편이 더욱 그리웠다. 행여나 오늘 밤은 세 방으로 건너와 주무시지 않으시려나? 자기의 돌아온 뜻을 알리려고,

"아까 어둡뚜룩 안 돌아오시드니, 언제 돌아오셨나." 하며, 벌컥 열었다.

그러나 남편은 세상모르게 잠에 취했고, 변 씨가 한 번 힐끗 마주쳐다보더니,

"아니! 이 밤중에 함자 어딜 갔더랬소!"

가시가 숨은 말을 그저 한 번 던질 뿐 눈은 다시 양말 뒤축으로 떨어진다. 남편이 그리운 생각을 하면 그 옆에라도 좀 앉았다가 나오고 싶었으나 눈에 가시같이 변 씨가 거슬린다.

"술을 또 잡솼다?"

박 씨는 남편의 얼굴을 한 번 들여다보고는 돌아 나와 자기 방으로 건너왔다. 등잔에 불을 켜고 앉으니 울적한 마음 더한층 새롭다. 이불도 펴놓을 생념이 없어 그대로 초조하게 앉아서 혹시 남편의 잠이 깨지나 않나 정신을 변 씨 방으로만 모았다.

그러나 아무리 앉아서 기다려야 남편이 깨는 기척은 들리지 않는다. 한 번 더 건너가 보리라 문을 여니 어느새 변 씨 방에는 불이 없다. 불 없는 방에 건너가선 안 된다. 우두커니 문을 열어 잡고 새카만 변 씨 방을 건너다보는 박 씨의 마음은 안타깝기 그지없었다. 울고 싶도록 마음은 아프다. 그러나 할 수 없는 일이다.

서러운 한숨을 저도 모르게 꺼질 듯이 쉬고 힘없이 문을 되 닫았다. 새벽녘에야 겨우 눈을 붙였던 박 씨는 참새 소리에 그만 감이 깨었다. 처마 밑에 배겨 자던 참새가 포득포득 기어 나올 때면 아침밥 차비를 하여야 하는 것이 습관적으로 그의 잠을 깨우는 것이었다.

박 씨는 졸림에 주름지는 눈을 애써 비벼 뜨며 뒤란으로 돌아가 재 삼태를 들고 부엌으로 내려갔다.

그러나 부엌에 발을 막 들여놓으려는 순간 박 씨는 뜻밖의 사실에 놀라고 문득 걸음을 세우지 않을 수 없었다. 어느새 언제 나왔는지 전에 없이 시어미가 부엌에 나와 앉아서 쌀을 일고 있는 것이었다. 이상한 일이다. 박 씨는 한참이나 그것을 멍하니 바라보다가,

"아니 오마니! 와 일즉언이 나오셨소."

한발을 마저 문턱 너머로 들여놓았다.

시어미는 일던 쌀만 그저 일 뿐 아무 대답도 없다.

"아이구, 오마니두! 아침엔 요좀두 추운데."

박 씨는 자기가 쌀을 일려고 함박을 붙들었다.

해가 대낮이 되도록 자빠져 자다가 이제야 나와서 이리 수선이야 이 년이! 어드메 가서 밤을 밝케개지구 와선……, 너 같은 더러운 년이 짓는 밥은 이젠 더러워 먹을 수 없다. 이거 썩 놔? 어즌나쵄 어디 멜 갔든 게냐 이 년!"

박 씨는 쥐었던 함박은 놓지도 주지도 못하고 섰다.

"야, 이 년이 더럽대두 안 나가구 버티구 섰네. 안 나갈 테냐? 그래 야, 있네? 야! 야! 만복이 있네? 아, 이 년을 그래, 그대루 둔단 말이가? 계집년이 밖에 나가 밤을 새고 들어온 년을!"

시어미는 소리를 질러 아들을 부른다.

이에 응하여 쿵 하는 건넌방 문소리가 난다고 듣고 있는 순간, 턱 하는 소리와 같이 박 씨는 함박을 쥔 채 부엌 바닥에 엎드러졌다. 어느새 남편은 달려와 발길로 사정없이 중동을 제겼던 것이다.

"이 년! 이 개만두 못한 쌍년! 어즌나쵄 어드메 갔드랜? 나래는 쎄 끼는 못 낳구 한대는 게 서방질이로구나 잉? 이 년! 세 서나두 모르게 바늘통을 내다 팔아개지구 밤을 새와 들어오는 년이 화냥년이

아니구 그럼 뭐이가? 바늘통을 몰래 팔문 내레 모를 줄 알았든? 내레 주막에서 다 들어서 이 년 그래 내레 이 년을 에미내라우 데리구서 에! 참 분하다."

박 씨는 기가 막혔다. 정은 변 씨한테 빼앗겼다 하더라도 그래도 어디론지 한껏 믿고 있던 남편의 입에서 이런 말이 나을 줄은 참으로 몰랐다. 아무리 시어미가 불어넣었기로서니 밉지만 않다면야 이런 행동까지는 차마 없었을 것이다. 분한 생각을 하면 이 자리에서 죽더라도 같이 맞싸워보고 싶으나 그래도 남편이다, 그래서는 안 된다.

"아니 여보! 이게 무슨 일이요? 난 당신이 이렇게 내 속을 몰라줄 줄은 몰랐수다레. 굿이 어즌나줴 꺼지래기 당신은 당에 가서 오시지 않구 해서 아, 거길 갔다가 이내 와서 잤는데 멀 그르우?"

박 씨는 아무렇지도 않다는 듯이 치마를 털고 일어서 청백한 나를 좀 보아달라는 듯이 남편의 턱 아래로 기어들었다.

"이전 네까진 쌍년 소린 백 번 해두 곧이 안 듣겠다. 이 쌍년 같으니 썩 게나 나가라."

그 억센 손이 끌채를 덥석 감아쥐는가 하니 사정없이 흔들며 끌어낸다.

"이 년! 다시 내 집에 발길을 또 들여놓아라. 어디 가서 뒈지든지 도와허는 놈허구 맞붙어 살든지 내 집엔 다시 못 두리로리라."

획 잡아 둘러놓으니, 박 씨는 넘어지지 않으려고 비칠비칠 힘을 주다 못해 개 바주 꿉에 번듯이 나가 자빠진다. 박 씨는 다시 일어나고 싶지도 않았다. 그냥 그 자리에서 죽고 싶었다. 남편에게까지 이 더러운 누명을 쓰고 살아서는 무엇 하나? 차라리 죽는 것이 편하리라. 그러나 목숨은 임의로 하는 수가 있나? 죽지 못할 바엔 남이 볼까 창피하다. 박 씨는 일어났다.

그러나 대문은 걸렸다. 갈 데가 없다. 갑자기 몰렸던 설움이 물에 밀리는 모래처럼 터져 나왔다. 친정이나 있으면 남 같이 어머나 찾아가지 않겠나? 아버지의 뒤를 쫓아 어머니마저 돌아가신 지 오래다.

박 씨는 생각다 못해 이 집에서 학대를 받고 붙어사느니보다는 어디로든지 가는 것이 차라리 편하리라, 가다가 죽으면 죽고, 알면 살고 아무리 계집이기로 제 몸 하나야 치지 못하리, 또 치기 어려우면 시집이래두 가지.

남이라구 두 번 세 번 서방을 얻을까? 에구 그 시어미 단련, 첩 년의 눈독 그만한 시집이야 어딜 가면 없으리 생각을 하며 박 씨는 마을을 어이돌아 신작로 큰길을 더듬어 나섰다.

하지만 무슨 미련이 뒤에 남았는지 차마 발길이 앞으로 내달아지지 않았다. 한 발걸음 두 발걸음 촌중을 살펴보고 그리고 자기의 집을 찾아내고는 눈물을 흘렸다. 그런데다 방향조차 없는 길이다.

가다가는 산모퉁이에 힘없이 주저앉아 한숨을 짓다가는 다시 일어서 걷고, 걷다가는 또 쉬고 하기를 몇 번이나 반복하다가 이윽고 해는 저물어 색시 적에 같이 엿장수를 다니던 조 씨라는 엿장수 늙은이의 집을 찾아 들어가 그날 밤을 쉬기로 하고 저녁을 얻어먹었다.

그러나 먹고 누워서 피곤을 풀며 가만히 생각해보니 자기가 이까지 떠나온 것이 열 번 잘못 같게만 생각되었다. 비록 갈 데는 없으되, 어디나 가서 자리를 잡고 정을 붙이면 못살 것은 아니지만 아무리 악한 시어미요 이해 없는 남편이라 하더라도 이미 지기는 그 집 사람이었다.

어떠한 고초가 몸에 매질하더라도 그것을 무릅쓰고 그 집을 바로 세워나가야 할 것이 자기의 반드시 하여야 할 의무요, 짊어진 책임 같았다. 욕하면 먹고, 때리면 맞자. 욕도 매도 다 참으면 그만이 아 닌가.

내가 왜 그 집 대문을 떠나 시퍼렇게 젊은 년이 뉘 집이라고 이 늙 은이의 집에서 자려고 할까? 그만 것을 참지 못하여 마음을 달리 먹 고 떠나온 것이 여간 마음에 뉘우쳐지는 것이 아니다. 병풍에 그린 닭이 홰를 치고 우는 한이 있다 하더라도 나는 그 집은 못 떠나야 옳다. 죽어도 그 집에서 죽고, 살아도 그 집에서 살아야 할 몸이다.

박 씨는 다시 발길을 돌렸다. 이미 어두워지기 시작한 날이라 이 십 리나 걸어야 할 밤길이 적이 근심되었으나 가다가 죽는 한이 있 다 하더라도 아니 돌아설 수가 없었다. 아득한 밤길을 헤엄이나 치 듯 갈팡질팡 어둡쓰러 마을 앞까지 이르렀을 때는 밤은 이미 자정 에 가까웠으리라. 고요한 정적에 잠겼는데 이따금 개소리만이 컹컹 하고 건넛산에 반향을 일으킨다.

박 씨는 요행히 주막집에 불이 켜있는 것을 보고 달려가 아직 주 머니 귀에 남아 있는 바늘통을 판 밑천으로 양초 두 자루, 백지 다 섯 장을 사 들고 우선 뒷산 서낭당으로 올라갔다. 자기의 지금까지 의 그 잘못을 서낭님께 뉘우쳐보자는 것이다.

초에다 불을 켜서 서낭님의 앞에 가지런히 한 쌍을 꽂아놓고 공손 히 읍을 하고 서서 오늘 하루의 지난 일을 눈물을 흘리며 뉘우쳤다.

그리고 시어미의 마음을 고쳐달라 빌고, 남편을 이해시켜달라 빈 다음 아무렇게서도 자손을 보게 하여 남편의 그 수심을 하루바삐 풀게 해주고 집안의 대를 이어달라 간곡히 빌었다. 그리고 다시 절을 하고 나서 백지 다섯 장을 연거푸 소지를 올렸다.

그런 다음 집으로 발길을 돌리며 내려다보니 남편의 방에도 시어미의 방에도 아직 불은 빨갛게 켜져 있는데, 오직 자기의 방만이 홀로 어둠에 싸여서 어서 주인이 돌아와 밝혀주기를 기다리는 듯하였다.

박 씨는 불빛을 향하여 걸음을 재촉했다. 개 짖는 소리가 사탁 아래 또 들린다.

유앵기(流鶯記)

앞문보다는 뒷문이 한결 마음에 든다.

끝이 없이 마안하니 내다만 보이는 바다, 그렇게 창망한 바다 위에 떠도는 어선, 돛대 끝에 풍긴 바람이 속력을 주었다 당기었다. 결코 마음에 드는 풍경이 아니다. 어딘지 거기에는 세속적인 정취가 더할 수 없이 담뿍 담기운 듯한 것이 싫다.

무엇이 숨었는지 뒤에는 꿰뚫어볼 수도 없이 빽빽히 둘러선 송림, 오직 그것밖에 바라보이지 않는 뒷문 쪽의 풍경이 턱없이 좋다.

성눌은 마침내 뒷문 곁에 책상을 놓았다. 놓고 나서 마지막 정리인 책상 위까지 정리를 하여 놓은 다음, 뒷산을 대해 마주 앉으니 병풍을 두른 듯이 앞을 탁 막아 주는 데 마음이 푹 가라앉는다.

가라앉으니 앞은 막혔건만 앞이 터진 바다보다 눈앞은 더 환하니 내다보이는 것 같다. 역시 끝없는 바다와도 같은 현상이다.

그러나 거기에는 세속적인 생선을 실은 배가 아니고, 그렇지 않은 그 무엇이 필시 실려 있는 듯한 그러한 배가 오락가락한다. 환상일 시 틀림없으나, 이런 것을 사색케 하는 그러한 자리가 성눌에게는 좋았다.

시원하다. 산으로 내려오는 바람도 시원하거니와, 마음도 시원하다. 비록 산경의 초라한 모옥이라 하여도 서울의 여사보다는 기분일지 모르나 마음이 붙는다. 앞문 쪽을 현실이라면 뒷문 쪽은 확실히 초현실적이다. 마음에 부딪치는 세속적인 모든 것을 떠나, 이런 마음의 바닷속에서 산들 어떠리.

신앙도 희망도 생활의 목적도 모두 다 잃고 가장 이상적이어야 할 청춘의 정열까지 마저 식은 생활의 패배자라고 비웃어도 좋다. 성눌은 마음을 풀어 놓고 새 생활이 비롯하는 첫 끼를 이 산속에서 먹었다.

새 생활이라고는 하지만 성눌은 무슨 이렇다 할 원대한 포부를 품고 선조의 산막을 찾은 것도 아니요, 수양이나 정양 같은 것을 염두에 둔 것도 물론 아니다. 다만 벗이 미쁘지 않으니 마음 둘 곳이 없다.

마음 둘 곳이 없으니 고독하다. 고독이 떠나지 않을진댄 차라리 미쁘지 않은 벗을 보지 않음으로 고독함이 한결 덜려질 것도 같은 데서 어디 한 번 하여 보자는데 지나지 않는다.

누가 성눌만한 생활의 과거를 안 가졌으랴만 성눌은 그것을 결코 평범히 하고 싶지 않았다. 유족하지 못한 가산을 털어 바치고 공부를 하였다. 사회의 가장 참된 일원으로 일을 하기에 목숨을 바치자던 정열의 이상은 사회생활의 첫 관문에서 부서졌다. 난치의 병이 그의 몸을 아주 단단히 붙든 것이다.

더할 줄만 아는 각혈은 절망에 가까운 공포를 주었다. 사회의 참된 일원이 되기 전에 죽는다! 아까운 일이나. 살아야 되겠다! 아무리 해서도 살아야 되겠다! 약으로 병을 다스려야 한다!

그러나 십여 년 동안의 닦은 공부는 전 가산을 새빨갛게 긁어먹고 오직 남은 것이라고는 빈손 안에 앞길의 운명을 판단하고 있을 손금밖에 쥐인 것이 없다.

거기, 도와주려는 사람도 없고, 집으로 내려와 누웠으면 병에는 좀 더 나을 것 같으나, 역시 손금밖에 쥐인 것이 없는 어버이에게 가난의 설움을 더 끼치기 싫다.

도리어 집에서는 알까 두렵게 곧장 병든 몸을 알키려는 법도 없이 운명에 목숨을 맡겨 그저 한산한 여사에 누웠다.

가끔 친구들이 찾아온다. 과자도 가지고 오고, 철 따라선 과실로 들고 온다. 먹기를 권하고 병을 근심한다.

그러나 근심하는 것만으로는 그들도 탈이 낫지 않을 줄을 모를 리 없다. 갈 때마다 하는 말이 공기 좋은 산간으로 전지 요양을 가란다. 그것이 약물치료보다 낫다고 간곡히 권한다.

과자나 과실을 권하는 것은 인사요, 전지 요양을 권하는 것은 생명이란 거룩한 거기에 정성을 표시하는 말일 것이다.

그러나 전지 요양에조차 여유가 없는 줄을 모르는 벗들이 아닌 그들이 이런 말을 할 때는 이것도 역시 과자나 과일이 나의 권과 같은 인사말에 지나지 않는다. 전지 요양을 백번 권한댔자 탈이 나을 수는 없는 것이다.

"왜 전지 요양을 가래두 안 가?"

자꾸만 이렇게 권할 때는 딱도 하다.

벗과 벗이 서로 대하는 의무는 이런 말로 다해지는 것일까. 모르는 사람은 모르니 서로 지나치고, 아는 사람은 아니 서로 모자 벗고 인사하고, 벗은 벗이니 악수하고, 가령 점심때면 점심이나 나누고,

그리고 술잔이라도 들게 되면, 한 일 원 정도에서 오 원, 십 원도 비용은 나게 된다.

이것이 친한 벗 사이에서 가장 벗다운 성의를 표하는 인사다. 벗 아닌 사람보다 더한 것이 그것이다. 다만 그것이 벗의 필요성인 듯싶다.

점심 한 그릇 술 한 잔 그것으로 벗으로서의 사명이 다하는 것이라면 그것을 원치 않을 때는 벗의 필요성은 없는 셈이 된다.

성눌은 그런 것을 원치 않고도 벗의 필요성이 있을 그 무슨 두터운 성의와 정열이 있어야 할 것을 믿고 싶고, 그 정열이 서로의 마음을 얽어 놓으리라야 사람의 벗 됨에 부끄러울 것이 없을 것 같다.

병 앓아 누우니 성눌은 전에 못 느끼던 벗이 이렇게도 미쁘지 못하다. 외로운 여사에는 벗밖에 의지할 데가 없고, 또 따뜻한 정이 벗에게로만 향한다. 그러나 벗은 벗대로의 인사가 있을 뿐, 성눌의 생각과 같은 그런 두터운 성의는 그들의 염두엔 없는가 싶다.

건강을 잃은 성눌의 베갯머리는 언제나 외롭고 쓸쓸한데 세월은 그대로 가고 병세는 차도를 모른다. 이러한 때 어떻게 알았는지 아버지가 성눌은 찾아 올라왔다. 집을 팔고 밥을 빌어먹어도 고쳐야 아니하느냐고 병을 속이고 누웠음을 꾸짖고 시골로 데려 내려갔다.

성눌은 아버지의 아들에 대한 성의에 눈물이 났다. 아버지! 아버지가 아들에게 대하는 그러한 성의로 사람들은 서로 대할 수 없는 것인가. 아버지는 자기를 죽음 속에서 꺼내 가지고 가는 듯싶었다.

처음에 돼지를 팔아 약을 사오고 또 소를 팔고, 그래도 차도가 없어서 집을 저당하여 금융조합에서 빚을 내다 뜸을 뜨나 침을 놓는다 할 수 있는 자력과 할 수 있는 정성을 다 들여 치료하는 동안 이

삼 년, 무엇에 효과를 얻었는지 그렇게도 난질이란 관사를 달고 다니던 병이 씻은 듯이 나았다.

성눌은 생활의 무대에 다시 나섰다. 서울로 올라온다. 벗들은 반갑게 악수하고 투병(鬪病) 축하회를 연다. 그것도 성대히 요릿집에다 기생을 셋씩이나 불러 성눌을 위하여 축배를 드린다. 누구나가 성눌을 위하여 지성으로 술을 권하고, 기분을 상치 않으려 될 수 있는 데까지 즐겁게 놀기를 위주한다. 기생도 제일 이쁜 것은 제각기 사양하고 성눌에게 맡긴다. 마치 성눌을 위한 세상 같다.

그러나 성눌은 이런 자기의 세상에서 응당히 기분이 즐거울 것이나 즐겁지 않았다.

만일 자기가 구사의 일생에서 생을 건지지 못하였더라면 물론 이런 축하회는 없었을 게고, 조전(弔電)이나 조문이, 그리고 추도회를 여는 정성이 있었으리라, 병이 나으면 반가우니 축하회, 죽으면 슬프니 추도회, 왜 축하회와 추도회를 여는 그런 정성으로 병들어 누웠을 때 목숨을 건져주기 위한 구조회는 못 열었던가? 살아 반가우니 축하회를 여는 정성이라면 죽음에 슬픔도 그만한 성의에 못지않았으리라고 보인다.

요행 살아났으니 말이지 죽고 말았더라면 그들의 이러한 성의는 보람 없는 슬픈 일이 되고 말았을 것이 아닌가. 사람을 위한다는 것은 다 저 자신을 위하는 일임에 틀림없다. 과일 꾸러미도 축하회도 그것이 다 실질에 있어 자기에게 도움이 되지 못하는 한 그들 자신이 낯밖에 더 나지는 것이 없다.

그렇다면 지금 술 먹기를 그렇게도 권하는 십여 인의 벗들은 그럼 자기를 위하는 정성보다 다 저 자신을 위하는 정성이 더 클 것인가

하니 세상이 금시 어두워지는 것 같다. 성눌은 아버지의 사랑이 그리웠다.

아버지는 왜 자기 때문에 당신의 재산을 희생하여 세간을 팔아 공부를 시키고 알뜰히 죽음에서 자기를 또 구해 내시고는 지금 밤에 구차를 받고 계시나?

"아버지!"

입 밖에 나오지는 않았으나 확실히 불러는 졌다.

"왜!"

아버지의 대답도 분명히 귀에 들렸다.

"저는 이번에 꼭 죽을 걸 아버지의 정성에 살아났습니다."

"애, 부끄럽다. 그게 무슨 말이냐, 내가 네 소원껏 다해 준 일이 있니?

내가 돈을 좀 더 모았더라면 너는 네 마음을 팔지 않고도 살 수 있을걸……."

"아버지 무슨 말씀입니까? 저 때문에 세간을 파시고 늙으신 몸이 농사를 짓느라 다리를 부르걷으시고……."

"애, 별말 마라, 누구 때문에 사는 줄 아니 내가."

눈가죽이 뜨거워 온다고 느끼는 순간,

"자, 어서 잔을 따세요."

간드러지게 청하는 소리가 고막을 울린다. 바라보니 아버지는 간데없고, 기생의 동글하게 쥐인 손깍지 위에서 남실거리는 술잔이 턱 앞에 와 기다린다.

환상! 환상에 왔던 아버지! 누구 때문에 사느냐는 그 한 마디, 그 한 마디가 어떻게도 성눌의 마음을 찔렀는지 모른다. 그리고 그것은 지금까지 성눌의 마음을 지배하고 있다.

성눌은 그 후 곧 어느 회사에 취직을 하였으나 "누구 때문에" 하는 그 한 마디를 잊을 수가 없었다.

누구 때문에? 자기는 누구 때문에 사는 것인가? 아버지는 자기 때문에 모든 사랑과 정성을 다하심으로 삶을 일삼으신다. 그러면 자기는 누구를 위하여 사랑과 정성을 바치므로 삶을 다해야 될까?

자기에게도 아버지가 자기를 위하듯 그러한 사랑과 정성은 아버지 못지않게 마음속에서 간직되어 있다고 알고 또 그것을 믿고 싶다. 그리고 무엇에든지 지성으로 사랑을 베풀고 싶고 또 마음을 다하고 싶음이 못 견디게 가슴속에서 용솟음치고 있음을 느끼기도 한다.

그러나 그 사랑과 정성을 베풀 길이 없이 그저 그날그날을 밥을 위하여 비위에도 맞지 않는 일을 하고 있다. 문화사업이란 미명 아래서 사람을 속이고 돈을 빼앗고 하는 회사의 정책에 따라가야 한다.

지난날 사회의 일원으로라던 정열의 이상이 병마의 간섭에 식어감이 안타까워 아무케서도 살아야겠다던 그 욕망을 생각하니 하는 일이 손맥이 탁 풀렸다. 하지만 그렇게 아니하고는 생활의 방편이 도모되지 않는다. 먹어야 사는 것이 사람이니 역시 범속한 한낱 사회의 일원임에 틀림없고 또 그러한 존재의 사람의 벗임에 언제나 충실하게 된다.

그러니 그 어떤 공허감에 생활의 정력은 자꾸만 식어간다. 도무지 마음 가는 데가 없고 손이 붙는 데가 없다. 그러나 식어가는 정력 속에 도리어 자기의 존재가 있는 듯싶게 그것(퇴사)은 아깝지 않았다. 그런데도 우울과 고독은 여전히 깃을 들이고 속속들이 파고든다. 그러면서도 그것은 그 무슨 진리를 담은 껍데기 같게도 그 속에는 찾아질 진리가 있는 듯싶었다.

우울과 고독은 알을 낳을 때의 그 모체의 괴로움인 듯도 생각이 된다. 그리하여 그것을 족히 이겨 벗기기만 괴로움인 듯 생각이 된다. 그리하여 그것을 족히 이겨 벗기기만 하면 그 속에서는 노른자위와 흰자위를 제대로 가진 진리의 알이 쏟아져 나올 것 같다. 그러나 그 우울과 고독은 못 견디게 사람을 괴롭힌다. 성눌은 불에나 뛰어든 것 같이 몸 가질 바를 몰랐다.

이리도 뛰어 보고 저리도 뛰어 보고 싶다. 그래서 시험해 본 것이 이렇게 농촌으로 내려오게 된 것이요, 또 비교적 한적한 곳을 찾는다는 것이 이 산막이었다.

산막은 언제나 조용하다. 건넌방에는 산지기 늙은이 내외가 자식 오뉘를 데리고 있다고는 해도 있는지 마는지다. 늙은이는 신소리 한 번 크게 마당을 거닐 기력이 이미 진했고, 아들은 식구를 벌어 먹이기에 종일을 산속에서 부대를 패다가는 밤이면 곤한 잠에 주검과 같이 곯아지고, 과년한 처녀의 거동은 늙은이의 거동보다도 조심성이 있다. 아침저녁 밥상을 드려다 놓을 때까지도 치맛자락 한 번 허투루 날리지 않는다.

이렇게 고요한 속에서도 성눌은 여전히 고독하다. 언제나 떠나지 못하는 그 공상이요, 사색에다 주위가 더할 수 없이 고요하니 여느 때보다 공상과 사색은 더 늘어 갈 뿐이다.

그러나, 찾긴 것은 없다. 그래도 찾기지 않은 무엇인지도 모르게 그리운 것은 더욱 알뜰해진다. 손을 내어 밀면 잡힐 듯이 그 진리는 눈앞에 있는 것 같으나 내어 밀고 보면 역시 아득한 공히다. 우울하다.

찾다 못 찾으면 그것은 언제나 선철에게서밖에 찾을 곳이 없을 것 같아 생각이 진하면 던졌던 책을 또 집어든다. 하이데거, 야스파스, 파스칼, 니체, 그러나 또 속아 넘는다. 언제나처럼 거기에서도 또, 이렇다 개완한 위안을 얻지 못하는 것이다. 속이 탄다. 시원한 바람이 그립다. 산으로 올라간다. 이것이 날마다 반복되는 생활이다. 오늘도 라·뿌류이엘의『인간의 탐구』를 안은 채 산으로 올라온다.

가을의 산 속은 귀뚜라미 소리에 누른다. 밤새도록 귀뚜라미가 울고 나면 이튿날의 산속은 알아보게 누른빛에 짙는다. 오늘도 어제보다는 확실히 색채에 가난하다.

산기슭에 매어달린 풀밭에는 혼자 우뚝 솟아서 기세를 뽐내는 듯하던 방초도 인제는 나도 늙었소, 하는 듯이 새하얀 머리를 힘없이 풀어 놓고 호드기처럼 말려드는 잎사귀는 소생할 힘조차 없는 듯이 늘어졌다. 아니, 산중의 거족에 틀림없는 아름드리 나무들도 벌써 잎새에 누런 물이 들었다.

인간 사회는 세파에 누르듯이 산속은 서릿바람에 누른다. 지금 서리를 실은 한 줄기 바람이 떡갈나무 가지를 스치다 숲 많은 잎사귀 속을 헤어나지 못해 몸부림을 치는 바람에 이리 갈리고 저리 갈리면서도 애써 제자리에 부지하려고 매어달려 팔락시는 잎사귀들, 그것은 꼭 세상 사람의 운명과도 같지 않을까.

자기도 분명히 저 나무 잎새가 이리 갈리고 저리 갈리며 시달리듯 속세의 세파에 쫓긴 존재에 틀림없다고 생각하는 순간, 마침내 한 잎의 잎사귀가 더 대항할 힘이 없이 그만 제 자리를 떨어져 바람조차 공중에 뜬다.

성눌은 눈은 그 잎사귀를 따라간다. 잎사귀는 바람에 풍겨 높았다, 낮았다 한 마리의 새같이 서쪽 하늘을 그냥그냥 날아간다. 성눌은 쓸데도 없는 것을 잃지 않으려고 가슴을 넘는 풀밭 속을 허방지 방 헤치며 맞은쪽 언덕까지조차 넘다가 뜻하지 아니한 인기척 소리에 문득 발길을 멈추었다.

"엄메야! 여긴 멀구레 그대루 있구나! 막."

머루와 다래 넝쿨이 엉킨 경사진 언덕 아래 언제 올라왔는지 산지기 늙은이 모녀가 머루를 따며 지껄이고 있었다.

처녀는 일찍이도 머루나 다래 사냥을 다니는 일은 있었으나, 아무리 집 뒤라고는 해도 늙은이가 이 험한 산길에 얌전이를 대동하고 떠났음을 본 일은 없다. 그리고, 머루 따러 온 모녀가 다 새 옷을 갈아입고 떠난 것은 수상하다.

얌전이는 전에 볼 수 없던 자지 길소매를 단 흰 옥양목 저고리에 구김살도 가지 아니한 싯누런 삼베 치마를 입었다. 웬일일꼬. 성눌은 한 그루의 소나무에 등을 지고 그들의 대화에 귀를 기울인다.

그러나, 그들은 다시 아무 말이 없고, 늙은이는 휘돌아진 모롱고 지 좁은 길을 이따금 기웃기웃 넘석어려 보는 품이 필시 누구를 기다리고 있는 성싶다.

조금 만에 한 삼십 되어 보이는 농군 하나이 역시 바구니를 들고 무엇을 찾는 듯이 일변 좌우 쪽을 살펴보며 모롱고지 길을 걸어 내려오는데 보니 그 어머닌 성싶은 역시, 백발이 헛나는 늙은이 하나이 또, 뒤에 달렸다. 이것을 본 산지기 늙은이는 별안간 얌전이에게 눈을 주며 바람에 약간 거슬린 머리칼을 쓸어내리고, 저고리 앞섶까지 단정히 여며 준다.

산턱까지 밎은 농군은 뚝 떨어져 언녁 위로 올라가고, 늙은이만이 그냥 풀밭 길을 지팡이로 헤치며 산지기 늙은이 앞까지 오더니 지팡이에 힘을 주며 우뚝 걸음을 세우고 허리를 뒤로 편다.

"후, 여긴 멀구두 많기도 많수다레! 후, 노친넨 어드메서 왔소?"

그리고, 얌전이를 한 번 힐긋 쳐다본다.

"우린 요 아래서 왔수다. 노친넨 어디메서 왔소?"

"난 데 넘에 샘꼴 사는 늙은이우다. 그래 이 애긴 딸이요? 아이구 머리두 끔즉이두 도왔수다레!"

늙은이는 엉덩이까지 츠렁츠렁 따 늘인 얌전이의 칠같이 새까만 머리를 탐스러운 듯이 쓸어 본다.

"예에 딸이우다."

"조고리두 딱 맞게두 해 입었다! 입성은 네레 다 했갔구나?"

"고로무뇨. 갸레 일을 잘 헌담무다. 베두 잘 짜구, 김두 잘 매구, 머 못 허는 일이 있기 그루우?"

얌전이는 대답할 겨를도 없이 어머니는 딸의 칭찬이다.

"예에 베두 잘 짜구요? 메체 낳기 어느새 베를 다 배왔소? 쯔쯔, 웬!"

"에라들베 났담무다."

"에라들베 난간허구 키두 크기두 허우다! 귀두 복상스럽게 생기구……."

귓바퀴도 한 번 만져 본다.

하는 양이 꼭 얌전이의 선을 보러 온 짓 같다. 사나이도 머루 딸 생각은 않고 얌전이를 볼 것만이 할 일이라는 듯이 언덕 위에 마음 놓고 앉아서 주의 깊은 시선을 얌전이에게로만 보내고 있는 것이 아닌가.

성눌은 얌전이의 선! 하고 깨닫는 순간, 새파란 칼날이 가슴을 스치는 것처럼 오싹하고 전신이 위축됨을 느낀다. 이상한 감정이었다.

얌전이의 선을 보는데 자기의 마음에 동요가 생길 필요는 없는 것이다. 그러나, 분명히 동요가 있음을 저 자신 인식한다.

그러면 일찍이 자기가 얌전이를 사랑하고 있었나 성눌은 생각해본다. 그러나, 결코 그러한 생각조차 가져 본 일이 기억에 없다. 다만 속정에 물들지 않은 소박하고, 순진한 마음씨가 좋았을 뿐이다.

그러나, 그렇다고 그것으로 또한 얌전이의 간선에 마음이 흔들릴 이치는 없는 것이다. 무슨 때문일꼬? 그렇게 순진한 처녀가 아무것도 모르는 우둔한 농부의 손안에서 구애될 것임이 얌전이를 생각하는 동정심에서 생기는 마음일까.

성눌은 제 마음이면서도 그 까닭을 알 수 없었다.

늙은이는 너도 가까이 와서 얌전이를 자세히 보라는 듯이 두어 간쯤 떨어진 둑으로 걸어가며 다래는 여기가 많다고 아들을 불러 내린다. 그리고는 무어라고 수군거리며 아들도, 늙은이도 한 번씩 얌전이 편을 바라보곤 한다.

이런 눈치를 살필 때마다 얌전이는 모르는 듯 그저 수굿하고 머룬지 다랜지를 따기는 따나 어딘지 그 몸가짐은 더욱 조심을 요하는 듯하고, 또, 초조해하는 빛이 드러나 보인다.

틀림없는 간선이다. 성눌은 진정되지 않는 가슴에 물결을 뛰놓이며 애써 그들의 공론을 엿들으려고 일 거동 일 거정에 고요히 주의를 모아 청각에 여유를 주었으나 그들이 돌아갈 때까지 이렇다 할 한 마디도 비밀한 내용 이야기는 엿들을 수가 없었다.

산막으로 내려온 성눌은 전에 없이 얌전이가 그리움을 느낀다. 그의 용모에서보다는 마음에 끌리는 것 같다. 눈, 코, 입, 그 어느 것에 흠잡을 것이 없다고는 해도 결코 미인은 아니다. 어디서든지 찾을 수 있는 그저 평범한 한 여성에 지나지 않는다. 이러한 얌전이가 이제 그렇게도 그립다.

그리고, 얌전이를 그 사나이가 아무렇게나 할 수 있을 것이겠거니 하면 못 견디게 그 사나이가 밉기까지 하다. 아니 내 마음이 왜 이 럴까 생각에 잠겨 보는 동안 얼른하는 그림자에 주위를 살피니 어 느새 밥상이 들어온다. 얌전이는 저녁상을 조심스레 들고 문턱을 넘 어서 사뿐사뿐 걸어와 성눌의 앞에 놓는다. 그러나, 놓는가 하니 어 느새 얌전이는 벌써 돌아서 문밖으로 사라지고 만다.

하나, 성눌의 눈앞에는 여전히 얌전이가 있다. 환상임을 깨닫고 밥 그릇을 연다. 따뜻한 김이 모락모락 피어오르는 새하얀 이 밥 속에 도 얌전이는 있다. 고사리나물 위에도 있다. 조기 토막 위에도 있다.

눈이 가는 곳마다 얌전이는 있다. 성눌은 정신을 깨닫는다. 마지 막 넘어가는 해 그림자가 불그레하게 밥상 위에 물을 들인다.

그러나, 그것도 그 순간뿐이다. 얌전이는 그대로 있다. 물에다 밥 을 말아 뜨니 밥숟갈 위에까지도 얌전이는 뛰어 올라온다.

"상 가져가거라."

실로 성눌은 얌전이가 그렇게도 그리워 이렇게 밥술을 놓자 조급 하게도 소리를 질러 보기는 처음이다. 곧 달려온 얌전이는 떠 넣었 던 밥을 채 씹어 삼키지도 못한 것 같이 그래서 그것을 비밀이 처리 하려는 것처럼 입을 꼭 다물었다.

"너 낮에 멀구 얼마나 따 왔니?"

돌연한 질문에 얌전이는 밥상을 들다 말고 멈칫 선다.

"너 낮에 멀구 따려 산에 올라 왔두나?"

별안간 얌전이는 홍당무 같이 빨개지는 얼굴을 숙인다.

그럼 낮에 성눌은 자기의 선을 보이는 꼴도 보았겠구나 하는 생각이 처녀의 마음에 심히 수줍은 성싶다. 그러니 또, 성눌은 얌전이의 그 난처해하는 태도에 자기의 마음까지 똑같이 난처하다. 공연히 물었나 보다. 그의 난처해함이 스스로 변해 될 그러한 말은 없을까 생각에 바쁜 동안,

"이에……."

대답을 남긴 얌전이는 어느새 벌써 상을 집어 든다. 그런 다음엔 한 걸음 한 걸음 멀어지는 얌전이. 그렇게 멀어져서 얌전이는 부엌으로 사라지니 또, 뒤이어 허공에 나타나는 얌전이도 역시 수줍어 고개 숙인 얌전이다.

사나이의 버릇인 일시적인 탐욕이 이렇게도 얌전이를 자꾸만 눈앞에 끓어다 놓는가 성눌은 생각해 본다. 그러나 결코 그러한 종류의 탐욕이 아닌 것을 곧 양심은 증명한다.

지금까지 알뜰히도 마음이 괴롭게 찾아오던 것은 얌전이를 찾는 데 있었던 것 같고, 또 얌전이를 찾았다 하니 미였든 마음에 무엇이 꽉 들어차는 듯하다.

성눌은 불을 켜고 언제나 같이 책을 펴놓는다. 그러나, 책 위에도 얌전이는 따라온다. 그리고 책보다도 얌전이를 보는 것이 마음에 개완하다. 만 가지의 공상도 얌전이와 같이 아름다워 본 적이 없었고, 책 속에서도 얌전이같이 아름다운 구절을 일찍이 찾아본 적이 없다. 얌전이를 영원히 자기의 것을 만들므로 아름다움에 주린 공허한 마음을 얌전이로 채우고 싶다.

그리고 그것은 못 견디게 마음을 짓다른다. 며칠을 두고 누들내 누를 수 없는 마음이었다. 마침내 성눌은 얌전이와의 통혼에 사람

을 내세운다.

이튿날 성눌은 전에 없이 명랑한 기분을 안고 산으로 올라온다. 얌전이와의 통혼 교섭 전말을 이 산속에서 들려주기로 그 벗은 약속하였던 것이다.

산토끼처럼 제 길을 잊지 않고 제 발부리에 닦여진 풀밭 길을 성눌은 언제나처럼 밟아서 언덕 위 바위 위에 자리를 잡는다.

큰 바위의 주위는 여전히 어지럽다. 지리가미⁵⁾ 조각, 담배 꽁다리, 성냥개비, 말라붙은 가래침, 근 한 달 격이나 버릴 줄만 알고 쓸어보지 않은 생활의 찌게미다. 누가 보든지 그것은 뚜렷하게도 사람이 살아난 자체로 아니 볼 수 없으리라. 그러나, 예서 살아난 자체는 오직 그것을 뿌려 이 산속을 어지럽힌 것밖에 없다.

그러나, 성눌은 이 산속에서 무심히 낙엽만을 지우고 있는 자신이 아니었던 것을 믿고 싶다. 얌전이를 찾은 것이다. 많은 여성 가운데서 흔들러보지 못하는 마음이 얌전이로 의해서 흔들린 것이 아닌가.

분명히 자기는 한 잎의 낙엽을 쫓아 언덕을 넘다 머루를 따는 얌전이를 보고 마음에 동요가 생겼다. 그것은 결코 자위도 아니요, 공상도 아닌 버젓한 현실인 것을 다시금 인식하며 통혼의 보고가 올라오기를 기다린다.

그러나, 그것은 그리 초조한 것도 아니었다. 언제나 생각해도 자신의 위신에 미루어 산지기 늙은이 내외는 일언에 쾌히 승낙을 하리라 믿는 까닭이다.

오히려 공상은 이런 데 있었다. 얌전이로 더불어 어디서 어떻게 생

---

5) 휴지.

활을 할꼬? 서울은 싫다. 얌전이를 더럽히지 않을 이 산속에서 차라리 농사를 하리라. 그래서 또한 속세에 눈을 감는 것만으로라도 커다란 짐을 벗는 듯이 한결 몸은 가벼워질 듯하고 마음은 개완할 듯하다.

생활의 진리를 담은 껍데기 같게도 우울하던 마음은 여기에 완전히 벗겨지고 가슴속에 꽉 찬 정열은 샘물처럼 터져 흘러서 우울과 고독을 깨끗이 씻어낼 것 같다.

아름다운 공상 속에 여념이 없는 동안, 보고를 안은 벗이 언덕 아래 나타난다.

"아니, 이거 나 님재 볼 낯이 없게 됐네."

언덕을 추어 오르기가 바쁘게 입을 연다.

"낯이 없다니!"

"아, 소한데 물린 셈이야."

"머시?"

"아, 그런 목고대 뒤상 같으니 죽여도 님재와는 혼인을 안 한다누만."

성눌은 짐짓 놀래고, 또, 약간 수치를 느끼며,

"안 하겠대?"

"님재 같은 고급 인종은 당초에 얌전이 짝이 될 수 없대. 기름과 물은 아무리 뒤섞어도 합하는 법이 없다나! 님재는 기름이요, 얌전이는 물이래. 님잰, 왜 저, 보통학교에 와 있던 네훈도 같이 구두신구, 또 초매 깡뚱하구, 머리 지지구, 기름 바르구 헌, 머, 그런 네자야 짝이 똑 맞는대나! 그래서 성눌이는 주의가 그렇지 않아서 그른 네자는 춤밭구 얌전이같이 김 잘 매구, 베 잘 짜는 네자를 구한다니께 그건 글쎄 시젠 그래두 열흘두 못 가 맘이 변한다구! 그르니, 머, 더

할 말이 있으야디. 어, 참!"

소리 없는 한숨이 성눌의 입에서 새어 나온다.

"내 이렇게꺼지 이야기해 봤지. 아니, 영감이 산막에 있으멘서 성
눌이 청을 안 드르문 어걸 모양이냐구, 허니께니 그건 막, 사람을 옆
누르랴는 것이라구 하면서 나가래문 나가두 얌전이는 못 내놓갔다
는 거야. 그래서 또, 마즈막엔 이렇게두 말해 보지 않았나. 아니 그
래, 영감이 그 처지에 얌전이를 농사 집에밖에 더 살릴 데가 없을 건
데 그래, 즌날 마른날 없이 코피가 닉두룩 따이나 파며 고생을 식히
느니보다 와 성눌이를 줘서 월급 타서 팔땅 디리구 뜨뜻한 아루에
펜안히 앉아서 놀구 먹을 팔자를 마대느냐구. 허니께 니 놀구 먹는
것보다 일해서 먹는 게 더 귀허다니! 그르멘서 사람이 손발 됐단 멀
허는 거냐구 그르겠디. 그리구, 또, 허는 말이 성눌이야 김을 한 고
랑 맬 줄 아나, 모를 한 대 꽂을 줄 아나, 우리 얌전이는 백이 백 말
해두 그저 김 잘 매구, 모 잘 꽂는 장정 일꾼으루 얻어 주갔대는 거
야, 그르니 머, 헐 말이 있나. 그른데, 할민지는 또, 그 뒤상 옆에 딱
경매를 붙에들고 앉아서 머이 이러쿵저러쿵 골치가 아파서…… 여
부시! 님재만 하구야 아니 참, 그, 뒤상 말마따나 구두신구 거드럭
거린 걸 어디, 얌전이 궁둥이 따를 건 머이와? 지친헌 게 에미난데.
난, 님재레 말해 달내기 해는 봤쉐만 그만두지 그만둬기까지 걸
멀……"

그만두라지 않아 승낙을 않는 데는 할 수 없는 일이다. 더구나 필요
없는 인물로 간주하는 데는 무어라 더 말할 용기조차 없는 것이다.

성눌은 얌전이에게 있어 자기는 손톱만한 필요도 없었던 것을 순
간 생각하고 이 세상에서의 자기의 필요성을 생각해 본다. 자기는

그럼 무엇에 필요한 존재이였던고? 아무 데도 없었다. 미래의 일은 추측할 배 못 되지만 현재에는 없다. 과거에도 없었다. 모 한 대, 밭 한 이랑을 임의로 처리할 줄 아는 능력을 이미 배양하였던들 이렇게 도 불필요한 존재로 얌전이에게서 절대의 거절은 받지 않았으리라.

성눌은 오히려 자책의 부끄러움에 머리가 숙여졌다. 이 한 달 동안의 산간의 생활을 미루어 보더라도 산지기 일가의 눈에서 뿐이 아니라, 자기 자신 무능한 한 개 생활의 패배자에 틀림없었다.

얌전이는 늙은 어버이를 위하여 있는 정성과 노력을 다해 하루갈이에 가까운 터앝에 옥수수를 혼자 걷어들였던 것을 빤히 안다. 그러나, 자기는 그동안 무엇을 하였던고? 밤이나 낮이나 계속해서 하는 독서, 그리고 공상! 그러나 책 속에서도 공상 속에서도 얻어진 것은 없다. 역시 보람 없는 그 날의 생을 보내고 있었을 뿐이다.

"그까진 거 도무지 그놈의 늙은이를 산막에서 내여 쫓으시. 멧퀜의 말을 안 듣는 메직이가 통 천하에 어디 있단 말이와. 원 내가 다 분해 죽겠네, 참!"

벗은 생각하고 자못 흥분한다. 그러나, 성눌은 대답할 용기조차 없었다. 피여 물었던 담배를 한숨과 같이 또, 저도 모르는 사이 바위 위에 힘없이 썩썩 비벼 다시 못 올 그 순간의 생애를 표시하는 한 토막의 자취를 무심히 바위 위에 기록할 뿐.

성눌은 힘없는 발길을 또 산막으로 돌린다. 돌릴 때까지는 그래도 조용한 짬을 타서 저녁에 다시 한 번 자기가 직접 졸라 보리라 은근히 마음에 먹었으나 먹었던 마음을 건네 볼 겨를도 없이 건네 볼 용기를 잃고 말았다.

들어오는 저녁 밥상이 전에 없이 얌전이의 손에서 늙은이의 손으로 바뀌어 들려 들어왔던 것이다. 그러니, 그것은 도시 자기라는 인물은 인제 다시는 믿을 수가 없는 것이니 얌전이를 예전대로 함부로 들여보낼 수가 없다는 반증이 아닐 수 없다.

성눌은 밥을 먹기보다 짐을 싸지 않아서는 안 될 것이란 생각이 먼저 들었다. 그러나. 그 뒤에 그리운 얌전이 하지만, 또, 자리끼도 늙은이의 손에 들어오기를 잊지 않는 것을, 그리고 얌전이는 그림자도 눈앞에 얼른하지 않는 것을……

성눌은 밤을 두고 생각하여 보았으나 결국은 다시 더 말을 걸어 본대야 그것은 도리어 낯만 더 무지는 쑥스러운 짓이 될 것임을 깨닫고 이튿날 아침에도 의연히 늙은이의 손에 들려오는 밥상을 낯간지럽게 받아 물리고 그렇게도 잊기지 못하는 얌전이를 생각에 누르며 산막을 떠나 집으로 내려왔다.

집에는 뜻하지 않았던 한 장의 편지가 성눌을 기다리고 있었다. 우리들에게는 이제야 운이 왔다. 경상도 어떤 재벌을 붙들어 무진 회사 비슷한 성질의 회사를 우리 그룹에서 하나 꾸며 놓았는데 우리 그룹에서는 군이 제일 미덥고 똑똑한 인물이라고 만장일치로 군을 재무계 주임으로 이미 추천을 하여 놓았으니 지체 말고 빨리 올라오라는 예의 그 벗 5, 6인의 엽서 편지다.

성눌은 이 편지를 읽는 순간, 저도 모르게 낯이 뜨거워 옴을 어찌하는 수 없었다. 자기의 마음이 끌리는 얌전이에게는 절대로 필요치 않은 존재가 믿거워하지 못하는 벗들에게서는 이렇게도 신용을 받는 것이다.

미더운데 버림을 받고, 미덥지 못한데 신임을 받는 것은 결국 그런 유에서나 신용할 수 있는 그러한 존재에 틀림이 없을 것을 증명하는 것이 되는 것이다. 성눌은 순간 그것을 마음 아프게 깨달은 까닭이다.

즉석에서 성눌은 회답을 썼다. 이 순박한 농촌의 자연처럼 자기의 마음을 살찌우는 데는 없다. 차마 농촌을 떠나기가 싫다. 내일부터는 나도 머리에 수건을 질끈 동이고 낫을 들고 들로 벼 가을을 나가려다. 군들과 나는 인제 너무도 차이가 있는 동떨어진 사람이 되련다. 나 같은 사람은 서울 장안에 그뜩 들어찬 게 그것일 것일 테니 나는 아주 잊어 주는 것이 좋을 듯싶다. 그리고 그것을 나는 두 번 세 번 당부하고 바랄 뿐이다.

손성눌.

그리고 이튿날 성눌은 실제로 낫을 들고 나섰다.

늙으신 아버지가 자기를 위하여 모든 것을 다 희생하시 생전 쥐여 보지 못하던 낫을 들고 여름내 피땀을 흘려서 지어 놓은 벼 가을을 또한 손수 하시고, 그것의 마당질 품으로 남의 품 벼를 베다가 그만 서투른 낫에 다리를 상하여 꼼짝 못하고 누워 계시니 마당질만은 혼자서는 할 수 없는 일인데 인제 품을 못 지리면 아버지 혼자로서 하여야 할 앞날의 마당질 처리를 내다볼 때 성눌은 그대로 앉아있을 수가 없었던 것이다.

"베 부이기가 바로 그렇게 헐한 줄 아네? 이제 너마자 또 어디 다 치려구⋯⋯."

아버지는 섬께 떨듯 말리는 것을 성눌은 뿌리치고 품 벼를 베러 나섰다. 천여 석의 씨 뿌리가 나는 이 넓은 들에는 논배미마다 모두들 다리와 팔뚝을 걷어 올리고 무슨 진리를 거누기나 하는 듯이 오직 거기에만 정신을 쓰고 낫들을 놀린다.

성눌이도 발을 뽑고 논배미로 들어섰다. 아직 햇볕을 보지 못한 아침 물은 어지간히 차다. 발바닥에 집히는 물이 산득산득 소름을 끼쳐주는 정도인가 하니 차츰 발가락에는 얼음이 꽂히는 듯 아리다.

그러나, 이 논에 같이 들어선 7, 8인의 가을 일꾼들은 그런 것쯤은 느끼지도 못하는 듯이 흥에 실린 낫만이 그저 분주하다. 못 견디게 물은 차나, 성눌은 그것을 참기 어려워 뛰어나올 자리는 못 된다. 간신히 이빨에 힘을 주어 그들과 같이 의연히 한 짝으로 열을 지어 가며 낫을 놀릴밖에……

그러나, 일꾼들은 따를 길이 없다. 겨우 다섯 단을 묶어 놓고 보니 그들은 벌써 십여 단씩이나 뒤에 남겨 놓고 서너 발 푼수나 앞서 나가 있다. 성눌은 좀 더 속력을 내어 일단의 정력을 다 들여 본다. 그러나, 그러한 속력으로는 아무리 힘을 들인다 해도 손익인 그들의 일에는 딸려지는 것이 아니다.

맞은짝 논둑까지 다 베어나가 허리를 펼 때 보니 성눌은 겨우 논배미의 한복판에 서 있었다. 그러나, 그것도 얼마 동안이었다. 낮 밤을 지나고 낮을 때는 끊어져 내는 허리를 펼 수가 없었다. 그런 것을 그대로 우기자니 전신은 땀에 뜨고, 근력은 잃는다. 그러니, 일의 능률은 처음보다도 차츰 떨어져만 간다.

그래도 성눌은 시늉이라도 하게 남아 있는 힘이 저 자신이 기적 같았다. 그리고 그것이 햇것 남이 있기를 바라나, 어서 해가 졌으면 하는 생각이 들 때는 속일 수 없이 코로 단김이 몰아 나옴을 인식하는 때였다.

해가 지기까지 베는 시늉을 하고 또, 베어 놓은 볏단을 등짐으로 메어내어 배까지 치고 났을 때는 실로 촌보에 자유가 능치 못하게 전신의 동맥은 굳어진 듯했다.

눈으로 보고 상상하는 짐작의 노력으로는 도저히 믿지 못할 일임을 성눌은 이제 깨달았다. 그리고 얌전이에게서 거절을 받은 이유의 일단도 여기에 선이 밝아지는 듯하였다.

"성눌이 오늘 혼났디?"

"자네들은 허리가 아프지 않은가?"

"하하하 우리들은 한 사람 목에 백여 단씩 돌아갔는데 님잰, 머, 겨우, 쉰단 푼수나 부였을까 헌데 머, 허리가 아파?"

"아무랬건 성눌 용쉐. 첨으루 그래두 쉬지 않구 진종일 손 노락질이래두 헌 게 용티 멀 그래!"

한 대씩 붙여 물고 논둑으로 나와 한담 끝에 그들은 내일의 품꾼들을 제각기 따지고 일어선다. 오늘 일꾼 중에서 품에 빠진 사람은 다만 성눌이 혼자뿐이었다. 그와는 누구나가 하나같이 내일의 품을 말하는 사람이 없었다. 성눌은 자기의 품을 들이라기가 미안해서 그러나 보다 하고 자청 품을 청해 보았다.

"자네네 벼나 하루 더 비여 볼까?"

"웬걸 님잰 하루 쉐서 비시. 그렇게 갑자기 일을 되게 하단 탈 생김메! 괴니."

동정에 말인 듯싶다. 단 몇 십 리 길만 걸어도 며칠 동안은 다리가 아파 자유로 몸을 놀리기도 거북하던 것을 미루어 보면 참으로 오늘의 여울은 상당히 몸에 깊이 배여 있을 듯하다. 성눌은 다시 아무 말 없이 집으로 돌아왔다.

이튿날도 오력은 상당히 말잰 것이 기운이 없었다. 그러나, 싱눌은 품 자리만 있으면 또 나서기로 내일의 품을 찾아 주기를 기다린다.

아버지를 위해서도 그렇다고 그대로 앉아만 있을 수는 없었거니와 저 자신이 숫구쳐 들먹이는 생활에 대한 정열을 익일 길이 없었던 것이다.

하지만 한나절이 기울어도 품을 요구하는 사람은 없었다. 성눌은 기다리다 못해 자신이 품을 구하기까지 해 본다. 하는데도 아버지의 다리가 좀 나았나 그것을 묻고 아버지의 품을 은근히 요구하는 사람은 있으면서도 성눌에게는 품을 거론도 아니했다.

"어머니! 누구 품 안 쓰겠답디까?"

마을 나갔다 들어오는 어머니에게 성눌은 묻는다.

"멀? 네 품 말이가? 아니, 네 품을 이제야 누구레 쓰간!"

"웨요?"

"웨라니! 어즈께 박서방넨 너까타나 베 쉰단 밋뎃따구 아니 그 소리가 동네에 통이했는데 멀 그르네."

"……."

"그 사람들이니 와 안 그를 내던. 같은 값이문 남의 반목두 참네 못 하는 널 품으로 쓰갔네? 나보탄두 안 쓸데……너 없을 적에 사랐간. 그르다 탈 나리라, 너야 거저 늘 책이나 보게 생겼디."

성눌은 이 소리를 듣자 별안간 낯이 확확 달았다. 그것은 여기에서도 자기는 의연히 필요치 않은 인물인 것을 말하는 것이다. 마음이 붙지 않는 곳에서는 반겨 청하고, 마음이 붙는 데서는 거역을 당한다.

성눌의 눈앞은 금시에 어두워졌다. 이 넓은 세상에 자기의 마음은 의연히 담을 데가 없는 것이다. 성눌은 갑자기 숨이 막히는 듯 가슴이 답답함을 느낀다. 그러나, 숨이 끊어지지 않는 것을 보면 분명히 숨을 쉬고 있는 것으로 공기를 호흡하고 있는 것은 사실이나, 마음의 호흡이 괴로운 것을 보면 분명히 세상의 공기는 탁해진 것 같다.

이 탁한 공기 속에서 숨을 쉴 수가 없다. 어디를 가야 내 마음은 가을하늘같이 명랑하여질꼬? 한 번 시원히 대공을 훨훨 날아 속진에 무젖은 때를 깨끗이 씻었으면 마음이 가득할 것 같다. 아이! 공상 속에만 아름다움은 있는 것인가.

그럴진댄 차라리 공상 속에 살고 싶다. 영원히 살고 싶다. 현실을 공상과 같이 그렇게 아름답게 아름답게 빚어 놓는 수는 없나?

아름답게 아름답게 보담 더 아름답게 생활의 꿈을 공상 속에 빚어 보기에 여념이 없는 며칠 동안 서울 벗들로부터 상경 재촉의 전보를 성눌은 또 받는다.

전보를 받고도 올라오지 않으면 쫓아라도 내려가서 목을 매어 끌어 올리겠다는 문구다. 성눌은 두 번 볼 필요도 없이 일견에 찢어 버린다. 그리고 회답할 생각조차 엄두에 두는 길 없이 그들과의 교섭은 잊으려고 했다. 그들은 생각할 때마다 성눌은 마음이 더욱 답답함을 느끼는 것이다.

그러나, 전보가 일축된 대신, 그 내용과 같이 거짓 없이 사람은 기어코 내려오고야 만다. 김 군이 왔다. 김 군은 영업적인 그 회사의 내용 이야기를 함 바탕 펴 놓아 성눌의 비위를 낚는다.

"나를 위하는 벗들의 충성은 진심으로 감사하나, 내가 서울이 싫어졌다는 것은 편지로도 이미 말한 것인데 군들은 왜, 이렇게 자꾸만 나를 서울로 끌어 올리자는 거야?"

"여러 말 말구 내일 아침 일찍이 떠날 차비나 해, 내, 아야 역에서 자네 차표까지 미리 두 장을 다 사가지고 왔네, 이것 보게나."

단 마디에 성눌의 입을 틀어막으려는 듯이 짐꾼은 호주머니 속에서 두 장의 경성행 차표를 들어내 보인다. 기어코 데려 올려가고야 말 텐데 뭘 하는 시위가 아닐 수 없다.

순간, 성눌은 그 자기의 자유의지를 임의로 무시하려는 태도에 자못 불쾌함을 느꼈다.

"차표까지 미리 사 가지고 그건 무슨 시위가?"

"시위! 시위라기보다는 벗의 군을 위하는 그 성의는 생각지 못하나?"

"그래 벗을 위한 성의는 벗의 자유의지도 무시할 수 있는 건가?"

대답은 이렇게 하여 놓았으나 불쾌한 반면에 그실 반가운 우정을 아니 느낄 수도 없기는 없다. 자기를 오직 믿지 않았으면야 일부러 사람까지 내려 보냈으리라고 아니, 차표까지 사 가지고 왔으리라고 하면 그것도 좀 한 우정에서가 아니고는 못 할 일 같았다.

그들의 주위에도 실직으로 밥을 땅땅 굶고 있는 친구가 수두룩한 것을 모르는 바 아닌데 하필 자기를 끌어 올리자는 것은 오직 자기에게 대한 그들의 정의의 발로밖에 없으리라 생각하니 성눌은 주위의 탁하던 공기가 얼마쯤 완화되는 듯한 정세를 느꼈다. 그리운 서울이 아니었으나 벗들의 그 벗을 위하는 충성에 성눌은 반항할 용기를 문득 잃는다.

어디를 가도 자기의 마음은 담을 데가 없다. 그럴진댄 터럭만한 도움도 되어지지 못하는 존재가 피땀을 흘리어 벌어놓은 늙은 아버지의 등을 파먹고 있느니보다는 다시 서울로라도 가서 내 손으로 벌 수 있는 일을 하여 먹는 편이 차라리 나으리라. 성눌은 생각을 굳히고 두말없이 이튿날 아침 차에 김 군과 같이 몸을 실었다.

몇 달 동안에도 서울의 변화는 컸다. 있던 집이 없어지고 없던 집이 눈에 낯설다. 눈에 익던 남대문 통의 ××루라는 중국 요릿집이던 꽤 커다란 벽돌집이 벗들의 손에서 수가 난다는 회사로 알른알른하게 수리가 되어 있다.

눈에 뵈지 않는 변화인들 얼마나 있어 사람들을 울리고 웃기고 했을꼬. 변화무쌍한 세태를 생각해 보며 성눌은 거리를 걷는다.

올라오는손 그 저녁 벗들은 또 명색 성눌의 환영회를 열어 진고개 어느 요정으로 가는 길이다. 밤늦도록 소리하고 마신다. 오래간만에 성눌은 얼근히 취해 본다. 괴로움을 잊는 즐거운 밤이었다.

한시 가까이 좋은 기분에 벗들로 어깨를 같이하고 귀로에 나섰다. 깊은 밤의 장안 거리는 어지간히 고요하다. 행인이 딱 끊진 바는 아니나, 이 성눌의 환영회 일행의 세상인 듯이 그들의 구두 소리만이 장안에 찬다.

좀 신중하지 못한 벗 한 사람은 같은 정도의 주기이면서도 술을 빙자하여 거리의 부랑자가 된다. 기분일 탓일까 목이 찢어져라 유행가를 소리 높이 불러도 보고, 타지도 않을 택시를 손을 들어 스톱도 시키고, 지나가는 여인의 손목을 붙들어도 보며……

하지만, 거리 사람들이 그의 주기에 다 같은 호의로 그를 대하려고 하지는 않는다. 한 번은 지나가는 행인의 어깨를 길을 어이다 잘못되는 채 힘껏 들이받았다. 그러나, 받고 보니 잘못이다. 싸움은 일어났다. 옳거니 그르거니 밀치며 제치며 시비를 따지는 판.

성눌은 중재를 위하여 나선다. 붙은 싸움을 떼고 새에 들었다. 그러나, 들고 보니 친구는 날쌔게도 빠져나 구두 소리 높이 밤거리의 적막을 깨치며 도망친다. 그 친구를 놓친 석은 분함을 침지 못하는 듯 성눌에게로 돌려 붙는다.

"이 자식! 그래 네가 쌈을 도맡을 작정이냐? 덤벼 템 덤벼라, 에 따!"

볼 새도 없이 턱하고 들어오는 주먹은 번개 같이 성눌의 턱을 받는다. 그것뿐이면 좋았다. 단 한 개에 성눌은 쾅 하고 뒤로 자빠지며 돌같이 단단한 아스팔트 위에 머리를 받쫓는다. 또한 그것뿐이면 좋았다. 두부에서는 검붉은 피가 게재하게 흘러서 순식간 머리는 핏속에 파묻힌다. 성눌은 죽었는지 살았는지 혼도한 채 의식을 잃은성싶다.

잘못은 어느 편에 있었다든지 간에 죽었는지 살았는지 근더저 그대로 꼼짝 못하고 피만 쏟아내는 벗, 이 벗을 위하여 일행은 응당히 복수의 의무를 느껴야 옳을 것이나, 일견 적진의 행색은 거리의 부랑패에 틀림없다.

쓰봉을 땅에다 찰찰 끌며 셔츠 바람에 캡을 비스듬히 쓴 사람이 둘, 노타이에 머리를 반반히 재워서 바른 골을 딱 갈라붙이고 모자도 없이 와이셔츠 소매를 팔뚝까지 걷어 올린 사람이 하나, 싸움에는 아무런 기술도 갖지 못한 벗들은 그들에게 손을 쓰기 커녕은 도리어 그들의 손이 자기에게로 올까 두렵게 말로라도 한마디 대항해 볼 용기조차 잃고 다만 자기의 신변을 지키기에만 급급해 있는 동안,

"이놈들아! 다음엘랑 술은 먹드라두 점잖게 먹고 거리를 걸어라!"

약점을 본 그들은 사람을 핏속에 묻어 놓고도 오히려 뻐젓이 서서 훈계를 하고 골목으로 술눙술눙 사라진다.

그제야 일행 중의 한 사람이던 조 군은 모욕을 느꼈는지 실로 벗의 치명상이 분했든지 또는 성눌에 대한 자기의 체면을 유지하자는 데선지 저고리를 벗고, 넥타이를 그르며 고함을 친다.

"이놈덜아! 네놈들이 가면 어디를 갈 테냐? 덤빌 테면 덤벼 보자!"

그러나, 사람을 죽여 놓고 그들이 설사 이 소리를 들었댔자 돌아올 이치 만무하다. 반응이 없는데 조 군의 소리는 더 높아진다.

"이놈덜아! 내 단 주먹에 가루를 만들리라. 어디를 숨어 이놈들 나오느라!"

그리고, 있는 힘을 다하여 길바닥이 깨어져라 발을 쾅쾅 구른다. 남은 벗 세 사람은 여기에도 격동할 용기가 없는 듯이 어리둥절해서 조 군의 태도만 묵묵히 바라보다 움죽하고 팔을 놀리는 성눌의 거동이 눈에 띄자 아직 생명이 있다는 것을 짐작하고,

"성눌이! 성눌이! 정신 차려, 응? 성눌이!" 부르며 김군이 성눌의 팔목을 잡아다린다.

성눌은 일어서 보려고 전신에 힘을 준다. 그러나, 의외로 몸을 거누지 못하야 삐뚝하고 도로 쓰러진다. 피를 너무 많이 쏟은 탓인가 얼굴은 백지같이 하얗다.

조 군은 혼자서 덤비나 마나 세 사람의 벗은 엉겁결에 성눌을 뒤쳐 엎고 병원을 찾아 내달았다.

새하얀 붕대로 머리를 겹겹이 둘러 감고 ××병원 이등실 한쪽 침대에 고요히 몸을 던진 성눌은 또다시 한 번 무심히 눈을 떴다. 천장에 매여 달린 오십 촉 휘황한 전등이 번개같이 눈에 꽂히며 시력을 압도한다. 주위에는 여전히 벗들이 졸리는 눈에 잠을 싣고 그린 듯이 앉았다.

그 모양은 자기에 대해 심히 미안해하는 거동같이 성눌에게는 짐작된다. 그것이 그에게는 한껏 불쌍하게노 보였나. 이니 믿은 싱처니 앉아서 밤을 새며 졸아야 자기에게는 하등 필요가 없는 것을 인

사상 자기의 옆을 떠나지 못하고 조는 것이다.

　자기의 신변에 위험이 미칠 염려가 있을 때는 인사에 그렇게 무디다가도 신변의 위험을 느끼지 않을 때는 이렇게도 마음 놓고 거룩히 인사를 지키는 벗들이다. 이 벗들이 자기의 벗이요, 자기는 또 그들의 벗이 된다. 그리고 자기는 그들에게 절대의 신임을 받는다. 절대의 신임을 받으므로 서울까지 올라오게 되어 받은 상처가 지금 두부에 크다. 아니, 마음에 크다.

　그들의 눈에 비친 자기는 인간적으로서의 신임할 만한 그런 신임을 위한 신임을 받았던 것이 아니요, 신임할 수 있으니 자기네들에게는 이로운 것이라는 상업정책의 한낱 도구로서 신임을 받았던 존재밖에 되는 것이 없다.

　성눌은 한숨과 같이 다시 눈을 감았다.

　"꼭 의사의 지시대로 치료를 받아야 하네."

　벗의 손에 흔들림을 받고 다시 힘없이 눈을 떴을 때는 어느새 붉은 전등에 없고, 동편 유리창을 통해야 명랑한 아침 햇살이 줄기차게 들어 쏘고 있다. 그제야 벗들은 돌아갈 차비를 한다.

　"진단 선언은 삼 주간 이래두 보름 동안이면 퇴원이 될 게지. 어젯밤 일은 그게 말끔한 신수야. 밥 먹고 우리 또 올께."

　그리고, 다시 돌아오는 김군의 손에는 미깡[6] 꾸러미가 들려 있었다. 성눌은 못 볼 것을 또 보게 되는 듯이 마음이 산뜻함을 느끼고 힘없이 눈을 내리깐다.

---

6) 밀감의 일본음.

신기루(蜃氣樓)

돈을 잡은 것은 확실히 유쾌한 사실이었으나, 돈의 노예가 되는 것은 어디까지나 슬픈 사실이었다. 그러나, 슬픈 사실은 줄은 알면서도 노예의 사슬에 얽킨 몸을 구태여 벗어나 자기는 자꾸만 미련이 발목을 붙든다.

그것도 애초에 돈 그 물건을 위하여 돈을 잡자던 계획이었다면 모르되, 생명과 같이할 한낱 사업의 자금으로 많이도 말고 꼭 만 원만 잡자고 체면에도 양심에도 다 눈을 감고 의지까지 희생하여 불면불휴 삼십대의 청춘을 썩임으로 기어이 손안에 넣은 그러한 돈이다.

그런데 그것도 인젠 만 원을 훨씬 넘어 이만 원에까지 가까웠건만 돈이 손안에 들어오므로 돈에 대한 욕망은 그만치 커가고, 욕망이 커 가느니만치 마음속을 먹는 벌레는 차츰 깊이 파고 들어가, 돈에 대한 욕망을 깨끗이 씻어 버리자고 하면 뒤미처 돈에 대한 욕망의 검은 소이 양심을 덮어 누른다.

오늘은 기어이 한 군에게 회답을 써야 할 텐데 성암은 아직도 그 회답할 문구에 이렇다 마음을 꽉 정할 수 없다. 한 군의 뜻을 일러

주자면 "그렇다, 돈 만 원이 나를 잡은 것은 사실이다. 한 군의 말대로 그것을 다 투재하면 잡지 하나는 넉넉히 해 나갈 수가 있을 것이다. 내 처리되는 대로 걷어가지고 나갈 테니 우선 군은 모든 것을 준비하게." 하여야 할 것이나, 또 그렇게 하자고 했던 것이 자기의 근래의 숙원이기도 하다.

그러나 어떻게 잡은 그 돈이라고 손해를 보면서까지 해야 될 것이 빤한 그 사업에 투재는 차마 마음이 허하진 않는다. 겨우 문안만을 서두에 써 놓고 대답할 재료에 적절한 문구를 찾지 못해, 자꾸만 잉크를 찍어 올려서는 붓방아를 찌어 말리다 못해, 종시 초안대로

'군은 너무 일찍이 보채는구려. 군이 보채지 않은들 내가 그 잡지야 꿈엔들 잊을 건가. 이만 원 설은 터무니도 없는 허설이오, 돈은 아직 잡았달 것도 없는 게 소문은 그리 굉장하구려. 잡았다는 게 겨우 이삼천 원에 불과한데 그러니 그까짓 것으로야 밥도 못 먹을 걸 잡지가 다 무언가. 삼 년만 더 참게. 그러면 내 풍설 부럽지 않게 정말 만 원 하나는 묶어 가지고 나갈 자신이 있으니……'

이렇게 내용을 삼고 마침내 편지의 끝은 맺었으나 터무니없는 거짓말이 양심에 걸려 당초에 돈을 잡자던 궁리가 틀린 거라고 자책을 하며 생명과 돈과 씨름을 붙여 보다가 돈에 대한 욕망을 종시 잊을 길이 없어. 그것은 벌써 쓸데없는 뉘우침임을 즉석에서 깨닫는다.

그래 애초에 돈을 잡자는 궁리를 아니 하였더라도 돈은 여전히 없을 것이니 종시 그 잡지 사업은 못 하게 될 것으로 청춘이 그대로 썩기야 마찬가지가 아니었을 것이냐 하면 아직까지 그 간난이 자신의 개인뿐만이 아니라 집안의 화기를 송두리째 빼앗고 주림에 떨고 있을 것에 비하여 생활의 안정만이라도 얻어 놓은 점은 틀림없는 돈

에 대한 공덕으로 감사하지 않을 수 없는 것이다.

그래 이러한 논조로 생각을 계속하면 오히려 그 돈 속에 모든 평화와 행복이 깃들어 있는 듯싶게 지난날의 생애엔 추억의 줄기줄기 잇몸이 시다.

본시 선조의 조읍을 물려받는 혜택을 입지 못하고 아직 부모의 노력 밑에서 밥을 받아먹어야 할 열둘이라는 나이에 제 손으로 제 몸을 치지 않아서는 안 되는 운명을 짊어진 채 향학에 솟구쳐 넘는 정열에 고향을 떠나 이역의 손이 되기는 하였으나 뜻을 개운히 이르기까지에는 힘을 다하는 노력도 믿지 않았다. ××이라는 전문의 야간부를 그래도 그럭저럭 마치게 된 것을, 실사회에 나와 보니 자기에겐 그것도 한낱 기적인 듯싶었다.

그만큼 실사회에서는 동정의 여유에 더한층 매몰한 것이었다. 그래도 문화의 역할에 한몫의 고임돌이라도 되어 보고 싶은 양심의 충동을 밥만을 위해서 허덕이지는 못하고 학생 적부터의 소망인 출판 문화에 현념은 잊지 못했다. 그래서 돈 있는 친구들의 교섭에 몇 해의 세월을 허비하였으나 될 듯 될 듯한 것이 알고 보면 모두 각자가 어려운 데서의 방패막임들이었다.

여기 정암은 청춘의 끓는 피가 보람 없이 썩어나는 것을 통절히 가슴을 치고 아무 짓을 해서라도 돈 만 원은 붙들어와야 한다! 시골서 근근히 농사를 지어서 지내는 늙은 아버지의 주머니 귀를 털어 가지고 이 북만으로 들어온 지가 칠 년째 돈에다 생명을 걸은 이 시절의 생활—그것은 생활의 마디마디 모골이 소연타.

처음 오 전 십 전짜리의 봉지를 상대로 아편 밀매를 시작한 것이 육칠 개월에 돈 백 원이 난 수월히 잡을 수 있어 앞길에의 진전을 어느 정도까지 꾀할 수 있는 서슬에 그깟 것도 돈이라고 도적은 들었다.

앞가슴에 총부리를 겨누고 마주서는데도 돈을 내어놓지 않았음은 어리석은 짓이었을까? 생명을 팔은 돈이라 생명을 걸고 싸우지 않을 수 없었다.

겨눈 총부리 앞을 날쌔게도 달려들어 주먹으로 면판을 받쪼아 거꾸러치고 교묘히 몸을 피해낸 것은 지금 생각하여도 장하거니와 앞목에 한 놈이 또 파수를 보고 있는 줄을 뉘 알았으랴! 호각 일성에 붙들린 몸이 되어 돈은 돈대로 빼앗기고도 두 개씩이나 받은 상처가 가슴에 깊다. 쌍줄로 솟아 흐르는 피를 막아 볼 여념도 없이 흐르는 대로 길바닥 위에 점점이 붉은 물을 들이며 방향도 없는 길을 허겁지겁 내달아 피한 곳이 마안한 들판의 청초속 풋수수 시절임이 다행이라 할까, 그것으로 끼니를 이며 공포 속에 치를 떨고 배겨 있기 무릇 닷새에 다행히 창흔은 곪는 법 없이 자연히 순조로 치료도 되어 다시 풀밭을 기어 나오기는 하였으나, 집에는 불까지 질러 놓고 갔다. 몸담을 곳이 없었다.

두루 헤매던 끝에 친교를 맺어 오던 왕가라는 중국인의 호의로 임시 처소의 염려는 떨렸으나 앞길의 타개책은 여전히 아득하다. 무슨 짓이야 안 해 보았으랴, 거리의 짐꾼도 되어 보고 곡괭이를 잡아도 보며 수삼 개월의 육체 노동에 약질의 건강은 더 시달릴 길이 없이 곯아 떨어져 자못 그 몸 가질 바 태도에 아득한 판, 이 적지 아니 큰 마을에는 죽음의 계절을 만난 듯이 쥣병이 사람의 생명을 휩쓸고 있었다. 하루에도 몇 십 명의 송장이 마을 밖으로 끌려 나간다.

생사의 공포 속에 잠긴 이 마을 그러나 이것이 정암의 생활 타개에 천재일우의 기회가 될 줄이야……. 문전의 출입도 완전히 엄금된

이 마을이라 시체의 처치가 곤란하다. 시체를 놓은 집들에서는 그 처치의 감당을 동네 사람들에게 원한다. 뒷산 높은 봉 위에서는 으리으리한 호령 소리가 하루에도 몇 때씩 마을을 타고 흐른다. 몇 통 몇 호에 시체가 놓여 있으니 누구든지 내다 묻어 주면 상당한 사례를 드린다고.

그러나 돈이면 돈이지 누가 그 우글거리는 병균의 시체를 짊어져다 묻어 주리오. 응하는 사람이 없는 양 같은 주소엣 시체를 외이는 고함소리가 짬짬이 들리는데 그 보수의 가격만은 들릴 때마다 오른다. 저녁 무렵에는 이 백 원이라는 숫자에까지 끌어올려 부르는 소리가 똑똑히 정암의 귓속으로 흘러들었다.

이 소리를 듣는 순간, 정암은 저도 모르게 가슴이 후득거림을 느꼈다. 단 백 원에 생명을 걸고 총부리와 싸우던 일을 생각하고 이 이백 원이란 돈을 생각하니 은근히 군침이 흘렀던 것이다. 처지를 생각하면 죽을 진악을 다 써도 지금 같아서는 청내가야 그맛 돈을 손안에 쥐어 볼 것 같지 못하다.

요행 죽지만 않는다면 게서 더한 땡은 없다. 방금 눈앞에 겨눈 총부리와 싸웠으랴, 그것보다는 오히려 헐한 품이다. 마침내 거사에 용단을 내어 그 즈른히 누운 세 개의 시체를 세 차례씩이나 등짐으로 날라다 묻고, 일금 육백 원을 손안에 들었다.

일을 일단 치르고 나니 그것이 생시 같지는 않았다. 생존욕이 있는 사람으로 정신에 이상이 없는 한 도저히 못 할 일같이 저 자신의 정신이 발랐던가를 몇 번이나 의심하게 되는 나머지 께름칙한 생각이 온몸을 공포 속에 떨게 하였다. 장자 속에는 호닐사 균이 시를 다투어 백 마리 천 마리 자꾸 번식을 하고 있는 것 같아 금시 그것들의 작용은 복통을 일으킬 것 같은 생각에 무릇 며칠 동안은 단잠이 이루어지지지 않았다.

그러나 다행이 뱃중 한 번 하는 일 없이 그 달음에 거리로 뛰어나와 언제나 한 번 하여 보리라던 소망대로 명색 요리업을 차려놓았던 것이, 소경이 문고리를 잡은 격으로 이역에 헤매는 가난한 홀아비들의 주머니 귀를 털어내는 좋은 계기가 되어 마침내 소욕의 돈을 묶어 놓게 된 것이다.

그러니, 누구의 경우가 이래도 그 돈이 허스럽지는 않을 게다. 돈을 쏟히면 다시 그 고생을…… 할 때 정암은 더 생각을 계속하려고도 아니하고 편지를 봉투 속에 집어넣었다.

"고반상!"

"고반상!"

"고반도 하루꼬상!"

몇 번이고 불러도 응답이 없다.

"고반산떼바!"

짜증에 가까운 높은 음성이 다시 한 번 관내를 찌르릉 울려내는데도 아무런 반응이 없음에 서기는 이 층으로 달려올라 가는 양 쿵쿵쿵 층대를 밟아 넘는 발소리가 재다. 이 년이 기어이 또 무슨 수를 피는 것이 아닌가. 정암은 괘씸한 감정이 불쑥 치받쳐 오른다.

번번이 주릿대를 내리나 듣지 않고 떼를 쓰는 하루꼬다. 어디 한 번만 더, 하고 별러 오던 차다. 어떻게 대답을 하나 보자. 서기의 발소리 끝에 그것들의(색시들) 방문이 열리고 거기서 흘러나올 하루꼬의 대답에 정암은 귀담아 정신을 모았다.

그러나 문소리는 열리자 곧 닫기고 되돌아 나오는 기척을 서기의 보고를 기다리지 않고도 벌써 하루꼬가 이층에 없는 것을 알 수 있다.

"없지?"

"없습니다."

어디로 달아났다면 큰 탈이다. 하루꼬는 이 요리점의 존재를 말하고 있다. 그것의 단골이 얼마인지 모른다. 그것이 흥이 없는 때 영업에는 타격이 온다. 다시는 구할래 드문 계집인데…… 근심과 같이 찾아온 손님 처리에 생각이 옹색한 판 하루꼬는 변소에 있다는 보고를 받는다. 제 말은 뒤를 보았다고 하나, 시간으로 보아 이십 분씩이나 뒤를 보았다는 건 곧이들리지 않는 말이다. 역시 피난처가 그곳이었을 것임에 틀림없을 게다.

괘씸한 생각은 당장 주릿대를 내리겠으나, 손님이 기다린다. 독을 보아 쥐를 못 치는 격, 손님을 보낸 뒤에 어디 보자, 흥분을 누르고 한마디의 훈계도 없이 모르는 체 서기의 지휘대로 내버려두었다.

시간 손님이었다. 손님은 곧 돌아가고 고방은 나온다.

지독히 여윈 얼굴이다. 한참 나이를 자랑할 연지 뺨에 청춘의 물이 시들시들 날았다. 그래도 그 고르게 정리된 윤곽이 아직도 사람의 눈을 끌기는 하는 것이나, 그것도 화장의 힘이 아니라면 속이지를 못할 것 같다. 단발에 아이롱질을 한 더벅머리는 오히려 여윈 얼굴을 초라하게 만드는 것이었으나 그래야 손님의 비위에는 맞는다.

불러다 놓고는 아무 말도 없이 정암은 담배만 태운다. 먼저 하루꼬의 사죄를 기다리는 눈치다.

"저를 부르셨어요?"

"왜 불렀는지 몰라?"

첫마디가 장히 대답하기 힘든 일이다.

"절 부르셨어요?"

무슨 말인지 알아듣지를 못한 것처럼 되물어 보는 수밖에 없었으나, 그것이 억지임은 하루꼬 저도 안다.

"아, 왜 불렀는지를 모르느냐 말야!"

"모르겠어요."

"생각해 봐도 몰라?"

"잘못했습니다."

죽어 대령이 봉변을 피하는 수단임을 아는 까닭이다.

"잘못 알기는 아는 모양인데 글쎄 왜 알면서두 그리 생떼를 쓰자는 게냐?"

"제가 언제 생떼를 썼어요?"

"아, 이 년이 그럼 내가 너를 꾸짖기 위해서 생말을 지어내는 게냐?"

"요전엔 정말 배가 아파서 그랬어요."

애원에 가까운 음성이요, 그것은 태도에 더하다.

"배쯤 좀 아픈 게 네겐 그렇게 큰일이드냐?"

"정말이에요. 그적엔 지독히 아팠어요."

"그래서 그적엔 배가 아팠다 하고, 아까는 무엇이 또 아파서 세 번 네 번 불러도 대답두 없이 어데를 갔든 게냐?"

묻는 말이 빤히 아는 눈치니 핑계가 쑥스러움을 순간 깨닫기를 하였으나, 언제나 이러한 경우면 모면이 난처함에 자기의 잘못을 뉘우쳐 왔음이 하필 이번뿐이 아니다. 난치의 숙질이 그러지 않아도 괴로운데, 당탁한 직업에 충실하잠이란 죽기로서 끔찍하다. 오히려 거짓말이 헐한 품, 안 속을 줄 알면서도 뜨문이 핑계를 대었던 것이 사실이다. 대답할 말이 없었다.

"왜, 대답이 없어?"

"잘못했어요."

할밖에 더 말이 있을 수 없는 괴로운 마음은 안타까운 흥분 끝에 또 기침 줄기를 터뜨린다. 입을 손으로 싸고 쿨룩거리더니 마침내 뒤미처 시뻘건 선지피를 받아낸다.

정암은 아연하고 실색하는 나머지 하려던 말을 더 계속하지 못하고 하루꼬의 괴로워하는 표정에 자기를 잊은상 멍하니 앉았을 뿐.

"고반상!"

또 서기의 부르는 소리.

"잘못했어요. 다시는 안 그러겠어요. 저를 또 부르나 봅니다."

"고반상떼바!"

"하이, 하이."

"탕!"

총소리.

"탕!"

연달아 또 한 방.

바라보니 사무실 앞에 한 군이 편지를 읽으며 섰고, 그 뒤에 하루꼬가 총부리를 겨누었다.

"탕!"

뒤 달려오는 총알은 딱 하고 철궤의 열쇠 구멍에 명중되어 두 쪽으로 쫙 갈라진다. 지전 뭉치가 우르르 쏟아져 나온다. 그들의 눈에 뜨일까 두려워 손 빨리 장찬을 하려 하나 발이 땅에 붙어 떨어지지 않는다. 안타까움에 헤매는 동안 '탕, 탕!' 총소리는 난사에 가깝다. 하나만의 짓은 아닌 것을 깨닫고 살피니 총을 든 것은 하루꼬뿐이 아니다.

에미꼬, 가나리아, 쿠로리아, 시라유리, 다리아, 히바리, 스즈랑 계집이란 계집애는 있는 대로 여덟이 모두 떨쳐나 하루꼬를 선두에 일렬로 서서 총부리를 겨누었다. 떨어지지 않는 발을 겨우 떼어 해어진 돈뭉치를 움켜 집으려는 순간, 다시 건너오는 총알은 '탕!' 소리와 같이 손목에 명중된다. 제 결에 '으앗!' 소리를 치고 보니 움켜잡은 것은 돈이 아니라 이불귀요, 아무것도 없는 방 안에 댕그라니 혼자 누워 있는 자기인 것을 정암을 알았다.

괴악한 꿈이다. 전신이 땀에 떴다.

이게 무슨 징조인고? 꿈은 마음의 상징이라니 이런 노릇은 하면서도 한편 마음의 가책은 늘 받게 되는 양심의 반영이 이러한 꿈을 빚어 보이는 것인가? 만일 꿈이 현실의 상징이라면 하루꼬를 선두로 계집 여덟이 모두 자기에게 총을 겨눈 원수임에 틀림없다. 그리고 한 군도 하루꼬에 지지 않는 원수로 자기를 대하는 것이 아닌가. 그게 한 군에게 차마 하여야 할 짓이었을까.

마음을 같이하고 살아온 벗이 한 군이다. 서글플 때나 즐거울 때나 같이 울고 즐기며 팔과 다리 같이 서로 의지하여 믿고 붙들어 왔다. 결코 허영이 아니라 기어이 우리들의 소망인 잡지는 내 손으로 만들어 놓을 테다.

한 군은 지금 그것을 믿고 뜻 아닌 월급 푼에 목을 매고 눈알이 뒤솟도록 자기를 기다리고 있을 것이다. 한 군에게 한 편지는 과연 할 짓이었을까. 하루꼬도 그렇다. 밥을 위하여 북만에서 헤매는 존재이었다고는 하나, 그 길을 바르게 지도는 못 해 줄망정 감언이설로 그것을 꼬여들었다. 그리고는 사정에 눈감은 것이 분명 자기였다.

계집애가 여덟이나 있건만 돈을 잡아 준 건을 오직 하루꼬의 은혜라고 해도 지나치는 말은 아닐 게다. 요릿집 추월관(秋月館) 하면 벌써 손님은 하루꼬를 연상하고 하루꼬 하면 그것은 추월관인 줄을 안다. 그만큼 그의 존재는 높아 손님을 끌며 추월관의 이름을 굳혔다.

비로소 깨달은 것이 아니라, 병이 들자부터는 실로 허스럽지 않은 동정이 가는 것이 사실이기도 하였다. 그리하여 참을 수 없이 몸이 괴로워하는 기색이 보일 대면 피로를 풀 여유를 받게 되고 보니 도리어 그것을 약점으로 자기를 이용하여 보다 더한 여유를 얻고자 떼를 쓴다. 그리하여 그것은 뭇 계집들에게까지 영향은 미치게 되는 것이어서 이런 영업에는 도시 눈이 어두워야 할 것이 진리임을 깨닫고 눈을 딱 감아 버렸던 것이다.

며칠 전의 그 밤으로 말해도 그렇게 고단해서 피신까지 한 것을 찾아내다 시달림을 주고 각혈하는 것을 볼 대 아랫목에 눕혀 놓고 피로한 몸과 마음을 얼마 동안이라도 안정시켜 주었으면 하는 생각이 없지도 않았으나 버릇을 길러 주어서는 안 된다는 생각이 뒤이어 부르는 고방의 호명에도 눈을 감아 버렸던 것이다. 이것이 하루꼬에게 과연 하여야 할 짓이었을까 생각하니 그러한 꿈은 자기의 꿈 속에 반드시 나타나 마땅할 것 같다.

그러면 앞으론 한 군과 하루꼬에게 어떠한 태도로 대하여야 할 것인고? 이 노릇을 그만두는 수밖엔 역시 묘한 방책이 없다. 그러나 수만금이 눈앞에 왔다갔다 보이는 이 노릇을 그만두다니 하면 지금까지 쌓아올린 지위와 권리를 일조에 짓밟아 버리는 것이 되는 것밖에 없다.

돈에 따라다니는 그 지위와 권리를 어디서 다시 붙잡을꼬? 자기와는 상대도 안 하던 놈이 지금은 황공히 머리를 숙이는 것이 아닌가. 어차피 살아가자면 머리를 숙이고 살기보다는 들고 사는 편이 아무리 해도 상쾌한 일 같다. 한 편이 좋으려면 언제나 상대되는 그 한 편은 희생이 되어야 하는 것은 하필 이런 노릇에서뿐이 아니라 세상의 온갖 이치가 그러하다.

돈 앞에 머리를 숙이고 예기가 죽어 살던 지난날을 돌아보면 모욕의 분풀이로라도 머리를 숙이던 놈에게 그 숙어드는 머리를 고개를 돋우들고 발길로 한 번 지그시 눌러 보고 싶기까지 하다. 잡지 사업 그것은 인제 취미의 대상이 아니다. 사람은 취미로 산다. 삶에 취미를 잃는 때는 제 목숨을 스스로 끊기도 한다. 하물며 잡지 사업에랴!

삶의 승리는 돈에 있다. 이러한 꿈에 굴복한 것이 아니라. 힘차게 정복을 해야 한다. 생각을 굳히는 동안 "소곰, 소곰" 하고 가나리아의 외치는 소리가 세면대로부터 들려온다. 또 하루꼬의 각혈인 모양이다.

정암은 하루꼬의 각혈이 요즘 와선 차츰 그 번수가 잦아 오는 것을 보고 여생이 앞에 닥친 것을 미루어 이태만 더 살아라 속으로 외며 다시 자리를 바로 하고 이불 속으로 들어갔다. 그러나 하루꼬는 그 이듬해 봄을 잡으면서부터는 급각도로 살이 깎였다.

뜰 뒤 장독대 언저리엔 한참 봄뜻을 머금은 몇 그루의 낭이꽃이 하얗게 피어나건만 하루꼬의 얼굴은 하얗게 시들어만 갔다.

이렇게 하루꼬의 얼굴에는 완연히 병색이 드러나게 되니 손님이 차츰 줄어든다. 단골 손님까지도 발을 딱 끊고 마는 것이다. 그러니 아직 목숨은 붙어 있다고 하더라도 이 영업에 추월관의 존재를 말하는 하루꼬가 이렇게 목숨이 없으니 영업에는 타격이 크다.

정암은 이에 대한 대책을 세워야 하는 것이 이 봄을 접어들면서의 커다란 한 가지 일이었다. 그러나 아무리 탐색을 해야 하루꼬만한 매력을 가진 계집이 좀처럼 나서지 않는다.

오늘은 또 산촌으로 계집의 물색을 떠난다. 조선 계집애를 수양딸로 두었던 진가라는 중국인이, 인물은 이쁘나 행실이 부족하여 그것을 팔겠다는 왕가의 종용으로 떠나는 길이다.

닿은 곳은 마안한 들판을 바라보며 산턱 아래 외로이 떨어져 박힌 한 채의 작지 않은 기와집이었다. 왕가는 색시를 교섭한다고 진가와 같이 나가고 정암은 혼자만이 남아서 피곤한 다리를 쭉 버드러치고 앉아 담배를 피워 물었다.

"텅!"

뒷문이 닫긴다.

그리고, 쇠를 잠그는 소리.

또 곁문이 "텅" 하고 닫긴다. 쇠 잠그는 소리.

사람을 방안에 두고 밖으로 쇠를 문마다 잠그는 것이 이상하지 않을 수 없다. 별안간 정암은 으즈즈한 생각에 오싹하고 머리카락이 있는 대로 올려 뻗친다. 벌떡 일어서 문을 밀어 본다. 당당하게 마친다.

까닭을 몰라 멍하니 천장을 바라보고 있는 동안, 벽장문이 스르르 열리고 진가가 섬쩍 내려선다.

"너 글 알지?"

진가는 손에 들었던지, 필, 묵을 내려놓는다. 색시의 계약을 하자는 말인가, 순간 정암은 생각이 옹색하여 바라만 보니,

"글 알어?"

힘 있게 곱채는 진가의 눈에는 불빛이 번쩍하고 빛난다. 조금 전에 대하던 그렇게 사람 좋아 보이던 그러한 진가의 인상이 아니다. 정암은 그 순간 도둑의 굴에 빠진 것은 아닌가 하는 의심이 바짝 일어났다.

"글 쓸 줄 아는가 하는데?"

꽥 지르는 소리에 흠칫 놀라고 바라보니 어느새 어디서 빼내었는지 날이 새파랗게 번쩍이는 한 자루의 단도가 그의 손에 들려 있다.

순간, 정암은 쓸 줄 안다는 대답을 하고 나서도 황겁[7] 중 자기 입에서 나온 말이 무엇이었던지도 몰랐다.

"그러면 여기 내가 부르는 대로 편지를 써라."

명령과 같이 붓에 먹을 찍어 정암의 앞으로 내어 민다.

"자, 이렇게 써라. 왕가와 같이 색시를 사러 와 보니 그 집에 도적이 무서워 옛적부터 땅속에 묻어두었던 은전이 몇 만 원어치가 있는데, 이것을 샀으면 수가 날 것인즉, 대지급으로 이만 원만 보내라. 지금 경쟁자가 있으니 돈이 속히 오고 속히 안 오는 데 큰 부자 하나가 왔다 갔다 할 것인즉 시각을 지체 말고 보내라. 이렇게 써라!"

그리고, 한 걸음 무릎을 바싹 다가 나앉으며 방바닥에 턱 하고 칼을 꽂는다.

정암은 정신이 아찔했다. 이미 듣고 있던 사실을 지금 자기가 봉착하고 있는 것이다. 편지를 쓰라는 대로 쓰지 않으면 그 진가의 칼날에 자기의 목숨은 날아난다. 처음 귀를 베고, 다음에 코를 베고, 그래도 말을 아니 들으면 목을 자른다는 것이 그들의 행동임은 이

---

7) 겁이 나서 얼떨떨함.

미 잘 들어 알고 있는 사실이다.

그러나, 편지를 쓰는 날이면 새빨간 몸뚱이로 권리도 지위도 다 잃고 한지에 나서는 날이다. 어떻게 이 자리에서 감쪽같이 몸을 피해낼 길이 없을까 엉뚱한 생각에 잠겨 보는 동안,

"이놈아! 목숨이 귀하거든 빨리 써!"

진가는 한 걸음 더 바싹 다가앉으며 칼자루로 손이 간다.

그래도 정암은 어떻게 잡은 그 돈이라고 차마 붓이 손에 가지 않아 머뭇거리니,

"그래 못 쓸 테냐? 후회 마라!"

단 한마디로 잡았던 칼자루를 드는가 하더니 어느새 진가의 한 손은 정암의 바른쪽 귓바퀴를 더듬어 잡는다.

"쓰, 쓰겠습니다."

그러나, 이미 귓바퀴에서는 새빨간 피가 비치었다.

그 쓰겠다는 소리가 한 초 동안만 더 입안에서 지체되어 나왔던들 자기의 한쪽 귀는 완전히 떨어지고 말았을 것임을 생각하니 그것만도 다행한 일 같다.

생명이란 이렇게도 귀한 것일까. 진실로 정암은 생명이 돈보다 귀함을 이 순간에서 절실히 느꼈다. 다시 그 칼이 올까 두렵게 벌벌 떨리는 손에 붓대를 더듬어 들었다.

이튿날 아침에야 정암은 자기의 정신으로 돌아왔다. 편지는 썼으니 아내는 의심 없이 돈을 보낼 것이요, 돈이 오게 되면 자기는 이 굴 속을 벗어는 날 것이니 생명은 건지게 될 것이나, 그 옛적 운명으로 다시 돌아가야 하는 것이 한없이 슬프나. 왕가 그놈을 친구라고 믿다니! 그놈의 꼬임에 빠지다니! 벗으로서의 왕가의 의리에 정암은

진저리가 나도록 몸서리를 쳤다.

  그러나, 그 순간, 정암은 한 군과 자기와를 또 문득 생각하고 다시
한 번 몸서리를 치지 않을 수 없었다. 왕가와 자기, 자기와 한 군, 그
것은 조금도 다름이 없었던 것이다.

별을 헨다

산도 상상봉 맨 꼭대기에까지 추어 올라 발뒤축을 돋워 들고 있
는 목을 다 내빼어도, 가로 놓인 앞산의 그 높은 봉은 눈 아래 정복
하는 수가 없다. 하늘과 맞닿은 듯이 일망무제로 끝도 없이 빠안히
터진 바다, 산 너머 그 바다, 푸른 바다, 아아 그 바다! 그리운 바다.
다시 한 번 발가락에 힘을 주어 지긋 뒤축을 들어본다. 금시 리가
자랐을 리 없다. 역시 눈앞에 우뚝 마주서는 그놈의 산봉우리.

"으아."

소리나 넘겨 보내도 가슴이 시원할 것 같다. 목이 찢어져라 불러
본다.

"으아."

그러나 소리 또한 그 봉우리를 헤어 넘지 못하고 중턱에 맞고는
저르릉 골 안을 쓸데도 없이 울리며 되돌아와 맞는 산울림이 켠 아
래서 낙엽 긁기에 배 바쁜 어머니의 가슴만을 놀래놓는다.

별안간 지랄 소리에 어머니는 흠질 놀라서 갈퀴를 꽁무니 뒤로 감
추며 주위를 둘러 살핀다. 소리의 주인공을 찾는 모양이다. 어머니

의 귀에는 사람의 입에서 나오는 큰 소리가 총소리보다도 더 무섭게 들린다.

집이라고 가마니 한 겹으로 겨우 둘러싼 산경의 단간 초막, 날은 추워 온다. 겨울준비가 없을 수 없다. 그러나 산등성이에 자연히 자라난 풀도 금단의 영역에 속한다. 풀이 없으면 눈비의 사태질이 산밑의 집들을 위협하는 줄을 모르느냐는, 핏줄 서린 눈알이 엄한 호령과 같이 군다. 가슴이 뜨끔거리는 낙엽 긁기다.

위로와 도움은 못 드릴망정 부질없는 고함소리로 어머니를 놀라게 했다. 자기인 줄을 알려야 할 텐데, 어서 알리고 싶어 몸짓을 하며 목을 내빼어보나 어머니가 그 형용을 알아줄 리가 없다. 눈을 둘러주다가 자기의 그림자를 산상에서 찾고는 긁어모은 낙엽도 모르는 채 그대로 버리고 슬며시 돌아선다. 필시 자기를 아침마다 호령하는 그 눈 붉은 사나이로 아는 모양이다.

"소나무 위에서 까치가 푸득 하구 날아만 나두 가슴이 막 내려앉는 것 같구나! 글쎄."

어제 아침도 낙엽을 한 아름 긁어 안고 들어오며 한숨과 같이 허리를 펴는 어머니의 말을 무어라고 받아야 할지 몰랐다.

귀국한 지가 일 년, 지난겨울이 곧 돌아오도록 집 한 간을 마련 못 하고 초막에다 어머니를 그대로 모신 채 이처럼 마음의 주름을 못 펴드리는 자기는 오관을 대로 가진 웅근 사람 같지는 못하다. 가세는 옛날부터 가난했던 모양으로 아버지도 나와 한가지로 만주에서 시달리다 돌아가셨다지만, 제 나라에 돌아와서도 이런 가난을 대로 물려 누려야 하는 것이 자기에게 짊어지워진 용납 못할 운명일까. 만주에서의 생활이 차라리 행복이었다. 노력만 하면 먹고 살기는 걱정이 없었고 산도 물도 정을 붙이니 이국 같지 않았다.

노력도 믿지 않는 고국—무슨 일이나 이젠 하는 일이 내 일이다, 힘껏 하자, 정성껏 하자, 마음을 아끼지 않아 오건만 한 간의 집, 한 자리의 일터에조차도 이렇게 정에 등졌다.

일본이 물러가고 독립이 되었다. 자기도 반가왔거니와 제 땅에 벼를 묻게 된다고 기꺼하시던 어머니—아버지도 고토에 뼈 못 묻힘을 못내 한하였다, 자기만 고토에 묻힐 욕심이 있으랴, 아버지의 유골도 같이 모시고 나가야 한다.

밤잠을 못 자고 무덤을 파서 뼈마디를 추려서 나온 것이 산 사람의 잠자리도 정치 못하였다. 나을 때 보자기에 싸 가지고 나온 그대로 어머니의 곁에서 초막살이다. 묻기야 어딘들 못 묻으랴만 고국도 고향이 그렇게 그립다.

고향은 찻길이 직로라 차로 오자던 고향을 배편이 안전하다고 뱃길로 돌아서 왔다. 어디는 제 땅이 아니냐, 아무 데나 내려서 가자. 인천에 와 닿고 보니 뜻도 않았던 삼팔선이 그어져 제 나라 아닌 것처럼 남과 북이 제멋대로 굳었다.

그래도 내 땅이라 못 갈 리 없다고 삼팔의 경계선을 넘다가 빵 하고 산상에서 터져 나오는 총소리에 기겁들을 하고 서성이다 보니 동행자 중 한 사람이 거꾸러졌다. 삼팔의 국경 아닌 국경을 넘기란 이렇게도 모험인 것을 체험하고, 고향이라야 일가친척도 한 사람 없는, 그리 푸진 고향도 아니다.

어디를 가도 제 손으로 터를 닦아야 살 차비다. 서울도 내 땅이라 보퉁이를 풀어놓고 터를 닦자니 날로 어려워만지는 생활, 겨울까지 눈앞에 떨어졌다.

초막의 추위는 지금도 고작이다. 밤새도록 담요 한 겹에 싸여 신음하는 어머니. 가슴이 답답하다. 시원한 바람이 그립다. 눈이 짝해지자 산을 탔다. 산을 타니 산바람이나 시원할까, 고향이 그립다. 배꼽 줄이 떨어져서부터 놀던 바다, 고향의 앞바다.

푸른 바다, 시원한 바다. 그 바다나 마음껏 바라보았으면 바다 끝같이 가슴이 뚫릴 것 같다. 부질없이 봉우리를 추어 올라 지랄을 부려 보니 마음이 후련할까. 아침이 늦었다고 시장기만이 구미를 돋군다.

마음이 배 바빠 아침도 덤비어 치우기는 하였으나 쓸데도 없는 호의에 걸음만이 더디다. 백번 생각해도 그것은 실행할 일이 아닌 것을…….

진고개 너머 어떤 일본 집에 수속 없이 제집처럼 들어 있는 사람이 있는데, 정식 수속을 밟아 내쫓고 들어가게 해준다고 부디 오늘 오정 안으로 만나자는 친구가 있다. 집이 없어 한지에서 겨울을 날 생각을 하면 마음이 으쓱하다가도, 그러니 있는 사람을 내쫓고 들자는 생각을 하면 내쫓긴 사람이 역시 자기와 같은 운명에 놓여질 것이 아니 근심일 수 없다.

자기도 처음에 서울에 짐을 푼 것은 한지가 아니었다. 푸진 것은 아니었으나 그래도 일본 집 다다미방 한 간이 베풀어지는 호의를 힘입어 겨울을 나게 되었음은 다행이었다 할까. 해춘도 채 못미처 수속이 없다 나가라고 하여 쫓겨난 이후로 이래 아홉 달을 한지에서 산다.

남을 한지로 몰아내고 그 집으로 들어가겠다고 눈을 감을 염치가 없다. 이런 기회는 몇 번이고 있었다. 비로소 듣는 이야기가 아니요 받아보는 호의가 아니다. 일언에 거절을 하였더니,

"이 사람아, 고양이 쥐 생각두 푼수가 있지, 그런 맘 쓰다가는 이 세상에선 못 사네."

친구도 어리석은 생각임을 비웃는다.

"그런 얌전만 피다가는 자넨 금년 겨울에 동사하네, 동사."

아닌 게 아니라 듣고 보니 그것이 만만히 될 것 같지도 않다.

"글쎄, 그 사람이 쫓겨 나왔어두 집을 잡을 수가 있어야 말이지……."

"흥, 아, 그럼 자네처럼 제집 없으믄 한 디에서 겨울 날 줄 아나. 그저 별생각 말구 눈 딱 감구 내 말만 듣게. 집이 생길 게니."

친구는 승낙도 없는 상대방의 의견을 임의로 무시하며 혼자 약속을 하고 갔다.

해를 두고 마음을 바꾸며 사귄 친구도 아니다. 만주에서 나올 때 우연히 같은 배를 타게 되어 뱃간에서 사귄 것밖에 없는 교분이다. 복덕방을 더터 몰아가다가 어제저녁 뜻밖에도 거리에서 만나게 된 이야기다. 염려하여 주는 호의는 열 번 감사하다.

그러나 호의에만 맡겨지는 호의가 반드시 바른길이라고 생각할 수는 없다. 욕심껏 마음을 제대로 누르고 살아오지는 못했을망정 제 뜻을 버리지 않고도 삼십을 넘어 살았다. 호의가 무시되는 나무람에 자제하여서는 안 된다.

복덕방을 찾아 나가야 할 것이 오늘도 의연히 자기에게 던져진 떳떳한 길이다. 그러나 친구는 혼자 약속이라도 기다리기는 기다릴 눈치였다. 그를 거쳐 가는 것이 걸음의 순서는 된다. 결론을 짓고 나선다.

남대문시장의 남미창정 어귀라고만 하여놓은 섯이 하도 사람이 인고 뉘여 좀 해서는 찾을 수가 없다. 어른, 아이, 늙은이, 색시까지 뒤

섞여 물건들을 안고지고 밀치며 제치며 비비 튼다. 같이 비비고 끼어들어 보니 안쪽 구석으로 낯익은 그림자가 시야에 들어온다.

잠바 홍정이 붙었다. 친구는 양복 위에다 잠바를 입었다. 물건 주인은 값이 맞지 않는 모양으로 어서 벗으라고 잠바 앞섶을 한 손으로 붙들고 당긴다. 조금도 닳아진 맛이 없는 것 같은 스물다섯이 채 되었을까 한 청년이다.

"안 팔다니! 팔백 원이면 제 시센데 시세를 다 쳐두 안 팔아? 이건 누굴 히야까시루 가지구 나와서?"

친구는 눈을 매섭게 부릅뜨고 팔을 뿌리친다.

"글쎄, 그르켄 못 팔아요. 이천 원 다 쳐야 돼요."

청년의 손은 다시 잠바로 건너간다. 친구의 눈은 좀 더 매섭게 모로 빗기더니,

"받아요."

지전 묶음을 청년의 호주머니 속에 억지로 넣어 주고 돌아선다.

넣어 준 돈을 청년은 다시 꺼내 부르쥐고 뒤를 쫓는다.

"여보!"

친구의 옷자락을 붙든다.

"누구야! 왜 붙들어? 바쁜 사람을……."

"인 줘요."

"주다니, 뭘 줘?"

"잠바 말이에요."

"당신 정신 있소? 물건을 팔구 돈까지 지갑에 넣구 다니다가 딴생각을 허구선…… 이건 누굴 바지저고리만 다니는 줄 알아? 맘대루 물건을 팔았다, 물렀다……."

몸부림을 처 청년의 붙든 손을 뗼구고 떨어진 손을 와락 붙들어 이마빼기가 맞닿으리만치 정면으로 딱 당겨 세우고 눈을 흘기며 가슴을 밀어젖힌다.

"이러단 좋지 못해, 괜히!"

밀어젖힌 대로 물러난 청년은 더 맞잡이를 할 용기를 잃는다. 멍하니 친구를 바라보고만 섰더니 어처구니없는 듯이 뭐라고 혼자 중얼거리며 그대로 쥐고 있던 돈을 세어보고 집어넣는다.

무서운 판이었다. 총소리 없는 전쟁마당이다. 친구는 이 마당의 이러한 용사이었던가, 만나기조차 무서워진다. 여기 모여 웅성이는 이 많은 사람은 다 그러한 소리 없는 총들을 마음속에 깊이들 지니고 있는 것일까. 빗맞을까봐 곁이 바쁘다.

"아, 여, 여보!"

어서 이 자리를 떠나고 싶어 자기를 찾는 듯이 살피는 친구를 꾹 찔러 부른다.

"지금 왔소?"

"나 좀 바빠 먼저 가얄 까봐. 기다리겠기에 들렀지."

"바쁘긴. 내 다 아는 걸…… 글쎄 그래 가지군 백만 날 돌아다녀야 집 못 얻는달 밖에. 난 아직 아침도 못 먹구…… 우리 점심 같이 허구 잠깐 집에 들러 옷 좀 갈아입구 나가세."

"아니, 정말 난……."

"글쎄, 이리 와요."

손목을 잡아끌어 앞세운다. 강박히 부딪칠 수가 없다.

점심이라기보다 술이었다. 실로 얼마 만에 쇠고기 씸을 실컷 하고 확확 다는 얼굴을 느끼며 남산 밑을 돌아 후암동으로 따라간다. 어느 커다란 회사의 중역이 살던 숙사인 듯 반 양식의 빨간 기와집이다.

"이 집도 그렇게 얻었거든."

친구는 전령의 단추를 누른다.

꼭 같은 알몸으로 보퉁이 한 개씩을 등에 걸머진 채 인천에 내려서 헤어진 지 일 년, 친구의 살림은 벌써 틀이 잡혔다. 가구의 준비까지도 완비된 듯 장롱이니 의걸이니 놓아야 할 건 제대로 다 들여놓았는데 놀랐다.

"팔백 원, 참 싸구나! 이건."

들고 온 잠바를 친구는 다다미 위에 내던진다.

"거긴 하루 한때만 들러두 밥벌인 되거든. 일자린 없것다, 쌀값은 비싸것다, 그대로 댕그라니들 앉아서 배겨날 장사가 있나. 전재민이 가지구 나오는 물건이 여간 많은 게 아니야. 늪지에서 자라난 풀대 모양으루 희멀쑥한 얼굴이 물건을 제대루 내놓지두 못 허구 옆에다 끼구선 비실비실 주변으로만 도는 걸 붙들기만 허면 그건 그저 언는 폭이지. 잠바도 만주 건가 봐. 가죽이니 좀 좋아? 작자가 어리숭해 가지구 그래두 첫마디엔 안 놓아주구 제법 쫓아오던데? 글쎄 외투루부터 저구리, 바지 차례루 다들 팔아자시군 쪽 발가벗고들 눈이 멀뚱멀뚱하여 누워서 천정에 파리똥만 세구 있는 사람두 있대나? 하하, 자네도 이런 데 눈 뜨지 않으면 파리똥 세게 되네, 괜히."

"파리똥두 집이 있어야 헤지, 난 별만 헤네."

농으로 받기는 하였으나 친구의 상식과는 대잡이가 되지 않는다. 기만 막히는 소리뿐이다.

"난 가겠네."

"아, 이 사람아. 같이 나가! 내 정말 한 놈 내쫓구 집 들게 해준달 밖에."

"우리 단 두 식구 살 집 그리 커선 뭘 허나. 난 방이나 한 칸 얻을 까 봐."

"방은 그래 얻을 듯싶어? 보증금이 만 원두 넘는데."

"방두 못 얻으면 이북으로 가지."

"저런! 이북선 누가 거저 집 주나? 다 저 헐 나름이라누. 여기서 못 살면 거기 가두 못 살아. 괜히 고집부리리 말구 앉게."

"그래두 가는 사람이 많던데?"

"아, 가는 사람만 봤나? 오는 사람이 더 많은 건 못 보구. 이 좋은 시세에 서울서 못 살면 어디서 산다는 게여."

"아니, 정말 이러단 오늘두 참 내가……."

일어서는 옷자락을 친구는 붙든다.

"글쎄 앉아."

"놓아."

"앉으라니깐."

그래도 뿌리치고 기어코 돌아선다.

"저런 반편이…… 태만 길러서!"

쫓아나와 중얼거리는 소리를 층층대를 내려서며 듣는다.

낮의 거리는 여전히 사람들의 발부리에 닦인다. 거리가 비좁게 발부리를 닦는 무리들, 허구한 날을 이렇게도 많을까. 거레도 모르고 양심에 눈 감은 무리는 골목마다에 차고, 땀으로 시간을 삭이는 무리는 일터마다에 찼다. 차고 남아 서로로 빔빔히는 무리는 이들이 존재라면, 〈반편이야 태만 길러서〉의 축이 틀림없다.

이 반편의 축들은 다들 밤이면 별을 세다가 오라는 데도 없는 걸음이 이렇게 프 싱겁게 배바쁜 것일까. 언제까지나 싸늘한 별을 가슴에다 부둥켜안고 세어 탯속에서 벗어나 거리에의 정리에 도움이 될까. 피난민 구제회의 알선으로 어떤 문화사에 이력서를 내고 총무부장과의 인사 끝에 집이 있느냐고 묻기에 솔직히 대답한 한마디가 다 된 죽에 떨어진 코 격이었다.

기별이 있겠으니 그리 알라고 돌리워 온 채 이래 반년을 감감소식임이 문득 생각하며 집이란 것이 사람으로서 존재의 인정을 받는 데에 그렇게도 큰 역할을 하고 있는 것임을 새삼스럽게 느끼다가, 펄럭이는 복덕방의 휘장을 본다. 골목을 접어들다가 깜짝 놀란다. 별안간 총소리가 귓전을 때리는 것이다.

"타앙."

건설이냐. 파괴냐.

"타앙."

연거푸 또 한 방.

아로새겨지는 역사의 페이지에 단 한 점 콤마 점이라도 찍혀지는 역할일까.

분주히 눈을 둘러 살핀다. 시야에 들어오는 짐작이 없다. 어디서 날아났는지 급을 하고 공중에 뜬 까치 두 마리가 걸음아 날 살려라, 몸이 무거움을 느끼는 풀이 깃 부침만이 바쁘게 북악으로 날아 달릴 뿐. 언제나 같이 평온한 골목이다. 거리에도 이상이 없다. 전차도 오고 간다.

자동차도 달린다. 사람들도 여전하다. 어디서 난 총소릴까. 듣고만 있을 총소릴까.

이윽고 밤도 아닌데 이마빼기에 쌍불을 달고 아앙 소리를 냅다 지르며 서대문 쪽을 향하여 종로 한복판을 질풍같이 달리는 한 대의 하얀 미군 구급차의 풍진이 일었다.

무슨 일인지 단단히 난 모양이다.

총소리와 관련된 차일까 생각을 더듬다가 또 골목으로 들어선다. 복덕방의 깃발이 헤기는 것이다.

"방 있습니까?"

"방 얻을 생각은 말아요."

안경 너머로 눈알이 비죽하다 말고 맞붙은 장기판 위에 도로 떨어진다.

"그렇게도 없습니까?"

쓸데도 없는 소리를 되묻는다는 듯이 거들떠보려고도 않고, 장군이 소리만을 기세 있게 허연 수염 속으로 내뿜으며 무릎을 조인다. 다시 더 두말이 긴치 않을 눈치다.

골목을 되돌아 나온다. 어디나 매일반인 대답, 가을내나 다름이 없다. 싹도 찾을 수 없는 방, 날마다 종일을 품만 놓는 방이다. 마음도 지쳤거니와 다리도 지쳤다. 다시 뒤탈 생념에 정열이 빠진다.

지푸둥 흐린 날씨는 눈까지 빗는 것인가. 젊은 놈이야 한지에선들 마뜩해 얼어야 죽으련만 어머니는 환갑이 넘었다. 정말 이북으로 가보나 생각을 하니 생각마다 간절한 이북이다.

아들이 돌아오는 발소리가 그렇게도 기둘키었을까. 말라 까부라진 낙엽이 발밑에 바사지는 싸각 소리가 벌써 어머니의 귀에 스쳤나 보다. 산곡을 접어들기가 바쁘게 반짝 초막에 불이 켜진다.

"진지 잡수셨어요?"

"오늘두 저물었구나. 집은 얻었네."

앉기도 전에 어머니는 남비를 밀어 내놓는다. 저녁이었다. 밀가루 떡이 네 개 소복이 담기었다.

"어머니 더 잡수시지요. 오늘두 집 못 얻었습니다."

"아이구 집이 그렇게 힘들어 어떻간. 큰일났구나. 오늘은 너 들어오길 어떻게 기다렸는데."

전에 없던 한숨이 힘없이 길다.

"왜 늘 벅작 고는 눈 붉은 사람 있디 않네? 그 사람이 곽쟁이(갈퀴)를 빼뜨러 갔구나!"

"네?"

"아까 저녁때, 새를 또 좀 해 볼라구 나섰다가 그 사람헌테 붙들려서 욕을 보았구나. 방공호두 하두 많은데 하필 이 산 속에 들어백혀 남꺼지 못 살게 할라구 그러느냐구 눈을 부르대이누나."

"그러세요?"

"우리가 여기서 겨울을 난다면 산이 새빨개지구 말 터이니 봄에나 가면 산 아래 집들은 하나 없이 사태에 묻히겠다구, 어디서 거지 같은 것들이 성화냐구 막 욕을 퍼붓디 않갔네?"

"욕을 퍼버요! 그래서요?"

"그래서 집을 얻는 중이라구 그랬더니 거지 쌈지 보구 누구레 집을 빌리리라구 하면서 괴난민 소굴루 가래누나. 당춘단이 소굴이라나……"

"네에, 그래요."

"이것 좀 보람 글쎄. 가두 당장 가라구 눈을 홀큰댕이며 곽쟁이루 이 가마니 짝들을 걸어댕겨서 다 떨러놓디 않안? 그래서 내레 저녁

한겷을 돌아가멘서 데르케 잡아매놨구나."

"네, 알겠습니다. 아무래두 이북이 인심이 날가 봐요. 이북으루 떠나가십시다, 어머니!"

"야, 봐라! 그 끔찍헌 삼팔선을 어드케 또 넘갔네."

"남들이라구 다 오구가구 허겠어요?"

"그래 가는 사람두 있던? 머……."

"아, 있구 말구요."

"고롬 가자꾼 우리두. 위선 네 아버지 빼다굴 처티허야디. 그걸 어드케 늘 안구 있갔네. 그래 거긴 인심이 살기 도태던?"

"여기 같이야 허겠습니까."

"야, 고롬 가자."

두 개 남았던 초를 밤이 깊도록 다 태우고 이튿날 아침 담요를 팔아 여비를 마련한 다음 밤차에 대어 어머니와 아들은 청단(靑丹)까지의 차표를 한 장썩 들고 서울역에 나타났다. 간단한 짐이었다. 아들은 남은 담요에다 아버지의 유골을 말아 등에 지고 남비 두 개에 바가지 하나는 어머니가 꿰어 들었다.

사람은 확실히 거리로 범람한다. 가는 곳마다 이렇게도 많을가. 정거장 안도 촌보의 여지가 없이 들어찼다. 비비고 들어가 겨우 벤치의 한 자리를 뚫어 어머니를 앉혔다.

"아아니! 이게 공경굻짓 아즈마니 아니요?"

옆에 앉았던 여인의 눈이 둥글해서 어머니의 손목을 붙든다.

"너 박 촌짓 딸 아니가?"

어머니도 알아본다.

아래 윗동네에서 살다가 만주로 들어가게 되어 서로 떨어졌던 고향 사람끼리 우연히도 여기서 만난다. 아들과 여인의 남편도 서로 알아본다.

"아, 이게 십 년 만이구나!"

감격한 악수가 손안에 다정하다.

"아니 그런데 아즈마니, 어드케 여기서 만내요? 되따에선 원제 나오섰기?"

"참, 넌 어드케 여기서 만내네?"

"우린 지금 이북서 넘어와요. 살기가 너머 어려워서 듣는 말이 남이 도타구 그래 강원도루 가는 길이에요."

"머이! 살기가 어려워? 우린 이북으루 가는 길인데……."

"이북으루요? 아이구, 갈 넘 마르우. 잘사는 사람은 잘살아두, 못사는 사람은 거기 가두 못살아요. 돈 있는 다람 덴답과 집들을 다 떼슴 멀 허갔소. 없던 사람들이 당사들을 해서 그만침은 또 다 잡아놨는데……우리두 그런 당살했음 돈 잡았디요. 우리 옥순이 아바진 그런 당사엔 눈두 안 뜨구 피익픽 웃기만 허디요. 그르니 살긴 어려워만 가구 좀 허면 그르케 힘든 국경(國境)을 넘어 오갔소?"

"아이구 우리 아와 신통히두 같구나. 만주서 같이 나온 바람들은 야미 당사들을 해서 돈 모은 사람들이 많은데 우리 아가 그런 건 피익픽 웃디, 밥을 굶으맨서두. 거기두 고롬 그러쿠나 거저. 살기가 같을 바에야 멀 허레 그 끔즉헌 국경을 넘어가간."

"그르믄요. 아이, 여기두 고롬 살기가 그르케 말째우다레 잉이? 머 광다부(廣木) 한자에 삼십 원 헌다 사십 원 헌다 허더니."

"우리 가제 와선 그르케두 했단다. 어즈께레 옛날인데 멀 그르네. 거기 집은 어드르니? 그른데 얻긴 쉬우니?"

"쉽다니요! 발라요. 거저 집이라구 우명헌 건 내만 놓으문 홀떡홀떡 허디요. 그르기 어디 빈간이 있게 그르우? 만주서 나와 집 찾는 사람두 있디요? 제 집 쬐께 나서 어디 빈간이나 있을까 허구 돌아가는 사람두 있디요? 머 촌이나 골이나 딱 같습두다. 난이에요, 난."

"여기두 그르탄다. 우린 집을 못 얻구 한 디에서 내내 살았단다. 밥이라군 밀가루 떡만 먹구."

"여기두 고롬 그르케 집이 없어요! 것두 같수다레. 고롬."

"글쎄, 네 말을 들으너께니 집 없는 것꺼지 신통두 허게 같구나, 참."

"아이, 괜히 넘어왔나 봐."

"우린 괜히 넘어갈라구 허구."

두 여인만이 서로 한심해 하는 게 아니다. 사내들도 같은 말을 바꾸로는 난처해 마주섰다. 앉았던 사람들이 별안간 일어서며 웅성인다. 개찰이 시작되는 모양이다.

"어머니!"

"와 그르네."

"고향 가두 시언헌 건 없을까 봐요."

"글쎄 박 촌짓 딸 네기(이야기) 들으니께니 그르태누나."

한심해서 서성이는 동안 승객들은 다 빠져나가고 개찰구는 닫긴다.

물 샌 바다같이 갑자기 횅해진 대합실 안엔 한기만이 쩽하게 휘이 떠돈다.

바람은 그냥 불고

산허리로 무심히 넘는 해를 등에다 지고 동쪽으로 길이 뻗은 신작로 위로 흘러내리는 오렌지 빛 노을 속에 물들며 물들며 순이는 걷는다.

오늘 하루를 두고는 다시 오지 않을 이 해(年)의 마지막 넘어가는 저 해(日)가 인젠 아주 자기의 운명을 결단하여 주는 것만 같다. 저 해가 넘어가도 그이가 돌아오지 않으면 그이는 영원히 돌아오지 못하는 그이다. 그럴진대 차라리 저 해와 함께 운명을 하고도 싶다. 저 해에 희망을 붙이고 살아오기 무릇 일 년이었다.

앞으로 기다릴 저 해가 아니었던들 자기는 이미 이 세상 사람이 아니었을는지도 모른다. 생각을 하다가 순이는 또 문득 걸음을 세운다. 대체, 가면 어디까지 가자고 해도 넘어가는데 젊은 계집년이 무작정으로 이렇게 걸어만 가는 것인가.

'오긴 무에 온다구, 죽었을걸…….'

아주 단념을 하자고 하다가도 차마 단념이 가지 않는 안타까운 한 가닥의 미련.

"……염려 마라. 살았다. 이 해 안으로는 단정 들어서리라."

지금도 그 소리가 또렷하게 귓전에 남아 있다.

싸움은 끝났다고 해도 일제히 들어서는(출정했다가) 사람들이 아니었다.

가까운 곳에서부터 츠음츰 들어서는 사람들이었다. 시일이 차면 어련하랴 하였으나, 라바울 갔던 사람까지 들어서는데 일본 갔던 남편의 소식이 이렇게도 없는 덴 애가 키지 않을 수 없었다. 불안한 속에서 기다리며, 기다리며 날을 세다가 그 해도 설을 넘길 적엔 그대로 앉아만 있을 수가 없었다. 생사의 여부를 무당에게 물었던 것이, 무당의 대답은 이렇게도 분명하였던 것이다.

무당의 말이라 믿을 것이 있으랴, 하다가도 자꾸만 그대로 믿고 싶은 마음이었다. 이 해가 다 저물었다 하더라도 이 하루까지는 어련한 이해다.

마지막 이날이라고 들어오지 말랄 법 있으랴, 혹시? 하는 한 가닥 희망이 다시금 가슴속에 정성껏 젖어든다. 오면 차에서 내려올 테지, 정거장까지 마중을 가 보자, 치맛자락에 바람을 순이는 다시 몬다.

깊 바닥 위에 깔렸던 놀이 차츰 그 빛을 잃는 걸 보면 보지 않아도 산 너머로 무썩무썩 깊이 해는 이제 아주 떨어지는 고비에 접어들고 있음을 알겠다.

그러나 놀이 걷히면 어둠이 바뀌어 깔릴 밤길에의 공포도 지금 순이는 모른다. 준비하고 나선 길이 아니다. 두루마기도 목도리도 없건만 저녁 바람의 차가움도 지금 순이는 모른다. 모든 무서움이 지금 순이에게는 없다.

다만 간다는 것, 오늘 하루 안으로 생각이 닿는 끝까지 간다는 단

순한 일념이 있을 뿐이다. 그것이 지금 순이의 생명이다.

산 모롱고지에 별안간 검은 연기가 피어오르는가 하더니 시꺼먼 물체가 씩씩거리며 산허리를 꺾어 돈다. 기차다.

어느새 다섯 시 차일까. 이 차가 그 차면 인제 객차는 없다. 보얗게 얼은 유리창 속에 담뿍 담기운 사람들의 그림자가 희미하게 얼른얼른 칸마다 연달린다. 분명일시 객차다. 발락발락 좀 더 서둘러 걸었던들 정거장에서 저 차를 마음 놓고 맞았을걸……

저 차와 같이 걸음을 달릴 수가 없을까. 그이는 죽었느냐 살았느냐 최후의 판단을 싣고 자기의 운명을 결단하여 줄 이해의 마지막 객차가 지금 들어오는 것이다. 가로놓인 신작로 한복판의 레일을 타고 기차는 정거장을 바라보았다.

뀌익 소리를 냅다 지르며 숨이 찼다. 지리한 몸을 쿠션에서 일으켜 모자를 떼어 쓰고 트렁크를 시렁에서 내리는 손님들이 순이의 눈에는 보인다. 그 손님들 가운데서 그이의 모습을 순이는 찾는다.

그러나 내릴 준비를 하는 그이이기보다 떠나보내던 그이의 모습만이 눈앞에 생생하다. '축 금진수군 입영(祝 金鎭秀君 入營)'이라는 면장의 글씨로 정성껏 쓰여진 붉은 다스끼를 가슴에다 걸고 눈썹 위까지 푹 눌러쓴 사각모를 차창으로 내밀어 플랫폼에 선 어머니와 자기를 말없이 번갈아 바라보던 첫혈된 두 눈, 이윽고 차가 바퀴를 움직이기 시작할 때 와아 하고 아들을, 손자를, 동생을, 남편을 보내는 가족들의 마지막으로 모습이나 한 번 더 다시 보리라는 죄어드는 분비 속에 붉은 다스끼들이 창턱마다 가슴을 걸고 내미는 손 가운데는 그이의 하이얀 손도 자기의 눈앞에 있었다.

저도 모르게 쭈룩 흘러내리는 눈물이 뺨 가에 뜨거움을 느끼며 저도 말없이 손을 내밀어 그이의 손안에 가만히 넣을 때 따스한 온기가 꼭 부르쥐는 힘과 함께 뼛잠까지 스며드는 듯하던 생각, 차 안의 손과 차 밖의 손이 서로 붙들고 늘어진 무수한 손들, 놓으면 다시는 잡아 볼 수 없는 손안에 사무친 정이 서로 끄는 손들은 굴러나가는 차바퀴에 따라 저절로 당기어진다.

그이의 손안에 감기운 자기의 손도 으스러지게 팽팽히 당기웠다. 떨어지지 않으려고 손끝에 힘을 주어 그이의 손가락을 자기도 감싸쥐고 쫓아가며 여유를 주는 것이었으나 속력을 내기 시작한 차체의 힘과는 저항이 되지 않는다. 마침내 뻐드러져 나가던 손, 뻐드러져 나간 손들은 차 안에서나 차 밖에서나 서로들 두르며 두르며 떠나는 정과 보내는 정을 잇는다.

그이의 손도 자기를 향하여 허공을 추켜올리며 그냥 두르는 것이었으나, 자꾸만 흘러내리는 눈물이 앞을 가리어 얼굴로만 손을 가져가게 만들던 생각, 언제나 그이가 생각하면 이렇게 먼저 보이는 것이 붉은 다스끼요 떠나보내는 형상이다.

기차와의 거리는 점점 멀어진다. 정거장에 차가 멎고 사람들을 내려놓을 때야 겨우 역전의 광장에까지 달릴 수 있는 순이였다.

거리로 쏟아져 흩어지는 사람들을 순이는 낱낱이 살핀다. 보퉁이를 머리에다 잔뜩 인 여인네가 아니면 류색을 등에다 무겁게 걸머진 중년의 사나이가 대부분이다. 한참 나오던 사람들이 뜸해지는데도 그이 같은 모습은 찾을 수가 없다. 정거장 안까지 들어섰을 때 육중한 트렁크를 한 손에다 들고 몸을 일며 아직도 플랫폼에서 헤매는 한 사람의 그림자가 순이의 눈에 쏘인다. 어딘지 눈에 서투르지 않은 익은 인상임이 대뜸 들어왔던 것이다.

그일까, 하는 생각에 별안간 가슴을 뒤노이며 짙어 가는 어둠 속에 똑똑히 알아볼 수 없는 형상임을 초조로이 눈에 힘을 주며 바라보다가 질겁을 하고 순이는 놀란다.

영세, 그것은 틀림없는 영세였던 것이다. 생각만 하여도 치가 떨리는 영세, 하필 왜 이 자리에서 이렇게 영세를 만난단 말인가. 그이를 마지막으로 기다리는 오늘 마지막 차의 마지막 손님이 그이가 아니고 그이를 전지로 몰아낸 영세라니!

영세를 맞으러 자기는 어둠도 추움도 무릅쓰고 오 리나 되는 정거장 길을 집안도 모르게 이렇게 달리어왔더란 말인가. 영세가 나오기를 이렇게 눈이 빠지도록 기다리었단 말인가. 속이 떨려 두 번 다시 거들떠 보기도 으즈즈하다. 얼굴을 돌린 채 제 곁에 몸을 피하여 터전으로 순이는 뛰어나왔다.

영세는 순이네와 논틀이 하나를 사이에 둔 건너마을에 산다. 옛날부터 내려오는 문벌과 재산이 그를 우러러보게 만드는 데다가, 경도 제대 경제학부를 졸업하고 돌아오게 되자부터는 학력까지 그를 따를 사람이 없어 금력으로나 학력으로나 물심양면에 있어서까지 선망의 적이 되어 동네의 추존을 한몸에 받아 오다가 서울로 올라가자마자부터는 그 이름이 언론 기관에 끊일 새 없이 오르내리게 되어 신문 장이나 보는 사람치고는 박영세라는 이름을 모르는 사람이 없이 되었다.

누구나 동네의 빛으로 동네를 말할 때는 그를 내세우고, 자기도 그 동네에 사노라 말했고, 친하다 말했다. 그리고 개인의 사정이나 동네의 사정으로 혼자 처리하기에 썩 마음이 내키지 않는 일이 있을 때면 일부러 서울까지 올라가 그와 더불어 문의를 하고 그의 말을 좇았다. 면사무소에서, 주재소에서 창씨(創氏)를 하라고 그렇게 강권을 하는데도 사람이 어떻게 성을 고치느냐고 하나 없이 뻗대이었으나 영세가 솔선해서 다까야마(高山)로 고치는 것을 보고는 영세가 고치는 것이라 아니 고치고는 견딜 수 없는 창씨인가 보다고 다들 면사무소로 달려가 제멋대로 성들을 갈았다.

그리고 뒤이어 몰아치는 학도지원병 영이 발포되매 막다른 골목에 든 이 위급을 피해 보려고 학교도 집어치우고 집안도 모르게 어디론지 숨어 버린 진수를 끌어내는 데도 이 영세의 영향이 절대하였던 것이다.

주재소에서는 아들을 내놓으라 날마다 졸랐으나 그 아버지 선달은 모르노라 웅치 않았다. 웅치 않음이 그대로 강경함에 경찰서 고등계에서는 형사까지 둘씩이나 나와 선달을 데려다가 유치장에 집어넣고 승낙서에 도장을 찍으라, 그렇지 않으면 싸움이 끝날 때까지 가두어 두리라 위협 위협이었다.

그래도 듣지 않음에 반이나 넘어 세인 선달의 그 허연 수염을 형사들은 둘러앉아 승벽으로 뽑으며 만행으로 단련을 시켰으나 수염 아니야 목을 뽑히는 한이 있더라도 승낙은 못 한다 하여 턱이 맨숭맨숭하게 수염이 한숫 다 뽑힐 때까지 군이 승낙하지 않고 죽일 테면 죽여라 뻗치고 있는데 하루는 서울서 강연대가 내려와 공회당에서 명사들의 시국강연이 열리니 다 가서 듣자 하여 학병 지원에 승낙을 않는다고 가두고 단련을 시키던 학부형 십여 명을 다 나오래서 데리고 갔다.

선달은 군중 속에서 늙은이(아내)도, 적은이(동생)노 나 들어와 앉아 있음을 보고 주재소에서 반드시 이 강연만은 들어야 한다고 같이

들어가자 해서 들어들 왔노라는 말을 들었다

강연은 들으나 마나 누구나 전문 학생이면 다 지원을 해야 한다는 소리였다. 여기서 선달이 놀란 것은 이 연사 세 사람 가운데 영세가 섞여 있음을 본 것이었고, 황은(皇恩)에 보답할 길은 오직 자식을 나라에 바치는 길밖에 없다고 테이블을 주먹으로 치는 것을 보는 데서였다. 그리고는 영세 같은 사람이 돌아다니면서 이렇게 열과 성을 다하여 저런 강연을 할 때는 이것도 창씨와 같이 피할 수 없는 성질의 것일까, 죽어라 수염을 뽑히면서도 움직여지지 않던 선달의 마음속엔 그 어느 한구석이 흔들리는 것 같음을 그 순간 느꼈다.

그러나, 영세도 하는 수가 없어 이렇게 붙들려 다니며 저런 강연을 하지 않고는 못 견디는 것은 아닐까, 몇 번이고 생각해도 믿어지지 않아 저녁에 사석에서 조용히 좀 만나 의견을 들어보리란 생각까지 은근히 두었던 것이, 그러지 않아도 이 연사들과 지원에 대해서 문의할 일이 있으면 얼마든지 하라고 이에는 구속도 않으므로 선달은 가족들을 다 데리고 그의 여관으로 찾아가 하룻밤을 같이 묵으면서 의견을 들었다.

사석에서의 의견도 다른 데가 없었다. 지원을 아니 하면 그보다 더 무서운 징용이 내린다는 것이요, 그것까지 거부하게 되면 가족의 일체 배급 정지로 가정은 파멸되고 말 것이니 이왕이면 선뜻이 지원을 하고 나서는 것이 상책이라는 것이다. 그리고 싸움을 나간다고 다 죽는 것이 아니요, 승리하고 싸움이 끝나 돌아오게 되면 명예와 권세가 그 한 몸에 넘칠 것이니 하루바삐 지원하는 것이 유리하리라는 것이었다.

하나에서부터 열까지 믿기에 의심이 없는 영세였던 것이다. 그대로 고집을 한다는 것은 그것은 결국 자승자박을 하는 셈이 되는 우둔인 것임을 깨닫고 산속 깊이 절간에 가서 숨어 있는 아들을 수소문하여 찾다 놓고 온 가족이 모여앉아 지원서에다, 승낙서에다 도장들을 부자가 각기 찍고는 눈물을 흘리며 진수를 떠나보냈던 것이다.

자기가 자기 손으로 도장을 찍어서 아들을 내보내 놓고 누구를 원망하랴만 지원서에 도장 찍기를 굳이 피하고 숨어 돌아가던 학생 중에는 간혹 적발도 되어 징용장을 받기도 하였으나 피하면 얼마든지 피해 돌아갈 수 있고, 또 피치는 못했댔자 그것이 총알이 왔다 갔다 하는 전장판보다는 비교도 안 되게 헐한 것임을 알았을 때 순이네 가족은 가슴을 치고 통탄하지 않을 수 없었다. 그리고 영세를 원망하지 않을 수 없었다. 그나마 남과 같이 살아 돌아오기나 했으면 모든 것을 꿈처럼 잊어나 버리고 말았으련만, 아아.

'무당도 다 소용이 없어, 인젠 아주 그이는 잊고 말자.'

영세가 뒤에 달리는 것 같아, 늦어진 허리를 다시 단정히 고칠 여유에도 초조로이, 집으로 내닫기 시작한 순이는 치마 뒤를 땅에다 질질 끌면서 몇 번이고 마음에 힘을 주어 가며 뇌인다.

'잊어야지, 안 잊음 별수가 있나.'

그러나, 누구를 믿고 살 것인가가 뒤미처 생각킬 땐 받느니 옷자락에 눈물이었다.

부모네들의 옛날부터 내려오던 우의에서 그이는 대학에 들어가던 해, 자기는 고녀를 나오던 해, 그해 봄에 약혼이 되어 결혼은 그이의 졸업을 기다려 하자던 언약이, 꿈에도 생각지 못하였던 학도지원병 영이 내리게 됨에 부랴부랴 결혼을 하여 한 날을 재 못나 살아본 남편이었다. 이러구러 정신없는 얼떨떨한 삼 년 동안의 시집살이였다.

이것으로 자기라는 인생은 다산 것이란 말인가. 학생 시대에 꾸던 무한히 즐겁던 청춘의 꿈은 이렇게도 삭막하게 뒤집히고 만단 말인가. 인젠 나라도 찾았다. 제 나라에서 거리낌 없이 마음껏 살 수 있는 아름다운 꿈이 그이로 더불어 한껏 즐거울 것이련만 이렇게도 청춘은 애달프단 말인가. 그이가 나가기 전에 부모네들이 하루바삐 결혼을 서두른 의미도 모르지 않는다. 그러나 그것도 한낱 꿈이었다.

부모네들의 소망대로 한 점 혈육이나마 남기었더라면 대(代)나 이음이 되지 않을 것인가. 자기의 존재는 이 집에 무엇으로 있단 말인가. 불쌍한 며느리, 죽기까지 들어야 할 측은한 대명사—그것이 인젠 다만 자기에게 남은 존재일 뿐이다.

'더 살음 무얼 해. 그이가 간 곳을 나도 인제 따라가야지.'

그러나, 자기마저 그이 따라 이 집을 떠나간다면 늙은 시부모 양주는 누구를 믿고 의지하고 산단 말인가. 생각이 이에 미치면 제 마음이건만 제 마음을 저로서도 결단할 용기가 차마 나지 않는다.

그이는 이 집의 기둥이었다. 그이의 어깨에 늙은 부모가 매달려 있었고, 거기 자기가 또한 덧붙은 것이었다. 시아버지는 늙마에 만득[8]으로 그이 하나를 두시고 그이를 위하여 넉넉지도 못한 가산을 기울여 학자를 대었다.

몇 마지기 안 되는 땅이 들어간 것은 그이가 중학에 들어가던 해요, 학병으로 끌려 나가던 해엔 집문서까지 금융조합에 들어가게 되었으나, 이제 한 해만 더 참으면 졸업을 하게 된다. 오히려 반갑게 매어들 달리려던 기둥이었다.

---

8) 늙어서 낳은 자식.

그 기둥이 이제 부러졌다. 의지할 데가 없는 것이다. 여전(餘錢)은 다 쪼아 먹고 집문서는 찾을 기약조차 까마득한데 배급은 없고 쌀 값은 나날이 오른다. 조반석 죽도 구차하다.

이게 인제는 모두 자기의 손에서 해결이 되어야 할 무거운 짐으로 바뀐 것이다. 그이는 아주 잊는다 해도 이미 자기가 그이의 아내였 다면 이 집은 아주 잊을 수가 없는 것이 도리다.

그러나, 이 집을 붙들고 나갈 그만한 힘이 계집으로서의 자기에게 과연 있을 것일까. 생각하니 그저 아득한 앞날이다. 다시금 눈시울 이 뜨거움을 느끼며 짙어 가는 어둠 속을 분주히 집으로, 집으로 순이는 걷는다.

시부모도 오늘 하루를 은근히 기다리다 지치고 만 모양임이 드러 난다. 이미 밤은 깊을 녘에 들었건만 사당에도 제석에도 아직 불이 없다. 해마다 섣달 그믐밤이면 초저녁부터 칸마다 불을 밝히고 복 을 맞아들이던 수세(守歲)의 풍습도 이 해 따라 이 집에선 지금 무시 되고 있다.

작년에도 재작년에도 이 수세의 점등(點燈)만은 잊지 않고 손수 정 성을 들이던 시어머니였던 것이, 이게 다 그이 때문이로구나 하니 모 든 것을 잊자던 순이의 가슴은 다시금 뭉클하여진다. 들어서는 손 장 종백이를 말끔히 닦아 솜으로 심지를 비벼 넣고 피마자 기름을 부어 사당과 제석에 먼저 불을 밝히고 큰 칸으로 건너갔다.

시어머니는 샛문 발치에 이불을 쓰고 누웠고, 시아버지는 아랫목 에서 팔 패를 뗀다. 시아버지의 팔 패는 화 팔 패다. 속이 상할 때는 언제나 늘 팔 패로 화를 푸는 것이 버릇이다.

한동안 그쳤던 팔 패를 오늘 저녁 시아버지는 또 꺼내 들었다. 그

계용묵 작품선집

원인이 어디 있음을 순이는 모르지 않는다. 마음대로 맞아떨어지기나 하는 것일까, 그렇다면 한결 위안이라도 되련만…… 생각을 하며 아랫목으로 내려가,

"추운데 손 시럽지 않아요? 밧 날이 끔찍이 찬가 봐요." 하고 방바닥을 순이는 손으로 짚어 본다.

"응, 난 괜찮다. 네가 얼었구나. 어디를 갔다 오니?"

"어디 간 데두 없어요. 괜히 밖에 있었죠."

곧이들을는지 모르나 그렇지 않아도 가뜩이나 침울해 팔 패까지 또 손에 대신 시아버지였다. 아들의 이야기를 하여 아픈 상처를 건드리기보다는 정거장까지 갔더란 말은 숨기는 것이 예의였다.

이것은 순이만이 취하는 태도가 아니다. 이 한 해 동안의 이 집 가족은 며느리나 시부모나 서로들 눈치와 위로로 산다. 털끝만큼도 진수에 대한 이야기는 서로 입 밖에 내지 않고, 누가 얼굴을 푹 숙이고 앉았든가 먼 산만 좀 바라보아도 진수를 생각하나 보아 필요도 없는 이야기로 어루만지는 것이 누구나의 태도였다.

"아, 참, 너 이박기 먹어라. 며느리 이박기 내려 주구려."

시아버지는 팔 패 떼던 손으로 마누라를 흔든다.

마누라는 눈이 좀 붙었던 모양이다. 기지개와 같이 일어나 장문을 열고 고리당즉을 들어낸다.

"주막집 엿 장사가 이박기라구 엿을 갖다 맡기누나. 어서 먹어라, 너 들어온 담에 같이 먹으려구 기대렸단다. 영감님두 드세요. 영감님이 먼저 드세야 애가 먹지."

시어머니도 극진하다.

"아이, 먼저 잡수실걸요. 아부님 드세요. 어머님은 치아가 없으셔

서 넣고 녹이서얄 걸요."

근심 없는 마음의 표현들 같다.

이렇게라도 가정이 지속만 될 수 있다면 죽는 날까지 이러구러 살 다는 볼 것이, 맞닥뜨린 절박한 사정은 이러한 눈물겨운 단란도 허 치 않았다. 금융 조합에서는 인젠 더 연기는 하는 수가 없으니 그리 알라는 최후의 통첩이 떨어진 것이다. 지금 선달이 떼는 팔 패에는 이러한 것들의 처리에 판단을 댄 앞날에의 운명이 점쳐지고 있었다.

오늘도 진수는 들어서는 애가 아니니, 이 애는 인젠 정말 아주 잊 어야 옳으냐, 옳다면 붙고 글타면 맞아떨어져라, 떨어지는 데 마음 을 대고 떼었던 것이, 붙고 떨어지지 않는다. 그러면 정말 진수는 죽 었느냐, 차마 믿고 싶지가 않아, 삼태 양승(兩勝)으로 행여 다시 떼어 보았던 것이, 영락없이 연달아 붙고 떨어지지를 않는 덴 눈앞이 아 득했으나 하는 수가 없는 일이다. 정말 잊어야 옳은 앤가 보다, 쓰린 가슴을 억누르며 금융조합의 빚처리로 넘어가 돈은 집을 팔아서라 도 갚아 주고 여전을 벗겨 생활의 밑천 삼는 것이 옳으냐, 옳다면 떨 어지고 그렇다면 붙어라, 또 떨어지는 데 마음을 대고 떼어 본 것이, 마음과 같이 마저 떨어졌다.

그렇다면 집은 파는 것이 바른길이긴 길인가 보나, 쓰고 있을 집 이 그적엔 또 있어야 아니하나, 서방은 죽어 돌아오지 않고 집은 팔 아먹고 그래도 며느리는 청상과부로 있을 데도 없는 이 집을 족히 지키며 개가할 의사가 없이 수절을 하고 지낼 것인가, 아들을 생각 할 때마다 연달아 떠오르는 며느리의 귀추가 자못 궁금하다.

개가할 의사가 있느냐 없느냐, 없다면 떨어지고 있다면 붙어라, 떨 어지는 데 마음을 또 대고 떼었던 것이 신통하게도 이번에는 장마다 맞아 돌더니 끝내 떨어진다. 그렇지 않아도 인젠 며느리밖에 의지할 데가 없다고 은근히 생각해 오던 것이다. 이것이 시아버지는 기막히는 사정 가운데서도 한결 마음의 위안이었다.

더욱이 이 패를 떼는데 어딘지 나갔던 며느리가 섬적 들어서고, 또 그 앞에서 뗀 패가 이렇게 대었던 마음대로 떨어지고 마는 것은 이것이 무슨 한낱 자위책으로서의 그러한 노름이 아니요, 정말 며느리 앞에서 그러마 하는 굳은 맹세를 받는 것도 같아, 엿을 들면서도 시아버지는 참 기특도 하다고 생각을 하며 몇 번이고 며느리를 바라보다가 한 가락 엿을 채 못다 들고 수염을 닦고 나더니,

"며느리 너……."

하고, 부르며 얼굴을 든다.

팔 패는 마음대로 떨어졌다. 떨어진 팔 패와 같이 며느리의 마음은 과연 그렇게 굳어 있는가, 집을 팔자면 살아갈 방도에 있어 무엇보다 알고 싶은 것이 며느리의 마음이었다.

"네 앞에서 내가 어떻게 이런 말을 하랴만 목구멍이 야속해서 산 사람은 그래도 먹구 살아야겠으니 어찌하겠니?"

"아무럼요. 지나간 일은 다 잊구 산 사람은 살 도리를 해야죠. 아부님 근심 마세요."

철난 대답이다. 아무런 티도 없이 천연하게 받는 며느리다. 시아버지는 놀랍고도 반가웠다.

"으니라 참, 너 선선하구나! 네 입으루 그런 말을 들으니 내 마음이 얼마나 풀리는지 모르겠다. 공부헌 여자란 참 다르다. 그럼 그러지 않음 도리가 있니?"

"그이는 아주 돌아오지 못할 사람으루 알아야 해요."

"아무럼 이젠 어련히 그렇게 믿구 지내야지. 그런데 말이로구나, 살랴니깐 그놈의 빚 때문에 집을 안 팔구는 못 배길까 보다. 창피하게 집행을 겪기보다는 팔아 물어 주는 것이 떳떳한 일 같구나. 네 의견은 어떠니?"

"제가 멀 알아요. 아버님 생각이 어련하시겠어요."

"어련험 멀 허겠니. 팔구 나서 살길 때문에 그러지. 남저지를 벼끼문 외막살이나 한 채 살까. 그것두 십만 원을 받아야 할 말이구. 그러문 또 집만 쓰구 있음 사니, 먹구살 밑천이 그적엔 또 있어야지. 다른 게 아니구 이게 걱정이 돼서 그러누나."

여기엔 순이도 할 말이 없다. 그렇지 않아도 못 잊는 근심이었다. 정거장에서 돌아오면서도 눈앞이 아득해 발길조차 더디었던 것이다. 다시금 암담한 생각에 순이는 얼굴을 무릎 위로 떨어뜨린다.

"글쎄, 그 섬나무자리 너 말지기 그것만 가지구 있어두 우리 세 식구 자 농감은 걱정이 없으련만 논이나 좀 좋은가 천상수(天上水)판에……."

하다가 시아버지는 별안간 흑흑 느끼는 소리에 주위를 둘러 살펴다가 며느리의 어깨가 분주히 들먹이고 있음을 보고는 더 말을 계속하지 못하고 그만 한숨과 같이 고개를 숙인다.

'그럼 그만치 참는 것두 나이 봐선 용허지. 저두 기가 왜 안 막히려구, 서방은 죽어 돌아오지 않구, 집까지 팔아먹게 되니…….'

"칠(칠만 원)이면 놓게 놓아."

집을 내어놓기는 내어놓으면서도 이 동네에서 작자가 그리 쉽게 나서리라고는 믿지 않았는데 의외에도 며칠이 안 되어 박구장은 어디서 작자를 구해 놨는지 자꾸 와서 값을 튀긴다.

"글쎄, 채여 놓래두 그래. 하나(십만 원)루."

"하나 다는 안 된대두 그러눈. 이게 꼭 작자니 놓아. 이 작자 놓치면 집 팔기 힘드네. 그래 이 동네 집 살 사람이 어디 있어, 빤한 형편 아닌가?"

"작잔 누군데 그러나?"

"건 미리 알아 쓰나. 문서 쓸 때 알아야지. 어서 칠이면 놓게."

"사실 작자라면 우리 집은 하나라두 싸네. 위치가 이 촌중에서 젤 아닌가. 손자 손향 판이지, 건자 건향 판이구. 다자꾸 내 운이 진해서 집을 팔아먹지, 집이야 좀 좋은 데 놓였나. 건넌말 박영세네 집자리를 좋다구들 말하지만 그건 집이 푹 백히구. 어디 우리 이 집에 대겠나, 전에 우리 조부님이 뒷산에 올라서서 촌중을 쓱 내려다보시군 참 집 자린 일등이라구 번마다 말씀을 하시던 집 아닌가."

"자네 말 숱두 늘었네게레. 고집 말구 놓게. 저녁엔 문서나 하구 우리 오래간만에 한잔하기나 하세."

"글쎄. 여러 말 말구 하나만 채여 놔."

"놓래니까 글쎄? 칠이면 고집 말구."

"이 사람 어림두 없는 소릴 자꾸…… 칠에 어떻게 놓으래나 이 집을."

"자, 그러믄 그럼 팔만 허지. 팔에 또 말을 듣겠는지 모르겠군. 저 짝에서. 자네만 팔에 놓는대문 내 건 떼여올게."

제 욕심만 부리다 작자를 놓치면 사실 팔기도 그리 수월치 않음을 안다.

십만 원을 다 받는다 하더라도 예산은 닿지 않는다. 팔이면 무던도 해 보이는 것 같다.

"구꺼지만 올려 대 보게."

우선 높여 보다가 할 말이다.

"그저 팔, 팔, 팔이면 꼭 정가야. 어서 팔에 말을 뚝 자르게."

"글쎄 구에만 끌어 대여."

"어서 팔에 말 떼래두."

"허, 이건 권에 못 이겨 방립을 쓰는 격이야?"

이만했으면 승낙하는 의미의 말임을 박구장이 모를 리 없다.

"그럼 잘됐네. 저녁 세시 쯤 문서 허지. 내 저짝에 가서두 그렇게 잘라 가지구 또 오겠네."

이렇게 언약은 되고, 저녁 세시를 기하여 다시 박구장은 찾아와 계약하러 같이 가잔다.

그러나 즐거워 파는 집이 아니다. 구장을 따라가 제 손으로 집문서에 도장을 찍기가 차마 싫다. 선달은 계약 일체를 도장까지 내어 구장에게 맡기고, 대체 나를 몰아내고 우리 집으로 들어올 사람은 누구일까, 촌중에는 아무리 훑어보아야 없는 것 같고 읍에서 누가 퇴촌을 하는 것인가, 구장이 돌아오기를 기다리고 앉았다가 선달은 계약서를 받아들고 놀란다. 매수자가 뜻도 않았던 영세였던 것이다.

'내 집이 영세의 손으로 들어가다니!'

순간, 떠오르는 생각과 같이 자기의 이름과 가지런히 쓰이고 분명하게 박영세(朴永世)란 도장이 찍힌 부분을 얼빠진 사람처럼 선달은 내려다본다.

"자, 인젠 우리 홍정이 됐으니 술이나 한잔씩 노누세. 주막에 마침 곳주가 들어왔기에 한 병 넣어 달래 가지구 왔지. 아주머니 그 머 김치 쪼각이나 좀 들여오시우."

구장은 품 안에서 술병을 뽑아 낸다.

"아니, 영세 그 사람이 우리 집을 뭣 하러 사나?"

"가만 보니 동생들 분가(分家)를 시킬 눈치드군."

"동생들의 분가?"

"넷을 일시에 다 시킬 모양인가 봐. 웃말 홍첨지네 집두, 유사과네 집두 지금 흐르고 있는 판인데 것두 아마 오늘 저녁쯤은 떨어지게 될 걸."

"아, 아니! 그게 무슨 일인가 갑자기, 그 사람이 동생들의 분가는 왜 그리 갑자기 일시에 서둘까?"

선달은 의아한 눈이 둥그래진다.

"까닭이 있드군 그래. 앞으로 법이 서면 토지가 국유루 될 것 같으니까 동생들을 분가시켜가지구 논아서 제 몫금씩 갈라 세울 모양이야. 그리구 대명동 토지, 웃당모루 토지는 전부 내놓았다는데."

무슨 비밀이나 말하는 것처럼 구장은 나직이 수군거린다.

"그래서 그럼 그이가 일전에 내려왔군요. 법이 세면 토지는 자농 감 몇 정보씩을 내놓구는 유상 몰수가 될진 몰라두 다 몰수하게 되리라구 그리는 소리를 들었드니……."

순이도 의아한 태도로 참여한다.

"그 사람이 지금두 서울서 그런 우두머리루 다니는 사람이니까 그런 거야 아마 잘 알 테지. 미리 손쓰는 셈이로군 그럼."

이제야 깨달은 듯이 선달은 머리를 주억시며 들었던 잔을 쭉 들이 킨다.

"암, 영세 그 사람이야 알구 말구. 확실히 알게 누대루 내려오던 토지를 팔아 없애려구 내놓구, 또 부리나케 동생들을 위해서 집을 사는 게 아니겠나?"

"아, 아니 나라를 위해서 정치를 하자는 사람이 큰 게는 잡아서 제 구럭에 먼저 넣구, 정친 참 바르게 되겠네. 한때는 일본 사람들한테 남이야 어찌 되었든 저만 곱게 보이구 살려구 남의 귀한 자손들을 전장판으루 나가야 한다구 목구멍에 핏대를 돋히구 연설을 다니드니 이젠 또 나라를 위하여 나섰다는 사람이 제 실속부터 차린다! 그럼, 아, 그 대명동 토지 사는 놈은 쫄딱 망하겠구면. 돈 주구 샀다가 왼통 몰수를 당할 테니까. 에이 내 앉아서 그대루 죽음 죽었지 영세헌테 내 집은 못 파네. 그 여보게 집 해약해다 주게."

문갑 빨함에 넣었던 계약서를 선달은 되 꺼내어 구장의 무릎 위에 던진다,

"이 사람이 벌써 취했나? 술두 몇 잔 안 들어가서."

"아니, 취허긴 이 사람아 그럼 전 눈 좀 밝다구 모르는 사람을 속여 먹어야 옳은가. 몰수당할 토지를 팔아먹으문 사는 놈은 녹을 줄을 몰라? 그놈 아니문 내 자식두 쌈 나가서 죽질 않았어. 내 자식두 내 집두 그놈으 손에다 녹아나야 옳아? 뻔뻔헌 놈! 체면이 있지, 자식을 먹구 미안하지두 않아서 집을 또 먹게서? 이 집이 이게 누구 때문에 파는 것인 줄 몰라? 난 못 파네, 내 집을 그놈의 손에단. 어서 물러다주게, 허 세상이……."

아닌 게 아니라 선달은 벌써 주기가 얼근히 도는 모양이다. 손세까지 이상히 쓴다.

"그 무슨 소리야, 이 사람 정말 취했네게레. 자, 자 그런 소린 말구 어서 또 잔이나 내게."

"글쎄 아니야, 내 집은 백 번 죽어두 그놈의 손엔 안 넣네. 어서 일어서게 이 사람?"

선달은 잔을 바로도 못 들고 술을 옷자락에다 줄줄 흘리며 들이키더니 상 위에다 잔을 엎어 놓으며 일어선다.

"이 사람이 이게 앉아."

"아니야, 일어서래두."

"앉아요 글쎄. 이게 무슨 일야 이 사람."

구장은 선달의 손목을 끌어당긴다.

"아니, 안 일어날 텐가? 그럼 내가 가겠네."

팔을 뿌리쳐 구장의 손을 떨구고 감투를 눌러쓰며 계약서를 집어들더니 문을 차고 나간다.

설도 지났으니 양지쪽엔 이미 봄뜻도 푸르련만 날씨는 그대로 차다.

종일을 그칠 줄 모르는 바람이 그냥대로 누동의 구새 먹은 오리나무 가지를 왕왕 울린다.

"이 사람 여 여보게 선달."

구장은 쫓아가며 부르나 선달은 들은 체도 않고 옷자락을 날리며 건넛마을 논틀이 길을 취한 사람도 같지 않게 총총걸음으로 내닫고 있다.

시아버지가 혹 취중에 무슨 실수나 하지 않을까 순이도 덧쫓아나와 넌지시 논틀이를 뒤따른다. 그러나 차마 영세네 집까지엔 발길이 내키지 않는다. 누동 마루 오리나무 아래 그만 걸음이 멎는다.

구장은 그냥 선달의 뒤를 바틈이 따라가며 연방 뭐라고 말리는 모양이나 대꾸도 없이 선달은 활깃세를 쓰며 앞만 보고 그저 내닫더니 영세네 마당에 발을 들여놓기가 바쁘게 소리를 지른다.

"영세."

개가 세 마리씩이나 짖으며 우르르 밀려나온다.

"영세 있나?"

"영세."

세 번 만에야 밀창이 밀리며 영세의 머리가 기웃하더니,

"아 선달님 오래간만이십니다." 하고, 대 아래로 쫓아 내려와 인사를 한다.

"나 자네 좀 볼일이 있어 왔네."

"네, 그러세요? 들어오시지요."

영세는 사랑 곁으로 손을 내밀어 인도한다.

"아니, 들어갈 것두 없어. 집이나 물러주게."

"이 사람 취언두 웬. 술두 몇 잔 안 허구 그리 취해? 어서 들어가 담배나 한 대 붙여 가지구 가세."

구장은 선달의 옷소매를 붙들고 사랑 쪽으로 이끈다.

"이 사람 왜 붙들구 이래 자꾸. 취허긴 누가 취했다구. 어서 집 물러주게."

"참 취허셨군요, 선달님."

하긴 하면서도 영세는 자못 불쾌한 태도다.

"취허다니! 집을 물러 내라는데?"

선달은 정색을 하고 영세의 옆자락을 낚챈다.

어인 까닭인지를 몰라 말없이 영세는 선달을 노려본다.

"집을 물러 달라는데 자네가 나헌테 도리어 눈을 부릅떠? 허, 이거 세상이!"

"아니, 대체 어떻게 하시는 말씀입니까?"

영세도 눈이 길쭉해지더니 정면으로 마주 선다.

"하, 눈을 부릅뜨구 마주 선다! 이놈 너 그래 마주 섬 어떡헐 테냐?"

버썩 나서며 선달은 영세의 멱살을 붙든다.

"아니 이게 무슨 행패란 말이오? 해방이 됐다니까 괜히 모두들······."

"머야? 행패? 해방이 됐다니까? 그래 해방이 돼서 넌 잘허는 일이머냐?

나라는 어떻게 되든 제 배만 불렸음 되구, 촌중은 어떻게 되든 저만 잘 살았음 그만이로구나. 고이헌 놈 하늘이 내려다본다, 이놈."

선달은 멱살을 붙든 손에 힘을 주어 버썩 당긴다.

"아니 남의 멱살은 무슨 까닭으루 붙들구 이래요? 내가 영감네 집을 억지루 빼앗는단 말요? 하 참, 별일 다 보겠네, 집을 판다구 내놨기 샀는데······."

"집을 판다고 내놨기 샀는데? 이놈 너 무슨 까닭으루 동네 집들은 돌아가며 다 사들이니? 너만 집 쓰구 살 테냐? 이놈 매양 하는 버릇이······ 응?

이놈 이놈아! 내가 집을 왜 파는지 몰라? 이놈 이놈아! 학병으루 지원 안 한 놈은 하나두 안 죽었구나 글쎄? 이놈아 이놈아 가슴이 터진다 이놈아!"

선달의 팔은 와들와들 떨린다.

영세도 여기엔 할 말이 없는 듯이 첫혈된 눈만을 꺼벅실 뿐 아무런 대꾸가 없다.

"이놈아 내 아들이 죽었구나. 이놈아, 이놈아, 이놈아, 내 아들이 죽어서? 진수란 놈이 죽어서? 이놈아, 이놈아, 진수란 놈이? 진수야아, 진수야아!"

목이 찢어지는 듯이 기를 쓰며 발악을 부리더니 별안간 선달은 눈을 뒤어쓰며 뒤로 나가 쓰러진다. 기를 앗긴 모양이다.

"아, 아니 이게 무슨 여, 여보게. 선, 선달, 선달!"

싸움을 말리노라 서서 어르다니던 구장은 어쩔 줄을 모르고 선달의 팔을 잡아당긴다.

"아부님 아부님! 정신을 차리세요. 네? 아부님!"

순이도 달려와 떨리는 손으로 시아버지의 어깨를 거칠게 흔들며 달래나 흰자위만으로 뒤어 쓴 눈이 그저 무섭게 마주 올려다볼 뿐, 아무러한 응답도 없다.

동네 사람들이 몰려와 사랑으로 안아다 눕히고 냉수를 떠다가 얼굴에 뿌린다, 사지를 주무른다, 갖은 짓을 다 해 보았으나 선달은 종시 피어나지를 못하고 그대로 세상을 떠나고 말았다.

"잘 죽었지. 외아들 죽이구 더 삼 무슨 낙을 보려구."

"암, 잘 죽구 말구."

"아들을 따라 갔구먼."

"불쌍헌 건 며느리야."

숙덕이는 동네 사람들의 이야기에 순이의 가슴은 더 한층 미어지는 듯하였다.

'나는 왜, 그이를 따라가지 못할까. 아니, 그이는 정말 죽었을까.'

하염없이 내리는 눈물을 순이는 걷잡지 못한다.

물매미

놀림은 역시 아침결보다 저녁결이 제 시절이다. 학교로 갈 때보다는 올 때가 아무래도 마음이 놓이는 모양이다. 아침에는 기웃거리기만 하다가 내빼던 놈들이, 돌아올 때면 그적에야 아주 제 세상인 듯이 발들을 콱 붙이고 달라붙는다. 오늘도 돈 천 원이나 사 놓게 된 것은 역시 오후 네 시가 지나서부터다.

지금도 어울려 오던 한패가 새로이 쭈욱 몰려들자, 물매미를 물에 띄운 양철 자배기 가장자리로 돌아가며 칸을 무수히 두고, 칸마다 번호를 써넣은 그 번호와 꼭 같은 번호를 역시 1에서 20까지 쭉 일렬로 건너 쓴 종이 위에 아무렇게나 놓았던 미루꾸 갑을 집어 들고, "자, 과잔 과자대루 사서 먹구두, 잘만 대서 나오면 미루꾸나, 호각이나, 건, 소청대루 그저 가져가게 된다. 자, 누구든지." 하고 노인은 미루꾸 갑을 도로 놓고 조리를 들어 물매미를 건져서 자배기 한복판에 굵다란 철사로 둥글게 휘어, 공중 달아 놓은 그 동그라미 속으로 몰아넣었다.

그 동그라미를 통하여 물 위에 떨어진 물매미는 물속을 버지럭버지럭 헤어 돌더니, 4자 번호 칸으로 들어간다.

"자, 보았지? 4자에다 미루꾸를 대고 이렇게 되면 미루꾸를 가져 가게 되는 판이다. 자, 누구든지." 하고 아이들을 쓱 훑어보았다.

그러지 않아도 구미가 동하여 한쪽 손을 호주머니 속에 넣고 오물거리던 한 아이가 자배기 앞으로 바싹 나서며 란도셀을 멘 채 쪼그리고 앉더니, 십 원짜리 한 장을 밀어 내놓는다.

노인은 내놓은 십 원짜리를 무릎 앞으로 당기어 놓고, 종이 봉지 속에 손을 쓱 넣었다가 내더니,

"자, 받아. 이렇게 과자는 과자대루 주구……." 하고, 콩알만큼이나 한, 가시가 뾰족뾰족 돋은 알락달락한 색과자 세 알을 소년의 손으로 건넨다.

소년은 과자를 받아 우선 한 알은 입에 넣고, 미루꾸 갑을 당기어 8번에 다 대이고 조리를 들어 물매미를 떠서 동그라미 속에 몰아넣었다.

물 위에 공중 떨어진 물매미는 잠겼다 솟았다 수염을 내저으며 뒷다리를 버지럭버지럭 헤어 돌아간다. 8자 주변 가까이로 물매미의 수염이 키를 돌릴 때마다 소년의 가슴은 호둑호둑 뛰었다. 그 은근하게 마음이 졸였던 것이다.

그러나, 허사였다. 물매미는 7자 칸으로 들어가고 말았다. 소년은 약이 오르는 듯이 십 원짜리를 또 꺼내 이번엔 7자 번에다 대었다. 그러나, 물매미는 이번엔 또 8번으로 들어갔다.

몇 번을 대 보았어도 물매미는 미루꾸 대인 번호로는 한 번도 들어가지 않았다. 백 원짜리까지 한 장을 잃고 난 소년은 인제 밑천이 진한 듯이 얼굴이 빨개서 물러난다. 노인은 좀 미안한 듯이,

"한 번 맞춰내진 못했어두 손해난 건 없지? 과잔 과자대루 돈 값에 받았으니까. 자, 또 누구?" 하고, 아이들을 또 한 번 건너다보았다.

"저요!"

한 아이가 또 들어섰다.

그러나, 역시 물매미는 미루꾸 대인 숫자로는 좀체 들어가지 않았다. 백 원짜리 석 장이 고스란히 나가기까지 겨우 한 번을 맞추었을 뿐이다.

"요 깍쟁이 자식이!"

소년은 약이 바짝 올라서 물매미 욕을 하며, 백 원짜리 한 장을 또 꺼내, 이번에는 아무래도 한 번 맞추고야 말겠다는 듯이, 모두 스무 구멍에서 절반이나 차지하는 열 구멍에다 번호를 골라 지적하고, 그 백 원을 단테에 다 대었다. 그리고는 조심스레 물매미를 떠 넣었다. 여기엔 장본인인 소년 자신뿐이 아니라, 둘러섰던 아이들은 누구나 할 것 없이 다 같이 마음이 조였다.

동그라미를 통하여 물 위에 떨어진 물매미가 지적하여 놓은 그 번호 가까이로 헤어돌 때마다, 흠칠흠칠 마음들을 놀랬다. 그러나 물매미는 요번에도 들어갈 듯이 그 지적한 번호의 주변을 몇 번이고 돌았을 뿐, 나중 가선 엉뚱한 구멍에 수염을 처박고 넙주룩이 뜨고 만다.

소년은 그게 마지막 태였다. 더는 밑천이 없다. 그만 울상이 되어 일어선다.

"고놈의 짐승 참 이상하게두 오늘은 미루꾸 대인 구멍으룬 안 들어가네."

노인은 너무도 돈을 많이 잃은 소년이 딱해 보여서 위로 삼아 해 본 말이었으나, 소년은 이 말에 도리어 부아가 돋귀었다. 킹 하더니 손잔등이 눈으로 올라간다.

노인의 마음도 좋지 않았다.

노름에 돈을 잃고 눈물을 흘리며 돌아가는 아이를 오늘 비로소 대한 게 아니다. 날마다 한둘씩은 으레 있는 일이었고, 그럴 때마다 노인은 자기의 직업이 한없이 미워졌던 것이다. 머리에다 흰 물을 잔뜩 들여 가지고 손자뻘이나 되는 어린 학생들의 코 묻은 돈푼을 옭아내자고 물매미 노름을 시켜, 울려 보낸다는 것은 확실히 향기롭지 못한 노릇이었다.

무슨 직업이야 못 가져서 하필 이런 노릇으로 밥을 먹어야만 하는 것일까? 자기 자식도 그들과 꼭 같은 어린것이 학교엘 가고 있다. 아이들을 바른길로 인도하고 가르쳐 주지는 못할망정 그들을 꾀여서 옭아 먹자는 것은 아무리 생각해도 나이가 부끄러운 일이었다.

'밥을 굶어두……'

하고 금시 집어치우고 싶은 생각이 들다가도, '정말?' 하고, 다시 따져 볼 땐 그만 용기가 죽곤 했다. 밤도 구워 보고, 고구마도 구워 보고, 빵도 쪄 보고, 담배도 팔아 보고, 갖은 짓을 다 해보았어도 시원치가 않아서, 또 이런 노름으로 직업을 아니 바꾸어 볼 수 없었던 것을, 그리고 그래도 이 노름이 제법 쌀됫박이나마 마련되는 노름인 것이 뒤미처 생각킬 때, 노인은 마음을 냉정하게 가지지 않을 수 없었던 것이다.

여지껏 내지 못하고 밀려 돌아가던 학교 증축비 부담액 이천 원을 오늘 아침에야 들려 보낸 것도, 이 노름이 시작되면서 이 며칠 동안에 마련된 돈이었다. 생각하면 그저 냉정해야 살 것 같았다.

냉정하자, 그저 냉정해야 되겠다. 지금도 생각하다가 노인은 금시 마음을 다시 새려먹고, 그 소년이야 돈을 잃고 울며 돌아가든 마든 아랑곳할 게 없다는 듯이 소년에게 향하였던 눈을 다시금 물매미 자배기로 돌렸다. 그리고 마음을 굳세게 가다듬는 듯이 에헴 하고 목청을 새롭게 돋우며,

"자, 또 누구? 과잔 과자대루 십 원어칠 받구두, 재수만 좋으면 백 원짜리 미루꾸 한 갑을 공으로 얻게 되는 재미나는 노름! 자, 또 누구?" 하고 그들의 비위를 돋구기 위하여 물매미를 또 떠서 동그라미 속으로 넣어 보인다.

그러나, 아이들은 인제 다들 말꼼히 마주 건너다보기만 하는 패들일 뿐, 썩 나앉는 아이가 없다. 호주머니들이 긇은 모양이다. 호주머니 긇은 아이들을 상대로는 아무리 떠든댔자, 나올 것이 없을 건 빤한 일이다. 날도 저물었다. 벌써 해 그림자가 땅 위에서 다 말려들었다.

학교 패들도 이젠 다들 저 갈 데로 헤어져 가고 말았을 것이다. 더 벌려 놓고 그냥 앉았댔자, 집으로 돌아가는 지게꾼이나 장난바치 아이들이 어쩌다 걸려들면 들을 것밖에 없었다. 두어 번 더 아이들을 구겨 보다가, 노인은 그만 짐을 싸 가지고 일어섰다.

집에서는 마누라가 벌써 저녁을 지어 놓고 영감님과 막내가 학교에서 돌아오기를 기다리고 있었다.

막내가 돌아올 학교 시간은 이미 늦었는데, 웬 까닭인지를 알 수가 없었다. 저녁을 다 먹고 나서도 막내는 돌아오지 않았다. 기다리다 못하여 노인은 학교로 가 물어보았다. 숙직선생은 아이들이 돌아간 지는 이미 오랬다고 하고, 몇 학년이냐고 묻기에 이 학년이라

고 했더니, 최영돈이 그 애는 오늘 결석이라고 했다.

　노인의 머릿속에는 무슨 알 수 없는 불길한 예감이 스치고 지나갔다. 전차가 보였다. 자동차가 보였다.

　"분명히 개가 오늘 오지 않았어요?"

　미안쩍어 노인은 다시 한 번 재쳐 물었으나,

　"제가 최영돈이 반 담임이 돼서 오구 안 오는 걸 잘 압니다. 글쎄 한 번두 결석이 없던 앤데, 오늘 처음으로 결석이기에 나도 이상히 여기구 있습니다. 그럼 집에서는 영돈이가 학교로 '간다구 나오기는 했군요?" 하고, 평상시의 출석상황까지 정확히 알고 말하는 선생의 대답을 들으면, 영돈이가 학교에 오지 않았던 것만은 의심할 여지가 없었다.

　어디로 갔을까, 어디로 가서 종일토록 집으로 돌아오지 않을까, 전차, 자동차, 설마 그렇지야 않겠지? 오늘 학교 부담금 이천 원을 넣고 나간 그 돈으로 관련되어, 무슨 일이 혹 생긴 것은 아닐까, 노인은 알 수 없는 생각을 안은 채 눈이 둥글해서 되돌아왔다.

　밤이 이슥해서다. 문밖에서 두런거리는 소리가 나기에 내다보았더니, 군밤 장수 권 서방이 영돈이를 데리고 들어오고 있었다.

　"아, 아니, 너 어디 갔다가 이제 오니? 아, 권 서방은 어떻게 또……."

　노인은 돌아오는 막내를 보고 반가워 마주 나갔다.

　"허, 너 인제 들어가거라. 그런데 영감님, 영돈일 너무 꾸짖지 맙시오. 애들이 철이 없어 그랬겠으니 차후일랑 그러지 말라구 이르구…… 어서 너 들어가아……." 하고, 권 서방은 막내의 등을 안으로 밀었다.

역시 까닭은 있었구나, 노인은 그것이 궁금하지 않을 수 없었다.

"아, 아니, 너 어딜 갔더랬어? 아, 권 서방이 어떻게 밤늦게 걜 데리구…… 아니, 어디서 권 서방이 걜……." 하고 노인은 부썩 마주 섰다.

"아니 뭐 그런 게 아니구요. 아마 영돈이가 아침에 학교에 갈 때. 저어 종점께서 물매미 노름을 했나 보죠. 그래, 돈을 잃군 학교두 안 가구 우리 놈하구 우리 집으로 밀려들어와선 종일 놀구 있기에, 저녁이나 먹군 집으루 가 자랬더니 아버지한테 꾸중을 듣겠다구 못 가겠다기에 내가 데리구 왔죠. 뭐 꾸짖을 것도 없어요. 아이들에게 물매미 노름을 시키는 어른이 글렀지요. 그까짓 철없는 애들이야 그거 뭐 아나요. 어서 들어가 자거라!"

노인은 그만 더 추궁할 용기가 없었다. 권 서방 보기가 부끄러웠던 것이다. 얼굴이 들리지 않았다.

"어서 들어가 주무십시오. 너두 들어가 자구…… 아이, 참 달두 밝다.

전등이 없으니깐 더 밝은 것 같군."

돌아서는 권 서방을 멍하니 바라만 보았을 뿐 뭐라고 인사말도 나오지 않았다.

말도 없이 그대로 마당 가에 우두커니 서 있는 늙은 아버지와 어린 자식을 흐르는 달빛만이 유난히 어루만지고 있었다.

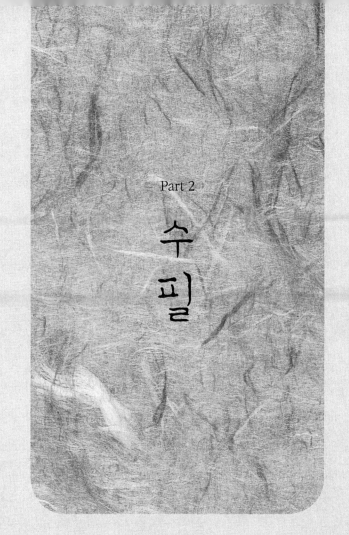

Part 2

수
필

낙관(落款)

　서화(書畵)를 좋아하는 어떤 벗이 하루는 어느 골동점에서 추사(秋史)의 초서(草書) 병풍서(屛風書) 여덟 폭(幅)을 샀다.

　"나 오늘 좋은 병풍서 한 틀 샀네. 돌아다니면 있긴 있군!"

　그 벗은 추사(秋史)의 병풍서를 구(求)하게 된 것이 자못 만족한 모양이다.

　"돈 많이 주었겠군. 추사의 것이면……."

　"아, 아니 그리 비싸지도 않아. 글쎄 그게 단 오십 원이라니깐 그래."

　추사의 병풍서 한 틀에 오십 원이란 말은 아무리 헐하게 샀다고 하더라도 당치않게 헐한 값 같으므로,

　"그러면 추사의 것이 아닐 테지, 속지 않았나? 추사의 것이라면 한 폭에도 오십 원은 더 받아먹겠네." 하고 의심쩍게 말을 했더니,

　"괜히 추사의 글씨가 아니겠군. 바로 병풍을 붙였다가 뗀 것인데 그 글씨 폭은 지지리 지지리 더럽혀지고, 가장자리로 돌아가면서 붙였던 눈썹지 자리만 하얀 자국이 있는 것만 보더라도 그건 옛날 게 분명한 게야." 한다.

이 소리에 나는 더욱이 그 글씨가 의심스러웠다.

"이즘 고물인 것처럼 그런 가공들을 해서 많이들 팔아먹는다는데 그 눈썹지 가장자리가 햐얗다는 것과 그 오십 원이란 헐한 값과를 미루어 보면 글쎄 그게 추사 친필이라고……?"

"아, 아니! 그렇게만 자꾸 의심할 게 아니라니깐. 내게 추사의 필첩 (筆帖)이 있는데 거기에 찍힌 낙관과 이 병풍서의 것과 조금도 틀림이 없거든." 하고, 그는 틀림없는 추사의 친필로 단정하고 조금도 의심하려고 않는다.

그러니 나도 확실히는 모르면서 아니라고 그냥 우길 수는 없어서,

"그럼 글씨 전문가에게 시원스럽게 한 번 감정을 받아 보지?" 하고, 나도 사실은 그 진부(眞否)가 궁금해서 이런 제의를 했더니,

"그야 어렵지 않지. 그럼 내 가서 감정을 한 번 받아 보겠네." 하면서 그는 현재 생존해 있는 모모 씨의 글씨도 여러 폭 샀던 것을 추사의 것과 아울러 다 싸 가지고 어느 서도 대가를 찾아가서 감정을 받기로 했다.

내 의심이 틀림없이 맞았다. 추사의 것뿐 아니라 현 생존자의 것들까지 진짜 친필은 하나도 없다고 그 대가는 말하더란다. 그러면서 추사의 글씨를 가지고 하는 말이, 추사의 글씨를 방불케 하는 것으로 솜씨는 도리어 추사보다 능숙한 데가 있어 보이나, 도장이 추사의 것이 아니니, 아무 가치가 없는 것이란 말을 하더란다.

그래서 이 글씨가 추사의 글씨보다 낫다면 추사 이상의 가치를 인정해 줘야 할 것이 아니냐고 했더니, 그는 웃으면,

"어찌 글씨의 능, 불능으로 가치가 있게 됩니까? 이왕 얻은 그 필자의 명성 여하로 글씨의 가치가 인정되는 것이지요. 낙관이 추사의

진짜 낙관이어야 값이 나갑니다." 하고, 추사의 글씨보다 도리어 나은 점이 있다고는 하면서도 그 대가는 그 글씨를 조금도 아까워하는 기색이 없이 더 더듬어 볼 필요도 없다는 듯이 밀어 던지더란다.

하필 글씨에 있어서뿐 아니라 모든 것에 있어서 이렇게 되는 것이 사실이지만 새로이 잘한다는 것이 이미 얻어 가지고 있는 그 명성을 누르기 힘들다.

확실히 그 가치의 판단에 명석한 두뇌도 그 명성 앞에서는 눈을 감는 것이 예의다. 그러기 때문에 이미 자라난 그 명성의 그늘 밑에선 흔히 새싹이 마음대로 오력(五力)을 펴지 못하고 시들어 버리는 예를 보아도 오거니와, 이 가짜 추사가 추사의 글씨보다 자기의 것이 분명 낫다는 것을 알고 있다면, 그러면서도 추사의 이름으로 글씨를 써서 팔아먹지 않아서는 안 된다면 그 창조적 고민이 얼마나 클 것일까? 생각하며,

"추사의 글씨보다 능숙하다니 잘 보관해 두게. 그 사람이 출세하면 그것도 만 냥짜리는 될 테니." 하고, 웃었더니

"보관이 다 뭐야! 거 참 흉측한 노릇이로군!" 하고 그 벗은 그 글씨 뭉치를 아무런 미련도 없이 다시 보자기에 싸더니 골동품점으로 가지고 나가서 이조자기의 화병 한 개로 바꾸어 왔다.

그 벗 역시 그 추사의 글씨에 혹해서 추사의 글씨를 사려고 하였던 것이 아니라, 그 글씨 필자의 명성, 다시 말하면 추사의 명성을 사려고 하였던 한 사람인 것을 알 수가 있었다.

효조(曉鳥)

이런 이야기를 누가 한다. 명필 추사(秋史)의 선생 조광진(曹匡振)이 하루는 새벽에 일어나니, 잠자리에서 갓 깨어 일어난 참새들이 뜰 앞 나뭇가지에서 재재거리는 소리에 그만 필흥(筆興)이 일어나 저도 모르게 필묵을 베풀어 새벽 새라고 '효조(曉鳥)' 두 자를 제물에 써 버렸다.

그러나, 이렇게 흥에 겨워 쓰면 언제나 만족한 글씨를 얻게 되는 것이, 흥에 겨워 쓰기는 썼는데도 '효조(曉鳥)'라는 조(鳥) 자의 맨 밑 녘 점을 싸는 치킴이 제대로 올라가지를 못하고 아래로 축 처져서 심히 거슬렸다. 그래 다시는 더 거들떠보기도 싫어 문갑 밑에다가 되는대로 밀어 던지고 말았다.

그랬던 것을 하루는 어떤 손님이 찾아와서 글씨를 청하므로 다시 필흥(筆興)이 생기지 않아 그것을 그대로 내어주고 말았다.

그런 지 10년 후, 조광진이 중국에 여행을 갔다가 어떤 귀족의 사랑에서 뜻도 않았던 그 '효조(曉鳥)'의 조(鳥) 자 치킴이 처져 내버리는 셈치고 그 손님에게 내어주었던 그 글씨가 중국에서도 유명한 귀족의 사랑에 족자로 걸러서 상당한 대접을 받는 것을 보았다.

그러나 조 씨는 그 조(鳥) 자의 치킴이 그때와 마찬가지로 마음에 거슬리어 주인이 잠깐 밖으로 나간 짬을 타서 필묵을 꺼내 조(鳥) 자의 치킴에 가획(加劃)을 하여 처진 치킴을 바싹 올려붙여 놓았다.

그랬더니 주인이 들어와 이것을 보고 남의 귀한 글씨에다가 손질을 해서 버려 놓았다고 꾸짖으며 노했더라는 것이다. 그래, 조 씨의 말이 실인즉 그것이 자기의 글씨인데 조(鳥) 자의 치킴이 되지를 않아서 내버렸던 것으로 지금 보아도 그게 마음에 거슬려 붓을 좀 넣어 본 것이라고 하니 그게 무슨 소리냐고 주인은 어성(語聲)을 높여 하는 말이 당신은 글씨를 쓸 줄만 알고 볼 줄은 모른다고 하면서 효조(曉鳥)라면 새벽 새일 테니 잠자리에서 갓 깨어 나온 새가 무슨 흥이 있어서 꼬리가 올라가랴, 언제나 보아도 새벽 새는 꼬리를 처트리고 우는 법이라 자기가 이 글씨에 고가(高價)를 주고 사다가 머리맡에 걸고 사랑하는 것도 그 '효조(曉鳥)'라는 데 있어 조자(鳥字)의 치킴이 용하게 처트린 데 가치를 찾았던 것으로 이제 아까운 글씨를 버렸다고 하면서 떼어 던지더라는 것이다.

이 말을 듣고 나는 문득 졸작(拙作) '병풍(屛風)에 그린 닭이'를 생각했다. 해작(該作)은 작자(作者)인 나에게 있어서는 열작(劣作)의 부류(部類)에 미련 없이 처넣고 다시 한 번 눈도 거들떠보고 싶지 않은 그러한 작품인데 그렇지 않다고 하는 벗이 있었던 것이다.

어떤 좌석에서 문학 이야기가 났을 때, 나는 시인 모씨(某氏)로부터 네 작품 가운데는 '병풍에 그린 닭이' 하나밖에 없느니라 하는 소리를 들었다.

그래, 이 시인이 나를 놀리는 것이 아닌가 하고 태도를 엿보았으나, 결코 그러한 의미에서가 아님을 분명히 알았을 때, 나는 다시 한 번 놀라며 그러할 리가 없다고 부인을 했다.

그러나 이 시인은 제 작품은 제가 모르는 법이라고 하면서 작자에게는 그 '병풍에 그린 닭이'가 그렇게 대수롭지 않게 보여도 그래도 그 작품 하나가 지금까지 써 온 중에서는 후세에 남으리라고 극언까지 한다.

그래도 나는 그 말을 전적으로 부인하였더니, 제 작품을 제가 모르는 예는 가까이 시인 김동명 씨(金東鳴氏)에게도 있었다고 하면서 하는 말이 해씨(該氏)가 시집 『나의 거문고』를 출판할 때, 그 어떤 시 한 편이 심히 마음에 거슬려 그 시집에서 빼내려 하는 것을 그중 백미편(白眉篇)이 그것인데 그것을 빼낸다고 친구들이 아까워해서 마음에는 없는 것을 그대로 넣어 출판했던 것인데, 그 후 신간평(新刊評)을 보면 평자(評者)마다 작자로선 빼내려던 그 한 편을 도리어 대표작으로 들어 내세우고 평을 하였던 것이라고 한다. 그러면서 대개는 작자가 자작(自作)의 가치판단에는 눈이 어두운 것이라고 단안(斷案)을 내린다.

그러나 내 귀에는 이 소리가 조금도 들어오지 아니하고 그저 내 작품의 가치는 내가 가장 잘 알 것만 같게 여겨진다. 언제나 읽어 보아도 '병풍에 그린 닭이'는 문장이라든가 구성이라든가 그 어느 부분 한 곳에 마음 붙는 데가 없다. 다만 그저 '병풍에 그린 닭이' 하는 그 제목만이 언제나 같이 마음에 들 뿐이다.

여기에 한 가지 궁금한 문제가 남는다. 시인 모씨(某氏)는 '병풍에 그린 닭이'를 그렇게 제일이라고 쳐도 작자인 나는 그대로 덜 되게만 보이는데 김동명 씨는 아직껏 그 시편이 나와 같이 여전히 마음에 안 드는지, 또는 그 '효조(曉鳥)'에 대한 조광진(曺匡振)의 심경은? 글씨는 어디까지든지 글씨요, 그림이 아니니 효자(曉字)가 붙으면 조자(鳥字)의 꼬리가 처져야 하고 주자(晝字)가 붙으면 조자(鳥字)의 꼬리가 올라가야 하고 이렇게 글씨에 임시응변(臨時應變)이 있어야 할 것이 마땅할 것은 아니나, 그 중국인의 설명을 듣고 글씨를 떼어 버리는 것을 목도(目睹)했을 때의 그때의 조 씨의 심경을 좀 엿보았으면 하는 생각이 무척 깊어진다.

일람 치마 입은 여인(女人)

초록 저고리에 일람 치마를 입은 30대의 한 젊은 여인이, 필시 그 동생이리라, 빨간 저고리에 노랑 치마를 입은 스물이 채 되었을까 한 색시의 손목을 채 지게 위에 모로 누었다. 일견(一見) 선전(鮮展)의 낙선작품(落選作品)임이 틀림없다.

색채에 가난한 이 효자동 골목의 한낮은 이 여인의 자태를 자못 화려하다. 오가는 사람마다 그 여인에게 한 번씩 시선을 아니 던지 고 가는 사람이 없다.

앞으로 이 여인은 이렇게 얼마를 더 가야만 주인을 만나게 되는 것인지 좁지 않은 골목에서 그 어떠한 종류의 선전광고처럼, 지게 위의 신세로 뭇 사람들의 눈에 오르내리게 됨이 짐짓 부끄러운 일 일 것 같다.

작자가 이 그림을 그릴 때는 일단의 정력이 화필 끝에 여념도 없 게 입선 특선에의 꿈이 한껏 아름다웠으련만 회(會)가 열리는 날 이 그림은 정력의 보람도 없이 이제 지게 위에서 무색(無色)이 주인을 이 렇게 다시 찾아가지 않아서는 안 되는 슬픈 운명을 지녔다.

지게꾼은 그 슬픔 운명의 짐이 오히려 무거운 듯이 땀을 뻘뻘 흘리며 걷는다. 여섯 자 길이에 다섯 자 넓이인 듯한 이 그림 한 개가 그리 과중한 짐은 아니련만 그의 힘에는 헐치가 않은 모양이다. 피와 땀을 정성껏 부어 담은 그 그림에의 생명이 그렇게도 지게꾼의 마음을 무겁게 하는 것일까?

어쩐지 그 지게꾼의 느끼는 무거움은 한 달, 아니 한 해도, 이태도 넘어 드렸을지 모를 그 작자의 힘의 표현일 것만 같게도 생각이 든다.

"역작(力作)이 아마 저렇게 되는 수도 있을 걸……?"

"어서 가요."

같이 가던 비석(飛石)이 여기엔 대구(對句)도 없이 옷자락을 끈다.

그런 것에 눈을 팔며 군말을 할 것이 아니라, 우리의 목적한 길이나 발락발락 어서 가자는 재촉이다.

사실 지금 우리는 하나같이 뽑혀서 장내(場內)에 진열(陣烈)되어 있을 그 작품을 눈에 담고 떠난 길이다. 그까짓 지게 위의 신세를 면치 못한 그 그림에 발을 멈추고 기웃거리기도 실인즉 싱거운 일이다. 미련을 느낄 까닭도 없이 지게는 내려가는 대로 뒤에 두고 우리는 우리대로 전람회를 향하여 걸어 올라갔다.

여기에 문득, 떠오르는 한 가지 생각—그것은 최서해(崔曙海)의 단편 '탈출기(脫出記)'였다.

서해(曙海)의 '고국(故國)'이 《조선문단》에 추천을 받을 때 '탈출기'도 같이 들어와 같은 선자(選者)의 눈에 거침을 받았으나 '고국'을 뛰어넘지 못하고 선외가작(選外佳作)이라는 쪽지가 붙어 다만 '탈출기'라는 제목 석 자가 다른 투고자들의 그것과 같이 해지(該誌) 여백(餘白)을 채우는 역할을 하고 있었다.

그때 작자인 서해(曙海)는 여기에 불만이 있었던지 없었던지 그 후 그로부터 이렇단 이야기 한마디 없이 고인이 되었으니, 이젠 영원히 알 길이 없으나 어쨌든 작자로서는 그 '탈출기'를 차마 그대로 버리기는 아까웠던 모양이다. 씨(氏)는 그 후 해지(該誌) 기자로 입사하면서 곧 '탈출기'를 해지상(該誌上) 발표하였다.

놀라운 것은, 그 결과였다. 당시의 문단은 이 '탈출기'를 가지고 얼마나 떠들어 내었던고? 아니 지금까지도 서해(曙海)를 말할 때는 누구를 무론하고 이 '탈출기'를 그의 대표작으로 내세우기를 꺼리지 않는다.

그러나 '당선', '입선'의 두 관문을 다 무시하고 최고의 입선 규정으로 영예의 '추천'을 받았던 '고국'은 그 당시의 반향(反響)도 없었거니와, 그러기에 오늘껏 그것이 그의 작품이었던지 아는 이조차도 드물다.

이러한 생각을 하게 되니 문득 그 지게 위의 작품이 다시금 눈앞에 나타나며 그 작품을 이제 작가가 받을 때의 그 작자의 심경이 무척 알고 싶어진다. 자기의 예술적 기능 부족으로서의 낙선이라, 그저 부끄러움에 그 작품이 다시 거들떠보기도 싫게 머리가 숙을 것인가? 혹은 심사원의 감상안(鑑賞眼)을 여지없이 비웃음으로 자기 예술적 경기에 그저 그대로 태연히 만족이 되어, 그 작품이 의연히 제대로 사랑스러울 것인가.

포 도 주(葡萄酒)

　하루는 어떤 벗으로부터 자친(慈親)이 회갑이니 저녁이라도 같이 먹으면서 하루 저녁 이야기나 하자는 청을 받았다. 그 벗은 죽마고우일뿐더러 벗의 자친 또한 나를 퍽이나 사랑하여 주시는 이로, 나는 반갑게 그러마고 승낙을 하였다.

　그리고는 같은 청을 받은 역시 동향 친구인 한 사람의 동무와 같이 그 시각에 대여 가기로 하고 우리는 우선 진고개 백화점으로 향하여 나섰다. 이 갑파(甲婆)에게 무슨 기념이 될 만한 그러한 물건이 없을까 그것을 물색해 보자는 것이었다. 그러나 그 백화점을 두루 돌아가며 찾아보아야 눈에 띄는 그럴듯한 물건이 없었다.

　과자나 쟁반 같은 것은 어떠냐는 동무의 의견도 있었으나, 그런 것들은 그저 빈손이 뭣하여 들고 가는 보통 인사에 지나지 못하는 것이어서 마음이 내키지를 않아 다시 한 바퀴 물색을 하여 볼까 하는데 눈을 두리번거리던 동무는 별안간 좋은 것이 눈에 띄었다고, 그리고 그것이면 의의만점(意義滿點)이라는 듯이 빙그레 웃으며 손가락질을 하기에 보니 그의 손가락은 과즙류의 진열 속에 포도주병을 가리키고 있다.

포도주. 나도 그것이 그럴 듯이 생각되었다. 이러한 축의(祝意)에는 척 떠오르는 것이 술이긴 하였으나, 여인에게는 그것이 합당하지를 않아 망설이다 못해 무슨 물건으로라는 생각만에 헤매던 나는 술은 술이면서도 알콜 성분이 적어 술을 전연(全然)히 마실 줄 모르는 여인네라도 몇 잔 간은 연거푸 마셔도 괜찮을 정도의 포도주라면, 그리하여 그것으로 축배를 드리는 것이 무엇보다 의의가 있는 일 같아, 나도 두말없이 그 포도주에 동의하고 점원에게 그것을 달라 명하여 한 병씩 옆에 끼고 벗을 찾아갔다.

그러나 좌석은 우리로 하여금 그 자리로 곧 축배를 드리게 되지 못해 기회만을 엿보며 그저 술을 먹고 있었다. 최고 오륙배(五六杯)면 족한 내 주량이었건만 즐거운 이날을 다 같이 얼큰히 취해서 즐겁게 노는 것이 이 모임이라 참석을 안 했으면 모르거니와 한 이상에는 아니 먹을 수 없었고, 그렇지 않은지라 내 마음도 즐거워 사양 없이 잔을 들게 되니 약한 내 주량은 그만 남보다 먼저 취하게 되어 축배 드리기를 잊는 무례를 범하고 돌아왔다.

이것을 나는 그 이튿날에야 깨닫고 벗에게 예를 잃은 것보다 내 마음이 지극히 섭섭함을 금할 길이 없었다. 그리고 그것은 몇 달을 두고 잊히지 않았다.

그러다가 하루는 그때 그 좌석에서 같이 잔을 나누던 한 친구를 만나 그때 그 포도주는 군(君)이 가지고 갔던 것이냐고 하기에 그렇다고 대답을 하였더니 이 친구 대답 끝에 하는 말이 그날 내가 돌아간 후에도 아직 덜 취한 사람들은 그대로 앉아서 술을 계속하다가 포도주를 가져온 사람이 있으니 별미로 그것을 한 잔씩 하자는 누구인가의 제의로 주인은 포도주병을 들여다 뚜껑을 그것을 떼고 잔마다 돌아가며 한 잔씩 가득 부어 놓고 권하였다 한다.

그러나 좌석은 잔을 들어 입에 댔다가는 포도주의 그 이상한 맛에 다시 잔들을 놓고는 의심쩍어 차마 삼키지를 못하고 상(床) 귀에 뱉어 놓기를 일제히 하면서 서로 그 이상한 맛을 따져 물으니 그저 신맛 한 가지밖에 모르겠다는 것이 누구의 입에서나 일치하게 나오는 것이었다고 한다. 그래서 포도주가 썩은 것은 아닌가 하여 병의 것을 큰 그릇에다 쏟아서 검사하여 보았더니 그것은 포도주가 아니라, 초(醋)로 판명이 되는 바람에 '애―에―' 하고들 돌려놓으니 건넌방에 모여 앉았던 근처 집 여인네들이 "우리 집에 초가 없더니 우리 집에 초가 없더니" 해서 모두 나누어 주었다는 것이다. 점원은 필시 포도주를 초로 잘못 바꾸어 싸 주었던 모양이다.

나는 이 말을 듣고 그러지 않아도 예를 잃어 미안한데 뜻도 않았던 이러한 미안까지 이중의 미안을 겹쳐 느끼게 되었다.

그러나 이제 생각하니 그때 만일 그 좌석이 나로 하여금 그 갑파(甲婆)에게 축배를 드릴 만한 여유를 주었으면 얼마나 나는 무안하였을까 하니, 그리고 그것은 축배를 잊음으로 잃은 예보다 얼마나 더한 무례였을까 하니 취중에 잊어버린 예가 오히려 다행하기 짝이 없는 일같이 생각도 되었다.

그러니, 이제 바라는 것은 다만 그 초가 포도주 이상의 축의(祝意)를 가진 성분이 세상 사람 모르게라도 지니고 있었으면 하는 것이나, 그것이 안타까운 억지임을 다시금 깨달을 땐, 그저 세상사란 묘하게도 된다는 한탄밖에 더해 볼 것이 없다.

길을 묻기운다

길을 묻기운다. 길을 가다가도, 정전지대(定全地帶)에 섰다가도 나는 흔히 시골 사람에게 길을 묻기운다. 주위에 사람은 많건만 시골 사람은 두리번두리번 사람을 살피어 물색하다가는 내 앞으로 와서 나더러 길을 가르쳐 달란다.

이 시골 사람들이 하고많은 사람 가운데서 하필 왜 나를 쫓아와 붙들고 길을 가르쳐 달라는지, 나는 길을 묻기울 때마다 이 시골 사람들에게 보여지는 나 자신의 인물됨이 무척 알고 싶어진다.

"자기보다 낮춰 보여서?"

"시골 사람처럼 보여서?"

"겸손하게 보여서?"

그 이유는 분명히 셋 가운데 어느 하나이리라고 짐작된다. 그러면 이 셋 가운데 그 어느 것이 그들에게 보이는 나인 것일까?

자기보다 낮춰 보여서, 글쎄 그렇게 내가 낮춰 보일까. 키가 작으니 위풍이 없다. 위풍이 없으면 초라하게 보이는 법이다. 초라한 사람을 대하면 자기가 잘난 것 같아, 어깨가 자연히 올라가게 되는 것이 보통 사람의 심정으로, 이 사람이야 내가 물으면 황공히 가르쳐 주겠지 하는 그런 심리에서가 아닐까.

그러나 아무리 풍채에 가난한 나이라 해도 그렇게까지 내가 초라하게 보임직하지는 않고.

겸손하게 보여서, 하지만 아무리 거울에 비춰 내 외모를 뜯어보아도 겸손 이자(二子)의 인상을 주기론 되어먹지를 않은 것 같다. 눈초리가 치붙고 광대뼈가 쑥 두드러졌으니 설령 마음은 그와 반대로 착하다 해도 그렇게 보일 리는 도저히 없을 것이고.

시골 사람처럼 보여서, 여기에 나는 어느 정도까지 그들의 마음을 찾고 싶어진다. 도시의 물을 먹고 사노라고는 해도 시골서 나서 시골서 자라난 나이니 시골 때가 벗겨질 리 없고, 또 애써 그 때를 벗으려고도 힘쓰지 않기 때문에 아무리 종로 한복판에 팔을 벌리고 섰다 해도 서울 사람 냄새는 그 어느 한 모에서도 맡겨지지 않을 것이다. 그리하여 나로 하여금 시골 사람의 인상을 받게 되는 데서 같은 시골 사람이라, 어려움이 적어지는 데 그 이유가 있지 않을까.

그러나 이것은 다 내 추측에 불과한 것이고, 한 가지 이상하게 생각되는 것은 그들이 나를 보는 데 있어 내 외모에서 나를 보지 아니하고, 내 마음을 엿뚫어보는 것 같은 것이 그것이다.

나는 누구에게서나 길을 묻기우면 알 수 있는 한에서는 데리고까지 가서라도 찾아 주리라는 친절을 도모할 마음을 굳이 가지고 있다. 그것은 내가 어렸을 때 생소한 곳에서 길을 잃고 길을 묻다가 그들의 무성의에서 찾아야 할 곳을 찾지 못하고 밤이 이슥하도록 고생을 해 본 일이 있는 후부터 길만은 진설히 가르쳐 줘야 한다는 생각이 나도 모르게 굳어 있었던 것이다.

그리하여 나는 그 후부터 길을 묻기울 때마다 할 수 있는 한에서는 정성을 다하여 인도(引導)를 베풀어 왔고, 또 앞으로도 그것은 그래야 한다는 것이 도덕인 줄을 알고 있는 나이므로 주위에 많은 사람을 두고 하필 나더러 길을 가르쳐 달랄 땐 그 무슨 점으로든지 그러한 내 마음을 엿뚫어보는 것 같아서 한참이나 그들을 바라보며 자신의 마음속을 들여다보곤 한다.

그러나 사람마다 나를 반드시 그렇게 보아 주느냐 하면 그런 것도 아니기는 하다. 나는 이러한 친절을 베풀다가 단단히 실패한 일이 가까이 한 번 있다.

밤 열두 시가 거의 가까웠을 때다. 견지정(堅志町) 거리를 올라가노라니 어떤 젊은 여인이 청진정(淸進町) ××번지가 어디일까요 하고 묻는다. 일견(一見) 시골서 서울로 요즘 이사를 올라온 모양으로 야시(夜市)에 무엇을 사러 나왔다가 집을 잃은 것이 분명하였다. 그래서 저 여자를 집까지 찾아 줘야 한다는 생각으로 나를 따라오시오 하고 가던 길을 되돌아서 청진정(淸進町) 쪽으로 들어가니 그 여자는 길만 가르쳐 주지 아니하고 자기를 데리고 가는 것이 필시 내가 무슨 나쁜 마음을 먹고 딴 곳으로 끌고 가는 것은 아닐까 하여 의심이 바짝 동하는 모양이었다.

컴컴한 불 없는 좁은 골목을 들어서기만 하면 그 여자는 몰래 내 빼려고 나를 따르지 아니하고 자꾸만 외딴 골목으로 새곤 한다. 그러나 그가 새는 길이 찾는 번지와는 엄청나게도 반대쪽이므로 그런 걸 빤히 알면서 그대로 두는 수가 없어 내닫는 것을 찾곤 하면 겁이 시퍼렇게 나서 어쩔 줄을 몰라 한다.

그래, 나는 그 여자가 집을 잃고 헤매는 것보다 내가 데리고 다니는 것이 더욱 그의 마음을 태우는 것 같아 어쨌든 그 번지는 그리로 가면 안 될 것이고 이쪽으로 찾아보아야 할 것이니 이쪽으로만 골목골목 뒤져 보라 이르고 돌아섰다.

　짐작건대 이 여자는 그 전에도 집을 잃고 길을 찾다가 한 번 혼이 난 경험이 단단히 있었던 모양이다. 그러나 나는 내 심정을 몰라주는 그 여자가 얼마나 섭섭했는지 모른다.

　아마 지금도 그 여자는 그날 밤의 그 일을 생각하고는 나를 고약하게만 알고 몸서리를 치고 있을 것이겠지.

이성(異性)을 보는 눈

알지도 못하는 여인의 뺨을 전차 안에서 갈겼다. 서투른 운전수의 운전에 차체가 모로 쏠리어 비치는 몸을 진정시킨다는 게 그만 어떻게 되었던지 앞에 앉았던 젊은 여인의 뺨에 내 손은 힘차게 부딪치고야 배겨날 수 있었다.

"미안합니다."

"괜찮아요." 하였으면 태도가 천연하여야 할 것인데, 그렇지를 못하다. 불쾌의 반증일까, 아픔을 못 참아서일까, 그렇지 않으면 사람 많은 데서 맞은 뺨이 부끄러워서일까? 마음이 놓이지를 못하여 다시 한 번,

"과(過)히 다쳤습니까?"

그러나 힐끗 쳐다볼 뿐, 말이 없다.

비로소 깨닫게 하는 것이 전차의 동요를 빙자해서 일부러 내 몸에 손을 댄 것이지? 그리고는 다시 수작을 추근추근하게 붙이는 것이지? 하는 눈치라고 아니 볼 수 없게 그 눈은 분명 나를 흘긴다.

되어 먹은 내 위인이 이러한 오해를 의심 없이 받아 무방하게 그

렇게 불량스럽게 보이는 것인가? 그 순간 나는 내 외모를 마음속으로 가리가리 뜯어보며 지극히 섭섭함을 금치 못했다.

그것이 공교히 뺨이었고, 그리고 부딪침이 좀 세기에 그러지 이러한 일은 전차 안에서 흔히 있을 수 있는 일이고 또 얼마든지 목도한 사실로 고의로서의 행동이 아닌 이상, 피차에 관대한 마음으로 서로 위하여 주는 것이 승객의 도덕일 것임은 이 여인도 응당 모를 것이 아니건만 단지 상대자가 동성이 아니고 이성이라는 데서 승객으로서의 도덕적 아량에 그렇게 인색하여야 함으로 나는 단연히 오해를 받아야 하는 것이다.

언제인가 한 번은 또 그것이 아마 작년 봄인 듯싶다. 어떤 벗과 같이 광화문통 큰 거리를 추어 오르다가 문득 보니 도청 곁에 만개한 앵화(櫻花)가 저도 모르게 봄의 흥취를 돋우어,

"유녹화홍춘이색(柳綠化紅春二色), 버들 푸르고, 꽃 붉으니 봄은 두 빛이더라." 하고, 고인의 시 한 절을 입 밖에 내고 새겨 보았더니 우리 앞으로 걸어가던 한 젊은 여인이 힐끗 뒤돌아보고는 걸음을 빨리한다. 그 연인은 필시 그 시구를 자기에게 두고 들으라는 듯이 읊은 줄로 알았던 모양이다.

이러한 경우에 만일 그 여인이 그러면? 하고 돌아서 나더러 어쩌자는 게냐고 대들었던들, 나의 솔직한 변명이 족히 그 여인의 오해를 풀어주었을 것일까? 백번 말해도 곧이는 아니 들었으리라 짐작한다.

이성 간에는 묘하게도 오해를 이렇게 사게 된다. 그리하여 오해를 가지는 이는 자기가 잘못하는 그대로 언제든지 그렇게 그 사람의 존재가 인식에 남아 있을 것이니 오해를 받는 이로선 이렇게도 섭섭할

데가 없다. 어찌하여 이성이 이성을 보는 눈은 그렇게도 정직하지 못한 것인가?

하긴 전차의 만원을 핑계로 모르는 채 창밖을 억지로 내다보게 만드는 괴로운 한순간을 여자들에게 주는 그러한 불량배도 없지 않다. 그리고 길을 가다가도 가만히 보면 점잖은 사람이 별로 없음을 보게 되는 것도 사실이긴 하다. 그러리라고 믿어지지 않는 사람도 젊은 여자만 보면 힐끗 한 번 눈을 치떠 보고야 만다. 그 보는 법이 또한 묘하다. 앞뒤에 거리낄 사람이 없이 혼자일 때에는 대담하기 짝이 없다.

그 여자가 부끄러워 외면을 하건 말건 자기 볼 대로는 마음대로 훑어본다. 그리고 어성버성한 동료 간으로 같이 동반이 되었을 땐, 서로들 여간 점잖은 것이 아니다. 자기 인격을 낮게 보이지 않으려고 옆으로 여자가 지나가기나 하느냐는 듯이 오히려 눈이 마주칠까 두렵게 점잖다. 그러나 허물없이 터놓고 지나는 벗으로 동반이 되었을 땐 피차에 하는 노릇이 되어서 그런지 혼자일 때보다 그것은 좀 더 대담하게 됨을 본다.

그러나 그렇다고 자기 멋대로의 해석에 고집을 일률적으로 갖게 된다는 것은 그리하여 멋대로의 고집에서 영원한 오해 속에 산다는 것은 오해를 받는 편보다 하는 편이 좀 더 생활의 가치를 잃으며 살게 되는 것이 된다. 나는 오해를 받으므로 단지 마음이 좀 섭섭할 따름이나 오해를 하는 그 여자들은 확실히 참되게 살아야 빛날 생활의 그 한 부분을 영원히 속은 것이다.

여기에 나는 같은 과실을 범하고도 지극한 감격 속에 생활이 살쪄보는 한순간을 가져 본 때가 또 있다.

노량진 행의 전차를 타고 황금정(黃金町)을 지나다가 이번은 차체의 동요에서도 아니고 표를 사려 호주머니 속에서 돈을 꺼내다가 팔고비로 뒤에 앉았던 여인의 눈을 다쳤다.

"핫!" 하는 소리와 같이 팔고비에 맞히는 감촉이 있기에 돌아다보니 퍼머넌트에 핸드백을 옆에 낀 한 젊은 여자의 손은 왼쪽 눈을 가리고 고개를 숙였다.

"미안하게 되었습니다."

"아이 머 괜찮아요."

여자는 눈을 대었던 손을 떼고 미소로 인사를 받는다. 그리고는 천연한 안색을 가지려고 고개를 드나, 눈은 심히 쓰린 모양으로 뜨랴뜨랴 못 뜨고 다시 손이 눈으로 간다. 그러면서도 어디까지든지 낯빛을 화순(和順)이 가지려고 애를 쓰는 빛이 드러나는 것은 분명히 내가 미안하여야 할 것을 염려하는 어이없은 마음의 표현임이 틀림없었다. 그러나 눈의 쓰림은 조금도 떨어지지 않은 모양이다. 나를 보고는 손을 떼었다가는 하는 수 없이 다시 대이고, 대이고 한다.

"과히 다쳤나 봅니다."

"아니 과치 않아요. 이제 나을 거예요."

하고 웃으며 손을 떼는데 보니 눈물에 젖은 눈알이 빨갛게 충혈이 되어있었다. 예상외로 심한 듯싶었다.

여자는 세브란스병원 앞 정류장에서 내린다. 내려선 그때에야 핸드백 속에서 수건을 들어내어 눈물을 씻고, 전선주를 지나 또 거울을 들어내 제 눈을 비추어 보며 제 마음대로의 행동을 가진다. 차 안에선 사람이 많은 데 부끄러움을 써렸던 것이 아니라, 그 다친이 나로 하여금 헐한 것처럼 보이려고 그러한 행동을 일절 사양했음이 틀림없었다.

그 아름다운 마음씨—그 마음씨는 그 순간 내 마음속에 깊이 젖어들며 이제껏 두고두고 생각게 하여 생활의 살이 된다.

나는 그 여자에게 괴로움을 줌으로 생활에의 한 점의 살을 얻었다. 저 자신을 속지 않으려는 그 여자의 진지한 생활의 표현은 이렇게 내 생활에까지 빛이 되는 것이다.

뺨을 맞은 여자와 눈을 다친 여자, 그 여자들은 꼭 같은 나의 과실에 피해를 보았다. 그러나 이성을 보는 눈은 어이 그리 괴롭지 못하던고?

구두

　구두 수선을 주었더니 뒤축에다가 어지간히는 큰 징을 한 개씩 박아 놓았다. 보기가 흉해서 빼어 버리라고 하였더니, 그런 징이래야 한동안 신게 되고, 무엇이 어쩌구 하며 수다를 피는 소리가 듣기 싫어, 그대로 신기는 신었으나, 점잖지 못하게 저벅저벅 그 징이 땅바닥에 부딪히는 금속성 소리가 심히 귀 맛에 역했다. 더욱이 시멘트 포도(鋪道)의 단단한 바닥에 부딪혀 낼 때의 그 음향이란 정말 질색이었다. 또그닥또그닥, 이건 흡사 사람은 아닌 말발굽 소리다.

　어느 날 초 어스름이었다. 좀 바쁜 일이 있어 창경원 곁 담을 끼고 걸어 내려오느라니까 앞에서 걸어가던 이십 내외의 어떤 한 젊은 여자가 이 이상하게 또그닥거리는 구두 소리에 안심이 되지 않는 모양으로 슬쩍 고개를 돌려 또그닥 소리의 주인공을 물색하고 나더니 별안간 걸음이 빨라진다.

　그러는 걸 나는 그저 그러는가 보다 하고 내가 걸어야 할 길만 그대로 걷고 있었더니, 얼마쯤 가다가 이 여자는 또 뒤를 한 번 힐끗 돌아다본다. 그리고 자기와 나와의 거리가 불과 지척 사이임을 알고는 빨라지는 걸음이 보통이 아니었다. 뛰다 싶은 걸음으로 치맛귀가 웅이하게 내닫는다. 나의 그 또그닥거리는 구두 소리는 분명 자기를 위협하느라고 일부러 그렇게 따악 딱 땅바닥을 박아내며 걷는 줄로만 아는 모양이다.

그러나 이 여자더러 내 구두 소리는 그건 자연이요. 고의가 아니니 안심하라고 일러 드릴 수도 없는 일이고, 그렇다고 어서 가야 할 길을 아니 갈 수도 없는 일이고 해서 나는 그 순간 좀더 걸음을 빨리하여 이 여자를 뒤로 떨어트림으로 공포에의 안심을 주려고 한층 더 걸음에 박차를 가했더니, 그럴 게 아니었다. 도리어 이것이 이 여자로 하여금 위험이 되는 것이었다.

내 구두 소리가 또그닥또그닥, 좀 더 빨라지자 이에 호응하여 또각또각, 굽 높은 뒤축이 어쩔 바를 모르고 걸음과 싸우며 유난히도 몸을 일어내는 그 분주함이란 있는 마력은 다 내보는 동작이 틀림없었다. 그리하여 또그닥또그닥, 또각또각, 한참 석양 노을이 내리비치기 시작하는 인적 드문 포도 위에서 이 두 음향의 속 모르는 싸움은 자못 그 절정에 달하고 있었다.

나는 이 여자의 뒤를 거의 다 따랐던 것이다. 2, 3보만 더 내디디면 앞으로 나서게 될 그럴 게제였다. 그러나 이 여자 역시 힘을 다하는 걸음이었다. 그 2, 3보라는 것도 그리 용이히 따라지지 않았다. 한참 내 발부리에도 풍진이 일었는데, 거기서 이 여자는 뚫어진 옆 골목으로 살짝 빠져 들어선다. 다행한 일이었다. 한숨이 나간다. 이 여자도 한숨이 나갔을 것이다.

기웃해 보니 기다랗게 내 뚫린 골목으로 이 여자는 횡하니 내닫는다. 이 골목 안이 저의 집인지, 혹은 나를 피하느라고 빠져 들어갔는지 그것은 알 바 없으나, 나로선 이 여자가 나를 불량배로 영원히 알고 있을 것이 서글픈 일이다.

여자는 왜 그리 남자를 믿지 못하는 것일까. 여자를 대하자면 남자는 구두 소리까지도 세심한 주의를 가져야 점잖다는 대우를 받게 되는 것이라면 이건 이성에 대한 모욕이 아닐까 생각을 하며 나는 그다음으로 그 구두 징을 뽑아 버렸거니와 살아가노라면 별난 데다가 다 신경을 써 가며 살아야 하는 것이 사람임을 알았다.

수첩초(手帖抄)

서대문 우편국 앞에서였다. 커다란 보퉁이를 가지고 전차에서 내린 한 노파가 무거운 짐이라, 혼자일 수가 없는 모양으로 가슴에다가 두 손으로 잔뜩 받쳐 안은 채 전차 선로를 건너서더니,

"미안합니다만 이 짐을 좀 받아 이어 주세요."

그러마는 내 승낙도 얻기 전에 노파는 그 짐을 내 가슴에 내어나 던지듯이 안긴다.

나는 말없이 짐을 받아서 꺼꾸부둥하고 머리를 내미는 노파의 머리 위에 들어서 얹었다.

"아이 신세스럽소."

인사와 같이 허리를 펴다가 그 짐이 닿았던 내 외투자락에 무언지 허연 가루가 뽀얗게 묻는 것을 노파가 보았다.

"아이구 옷을 버려서 어쩌나!"

장갑 낀 손으로 털어 보고 문질러 보고, 그리고 그 무거운 짐에 눌린 머리를 두 번인지 세 번인지 숙여 가며 감사한 마음과 미안한 마음을 거듭 표하고 간다.

나는 우편국으로 들어가 한 이십 분가량이나 그러한 시간을 허비하여 볼일을 보고 벗을 찾아 마포 쪽을 향하여 죽첨정(竹添町)의 상가를 끼고 걸어가고 있었다. 풍전아파트 채 미치지 못해서 복술쟁이가 점 책을 펴 놓고 앉은 가로수 아래 웬일인지 사람이 한 이십여 명이나 원을 그리고 죽 둘러섰다. 기웃해 보니 아까 그 노파가 사람 성(城) 가운데서 무언지 볼 부은 소리로 흥분이 되어 지껄인다.

"글쎄 내가 이제 개명 앞에서 그 웬 양복쟁이 녀석더러 이 보퉁이를 좀 받아 이어 달라고 했더니 그 밖에야 어느 누가 이 보퉁이에 손이나 대여 본 일이 있었기……."

나를 두고 하는 말이다. 놀라지 않을 수 없었다.

이제 그 노파가 여기서 나를 만난다면 잠잠히 그대로 있을 수는 없을 것 같다. 나는 얼른 발길을 돌려 모르는 체 횡하니 나 갈 길을 그대로 걸었다.

노파의 그 말만으로는 무엇을 잃었는지 알 수는 없으나 잃기는 분명 잃은 모양으로 그 의심을 내게 두는 것을 보면, 그리고 이런 노상에서 뭇 사람들을 대하야 이렇게 지껄여 내는 것을 보면 기필코 나를 붙들고 물건을 잃었으니 내라고 행악을 할 것이 빤히 내다보이는 것같이 그게 한껏 우스우면서도 한편으로는 겁이 나는 것이 사실이었다.

"그러니 믿을 녀석이 세상에 있나 보지? 우라질 녀석 같으니…."

이어서 들려오는 그 노파의 볼 부은 소리.

조금 전에 내게 향하여 그렇게도 감사하던 마음이 지금은 극도의 증오에 충만되었다.

나는 걸어가며 생각을 했다. 이 노파가 처음에 머리를 숙여 감사하던 그 마음과 지금 증오의 격분에 목에다가 핏대를 돋우는 그 마음과 그 어느 것이 좀더 마음의 밑을 통하여 나왔을 진심이었을 것일까를, 그리고 만일 내가 그 노파를 피하지 아니하고 대하였던들 나는 족히 그 노파와 군중을 설복시킬 재주가 있었을 것일까를……

벗

아무리 사람의 진정한 벗이 되려고 해도 진심으로 마음을 주는 벗이 내게는 별로 없다. 그들의 충고 가운데는 벗으로서의 충고 그것보다 저 자신을 위한 교언(巧言)이 많음을 늘 지나 본다. 내가 만일 그들에게 우러러 보이는 높은 지위에 있는 존재라면 그들은 얼마나 나를 향하여 자기를 속이며 입술에 기름을 바를 것인고? 차라리 내가 그러한 높은 지위를 못 가진 일개 평범한 인간으로 살아가게 된 것이 그들의 인격을 위하여 얼마나 다행한 일인지 모르겠다.

사람의 아첨을 받을 때처럼 불쾌한 것은 없다. 말없이 주는 정, 그리고 말로 받기를 원치 않는 정, 그러한 정을 늘 받아보고 싶고, 또 주고 싶다.

이러한 사람이 내 시골에 있는 것을 보았다.

두 사람이 다 농사를 짓는 삼십 대의 꼭 같은 연배로 한동리에 살았다. 휴가일 때마다 그들은 서로 찾는다. 앉아서는 빙그레 웃는다. 웃는 것이 인사다. 그런 다음엔 계속되는 것이 무언 속에 그저 일이다.

이따금 빙그레 서로 웃음을 바꾼다. 이 무언의 웃음의 교환 속엔 참뜻이 통하는, 그리하여 스며드는 정이 한껏 만족한 반증이다.

어느 날 그 한 사람이 근처에서 상량(上樑)하는 구경을 갔다가 그만 올려놓았던 보가 떨어지는 바람에 다리를 치었다. 심한 상처였다. 치료하는 월여(月餘) 동안 그의 친지는 누구나 한 번씩 찾아가는 것이 인사였다. 그것으로 친지로서의 인사는 다 되었다.

그러나 하루에도 몇 번씩 짬이 있는 대로 밤이나 낮이나 가리는 법이 없이 무시로 찾아가서는 마주 앉는, 그리하여 꾸준히 아픔을 같이하는 다만 한 사람, 그것은 오직 무언의 상대 그였던 것이다.

취직

사람을 속이고 싶지는 않으면서도 속이게 되는 때가 있다. 내가 모사(某社)에 취직할 적이다.

"무엇이 제일 장기(長技)십니까?"

"주판놀음만 아니면 무어나 다 할 수 있겠습니다."

"할 수 있는 가운데서 말입니다."

"××부(部)이나 ○○부(部)가 제겐 아마 제일 적당한 부라고 생각합니다."

"글쎄 본시 지원은 그 두 부(部)에다가 하셨지만, 지금은 자리가 어느 부에나 없으니까요 □□부라도 희망을 하신다면 거긴……."

"그 부엔 대개 하는 일이 무엇입니까?"

"주판은 없습니다."

"그럼 그 부에라도 무방하겠습니다."

"한 번 입사를 하시면 삼 년이고 사 년이고 꾸준히 계속해서 있을 각오로 들어오서야 됩니다."

"네, 물론 일만 손에 맞는다면 그럴 각오입니다."

"네?"

그는 놀란 듯이 눈을 치뜬다.

"일이 손에 맞으면 말입니다."

"알겠습니다."

두어 번 머리를 주억일 뿐 다시는 말이 없다.

일이 손에 맞는다면 하고 나 자신 양심으로서의 책임상 솔직히 바친 그 한마디가 다 된 죽에 떨어진 코 같은 위험성을 초래하였던 것이다.

그러나 엎지른 물이라 주워 담을 수가 없다. 저쪽에서 다시는 말이 없는 이상, 이쪽에서도 말을 되끄집어내 변명을 하기도 쑥스러운 일이다.

그가 말이 없으니 나도 말이 없을밖에.

한동안의 침묵이 흘렀다.

"알았습니다. 지금 하신 말씀은 요컨대 입사해 보아서 일이 손에 맞지 않으면 그만두신다는 말씀이지요?"

한참 만에 입을 열더니 그 말을 집어 꺼낸다.

이 기회였다. 나는 여기서 나를 속임으로 나를 살릴 재조(才操)를 입 빨리 부리지 않으면 안 될 것을 깨달았다.

그러나 역시 내 양심은 실컷 뒤재어 본다는 것이 같은 말밖엔 더 입으로 내 보지 못했다.

"아니올시다. 일이 손에 맞는다면 삼사 년이 아니라 그 이상이라도 있겠다는 각오로 드린 말씀입니다."

"글쎄 그 말이 그 말 아닙니까. 나는 선생의 솔직한 마음을 이해는 합니다. 만은 세상사란 그렇지 않으니까 이제 □□부에 부장이 혹 묻거나 해도 그때엔 그런 말씀을 마시고 아무리 어려운 일이 있더라도 힘껏 하겠다구 그렇게 대답을 하십시오. 취직하려는 이가 그렇게 솔직히 이야기하면 어디 됩니까."

그는 이렇게 후의를 보이는 거짓말을 가르쳐 준다.

얼마 후, □□부의 부장이 물을 때 나는 가르쳐 준 그대로 그저 네네, 하고 대답과 같이 머리를 숙였다.

"그럼, 내일부터 아홉 시에 출근하도록 하시지요."

노인(老人)과 닭

이러한 노인이 있었다.

난 법 없어도 살 사람이라고 저 스스로도 그렇게 자처하고 있을 뿐 아니라 동리에서도 누구나 다 그 노인을 그렇게 알았다.

동년배로 같이 어울려 다니는 친구들도 그에게선 법 밖에 나서 사리(私利)라든가 그런 데 탐내는 눈치를 조금도 본 일이 없다고 했다.

더욱이 그 노인이 조 밭에 닭 보는 것이란 유명한 것이었다. 닭이 자기네 밭에 한 번씩 들어가 다 익은 조를 녹여내는 것을 보고도 닭 임자가 보면 미안해할까 보아 닭을 쫓는다는 게 큰 소리 한 번 지르지 아니하고 돌팔매 한 번 들어보는 일 없이 그저 "쉬, 쉬." 하고 이랑마다 드나들며 닭을 몰아내는 것이다.

이 한 가지만으로 미루어 보아도 그 노인의 마음자리는 가히 알 수 있다는 것이었다. 콩으로 메주를 쑨대도 곧이듣지 않는 마을의 고집쟁이들도 이 노인만은 믿었다.

어느 해 여름, 그 노인이 부치는 밭 가까운 어떤 집에서 하루 닭이 두 마리나 없어졌다고 하면서 이는 필시 족제비의 소위(所爲)라고 떠들었다.

이 소리를 들은, 역시 그 노인네 밭과 연접해서 닭을 보는 어떤 아이가 하는 말이 아무개네 노인이 조 밭에 닭이 들어간 것을 보더니 돌팔매질을 하고는 닭이 맞아 죽으니까 옷자락 앞섶에 감추어서 산으로 가져다가 던지는 걸 보았는데 닭 없어지는 게 그게 다 그 노인의 짓 같다고 했다.

그러나 마을의 누구도 그 아이의 말엔 귀도 기울이지 않았다. 자기가 닭을 보면서 닭을 어떻게 했달까 겁이 나서 공연히 노인을 걸어대 가지고 발뺌을 하는 것이라고들 했다. 닭을 잃은 집에서도 그건 그저 족제비 장난이라고 족제비 함정을 짜 놓고 족제비를 잡으려고만 애를 썼다.

하지만 그해 여름이 지나고 가을철이 접어들어도 닭은 여전히 없어지고 족제비는 한 마리도 함정으로 들어오지 않았다.

비로소 닭 주인은 의심을 품고 하루는 닭 보는 노인을 감시했다. 그러나 돌아가는 말대로 노인은 언제나 마찬가지로 그저 닭채를 내두르며 "쉬—쉬—" 하고 이 이랑 저 이랑 닭을 쫓아다니며 몰아낼 뿐, 돌 같은 것 한 번 손에 드는 걸 종일토록 보지 못했다.

"그러면 그렇지 그 노인이 남의 닭을 때려잡으려고!"

중얼거리며 완전히 의심을 풀고 돌아왔다.

노인은 군자(君子)대로 여전히 행세할 수가 있었다. 그리고 이 반면에 닭에 대한 의심은 이 아이에게로 돌려 몰리게 되었다.

"그 자식, 거 제가 닭을 잡아다가 팔아먹고 하는 사설이 분명해!"

이런 이야기를 들을 때 그 아이는 자기의 말이 서지 못하는 안타까움이 그 얼마나 하였을까. 아니 그 곡해(曲解)에의 안타까움은······.

나는 이러한 생각을 해 보고는 사실까지를 무시하게 되는 믿음의 힘, 그 힘이 위대한 데 문득 놀라곤 한다.

심덕(心德)

소학교도 나오지 못한 아내를 가진 친구가 있다.

무식하면 첩경 그렇게 되기 쉬울 것이거니와 소중히 하여야 할 것과 헐하게 하여야 할 것을 분간하지 못하는 것이 연중(然中)에도 질색이라고 한다.

편지 같은 것이 문간에 떨어져도 그게 광고와 분간이 가지 못해서 혼동되기 때문에 중요 서류를 한 번은 분실하였기에 다음부턴 광고구 편지구 문간에 떨어진 종이쪽이면 무엇이든지 주어다가 애들의 손이 가지 않는 것에 간직해두라고 일렀더니, 그 이튿날의 정성이 가관이더란다. 의장 서랍을 통으로 하나 내어선 그걸 편지를 모으는 그릇으로 쓰는 모양으로, 저녁에 회사에서 돌아오니,

"이게 다 오늘 온 거예요."

하며 서랍채로 빼어 내놓는데 보니 놀라지 않을 수가 없더란다. 편지는 한 장도 없고 보기조차 역한 광고 부스러기가 소중히 보관되어 있더라고.

'관상을 보러 오라는 광고'

‘구두 수선 신설 광고’

‘서커스단 광고’

“이거 다 아침참에 온 거예요.”

온 시각까지 일러주는 정성이었으나, 입맛이 써서 아무 말도 아니하고 한숨과 같이 돌아앉으니 아내는 무슨 또 실수나 한 줄 알고,

“이것밖엔 온 게 없어서요. 저녁엔 한 장도 없구요.”

하고 오늘은 여간 소중히 간수한 것이 아닌데, 하는 태도로 자신 있게 정색을 하더란다.

“이런 무식엔 참······.” 하고 그는 머리를 주억거렸다.

“이혼해야 쓰겠군그래?” 농을 부쳤더니,

“아아니, 그야 될 말인가. 무식하긴 해두 그 아름다운 심덕이 그까짓 유식 볼 줴지르네.” 한다.

“그래 그게 이충기대(異充其代)는 되는 셈인가?”

“되구두 남지. 글쎄 이웃에서 칭찬을 받는 사람이라는군. 집사람뿐이라면 더 할 말이 없지 않은가.”

“괜히 이혼할 차비가 되지 못하니까 그런 자위라도 가져 보는 것이겠지 뭘그래.”

“참 젊었을 땐 자위책으로 참고 견딜 그 무슨 미점(美點)이 없을까 그런 걸 찾아보려고 애를 써 보았네만은 뭐 그게 자연 나타나며 마음을 붙들더군그래. 사람이란 결국 심성이 무던한 데 있는 것 같아, 그저 그게 마음을 사거든. 이 이웃에서 내 아는 가운데선 보통학교 맛이나 만은 못 본 아내를 가진 이가 없지. 그러나 이거 보게, 이웃 늙은이들이 나보구 하는 말이 아 선생은 어떻게 그렇게 심덕이 무던한 부인을 맞었누? 게다가 못 하는 일이 없구 침공(針工)은 좀 잘하

는 것 말이지. 그것도 아마 다 선생 복이신가 봐 하고 이렇게 인사는 해두, 원 아무개 부인은 무식해서…… 하고 아내나 나를 헐려고 하는 말은 내 여지껏 들어 본 일이 없으니 사실은 소중한 아내일세. 그렇지 않으면 실수 없는 사람이 어디 있나? 난 그저 그 관상 광고니 구두 수선 광고니 하는 걸 무슨 중요한 서신인 것처럼 간직했다가 내어놓은 것이 우스워서 해 본 말이지."

계 란(鷄卵)

전차를 타면 자리에 앉기를 그리 즐기지 않는 나이었건만 그날은 몸이 좀 피곤해서 하차할 거리도 멀고 하여 자리를 엿보아 앉았다.

그러나 일단 앉고 보니 뉘 집 심부름 아이인 듯한 열셋이나 그렇게밖에는 안 되어 보일 계집애 하나가 무엇인지 꽤 무거워 보이는 보퉁이를 조심히 두 손으로 받쳐 가슴에다가 안고 내 옆에 서서 심히 거북해 한다. 짐은 놓고서 있으면 그런 거북함만은 없을 것인데 그대로 들고만 서 있을 차빌 하는 걸 보면 필시 아무 데나 막 놓아서는 안 될 무슨 그런 중요한 것이 들어 있음이 틀림없었다.

"너 여기 앉고 그 보퉁이는 무릎 위에다 놓아라."

보다 못해 나는 일어서며 그 계집애에게 자리를 권했다.

"아니에요, 어서 앉으세요."

계집애는 그럴 수가 어디 있느냐는 듯이 힘있게 몸을 흔들어 보인다.

"어서 앉아라, 무거운데."

"괜찮아요, 전. 어서 선생님 앉으세요."

"어서 네가 앉아."

"아니에요."

"앉으래도."

계집애는 곧장 사양하면서 해몰해몰 웃기만 한다.

하는 양이 아무리 해도 그 계집애는 내게 대한 미안을 무릅쓰고 그 자리에 앉을 예를 잃지 않으려고만 하는 것 같았다.

그러나 일단 일어서 권하던 나이니 그 계집애가 앉지 않는다고 해서 나 또한 그 자리에 다시 밑을 댈 수는 없었다.

"어서 앉아. 뭐 미안해서 그러니?"

그냥 권하여 보는 것이었으나 계집애는 여전히

"어서 앉으세요, 선생님." 하고 고집이다.

서로 이렇게 자리를 사양하는 판인데 새까만 오버 자락이 내 옆 좁은 틈을 비비고 뚫더니 그 자리에다가 커다란 엉덩이를 쑥 들이 댄다. 보니 바로 우리 옆에서 처음부터 우리들의 하는 이야기를 흥미가 있는 듯이 듣고 있던 그 신사다. 나도 그 계집애도 다 그 자리에 앉지를 않고 비워 둘진댄, 누구든지 그 자리에 앉음으로 피로를 푸는 것이 마땅한 일이기는 하나 이 자리는 보통 남아 있는 그런 자리와는 성질이 좀 다른 자리임을 안다면 반드시 사양의 여유가 있어야 할 것이다.

자리를 빼앗겨서가 아니라 그 예의에 눈 어두운 소행이 실로 불쾌했다. 편치 않은 눈이 떠진다. 그 계집애의 눈도 역시 메밀 알이 되어서 힐끗힐끗 신사를 쏘아보다가는 내 편을 향하여 돌린다. 이렇게도 뻔뻔한 사람이 세상에 또 있을까 하는 내 동의를 구하는 눈치가 틀림없었다.

그러나 그것은 스스로의 자위요, 그 일순 후엔, 나나 계집애나 다

같이 서로 그 자리를 권할 권리를 잃고 어이없이 제각기 바라만 보는 것이 우리들의 예의요, 인사였을 뿐인데. 차가 그다음 정류장에 머무르려 할 즈음,

"헹이!"

계집애는 닝큼 뛰며 울상이 된다.

보니 그의 가슴에는 이제껏 안고 있던 보퉁이가 없다. 떨어뜨린 것이다.

하얀 보 밖으로는 걸쭉한 물이 스며 나오기 시작한다.

계집애는 떨어뜨린 보를 다시 주워들으려고도 아니하고 여전히 울상이 된 채 그것만 한심하게 내려다보고만 있다.

"뭔데 깨졌나 보구나?"

"계란이에요. 다 깨졌을 걸 어떻게 집으로 들어가요, 욕먹을 텐데!"

하얀 눈물이 두 눈에서 쑥 나온다.

가까운 주위의 시선이 다들 이리로 몰린다. 신사의 눈도 분명히 여기에 호기심을 가지고 빗겼다.

나는 지금도 보는 듯하거니와, 그 신사의 눈도 다른 주위의 눈들과 같이 능히 깨어진 계란을 바라볼 수 있는 대담성에 놀랐다.

동정(同情)

어느 과자 집에서다. 십칠팔 세의 고학생이 책을 한 아름 안고 들어오더니, 문 안에서부터 차례로 손님 앞에 마다 걸음을 세우고는 모자를 벗고, 그리고 예를 하고 책을 쭉 펴 놓고 재학증을 내보이며 판에 박은 듯이

"고학생입니다. 한 권만 팔아 주세요." 하고 애원을 한다.

그러나 누구 한 사람 응하지 않는다. 나도 응하지 않았다. 볼 만한 책이 없었다. 볼 것 없는 책을 돈 주고 사서 버릴 수 없는 일이었다.

"필요 없으니 딴 데 가 보시오."

나 역시 남과 같은 말로 응대하는 아량밖에 없는 사람이었다.

입맛이 쓴 듯이 아무 말 없이 고개를 끄떡하고 물러난 학생은 순차(順次)인 내 옆 좌석으로 돌아선다.

거기엔 스물한둘가량의 양장한 여인이 열두세 살쯤의 자기 동생인 듯한 그렇게밖에 안 보이는 어린 여자와 마주 앉아 아이스크림에다가 생과자를 찍어 먹고 있었다.

"책이오?" 하고 그 여인은 학생이 펼쳐 놓은 책은 보려고도 아니하

고 고개를 들어 실내를 한 바퀴 쭉 둘러 살피더니,

"여기 앉아요." 하고, 자기 뒤 빈 좌석에 그 학생을 앉히고 불쑥 일어서 과자 열대로 나가더니 먼저 돈을 치르고 아이스크림 한 그릇에, 구리만두 한 개를 손수 가져다 학생 앞에 놓으며,

"다니기 더울 텐데 좀 요기나 해서 가요, 응?"

앉으라니 멋모르고 앉았다가 이 의외의 환대에 놀라는 듯이 학생은 닝큼 일어서며,

"아니에요!"

"어서 앉아요. 앉아서 먹고 책은 다른 데 가서 팔면 되잖아요."

좌석의 눈도 둥그래졌다. 십여 인 손님이 하나같이 거절해 오는 이 고학생을 이 젊은 여인이 유독 이렇게도 동정을 베푸는 것이다.

내 시선도 그리로 쏠렸다. 이 여인이 고학생을 위한 지극히 범속한 용단에 나도 아니 놀랄 수 없었던 것이다.

구걸하는 거지의 애원에 이것밖에 가진 것이 없다고 손을 내밀어 악수를 청하는 투르게네프의 그것과는 이건 다르다. 학생은 책을 팔아 주기 원했다. 그리하여 거기서 버는 할인으로 학비를 얻자는 것이 목적이었다.

그런 줄을 그 여인도 응당 모를 것이 아니련만, 책을 팔아 주지 아니하고 아이스크림을 대접하는 환대를 베푼다. 책도 비싼 것이 아니었다. 대개가 70, 80원짜리 만화요, 가장 고가인 듯하게 보이는 것이 120원짜리 『유관순 전』이었다.

아이스크림 한 잔에 80원, 구리만두 한 개에 30원. 그 값이 110원이면 80원짜리 만화 한 권을 팔아 주는 것이 도리어 이로웠다. 학생 의원은 원대로 들어주면서도 이로운 책은 아니 팔아 주고 손해를 보

면서까지 구태여 아이스크림을 사서 대접하는 이 여인의 심리는 과연 어디 있었던 것일까.

사서 볼 만한 책이 없으면 아이스크림 대신에 그만한 대가를 현금으로 주는 편이 이 학생으로선 더 긴요할 것은 더 말할 필요도 없을 것이다. 이건 결국 고학생을 위한 동정에서라기보다 자기 자신의 향락을 만족시키기 위한 동정에서임이 틀림없을 것이다.

밥이 없어 허덕이는 친구에게 단돈 10원의 청은 무가내하(無可奈何)로 거역하면서도 담배 한 대, 술 한 잔은 싫대도 부득부득 권하는 속세인정(俗世人情)에 조금인들 다를 것이 무엇이랴. 동정이라는 것이 흔히 상대방을 위해서라기보다 자기 자신의 명예나 자존심을 위해서 베풀어지듯이 이 여인의 동정도 이런 예에서 조금도 벗어나는 것이 없는 것 같다.

그 학생이 아이스크림을 받아서 먹기는 먹으면서도 그 대신에 이것이 현금이었다면 하고 마음 아쉽게 여겼다면 이 여인의 모처럼의 동정은 아무런 의의도 지녀진 것이 없지 않을까 하는 생각에 나는 그 여인이 다시 한 번 더 처다보아졌다.

말

한 사람이 말 세 필을 몬다. 구공탄 스무 상자를 실은 조랑말이다. 그걸 니리니리 연해 세워놓고는 맨 앞의 말 하나만 고삐를 붙들고 뒤엣 말들은 욕으로 위협을 하여 가며 몬다.

하루의 일이 지리할 때도 된 석양인 데다 얼었다가 녹은 길은 어지간히 진 것이 아니다. 차바퀴가 푹푹 잠겨서 말들은 그것을 끌어내기에 있는 힘을 다하는 듯이 목들을 내저으며 터벅거린다.

그래도 차부(車夫)는 말의 그 걸음에 만족하지 못하는 모양이다.

"이 염병을 하다가 자빠질……"

중얼거리며 돌아서더니 냅다 악 소리를 지른다.

"야악!"

뒤의 말이 떨어진 것을 본 것이다.

악 소리에 이 말은 흠칫 놀라며 고개를 번쩍 든다. 그리고 분주히 속력을 내 본다. 그것이 아마 제게는 죽어라 있는 힘을 다 내보는 모양 같았다. 그러니 그 힘이 제대로 꾸준히 계속될 원기가 있을 리 없다. 여전히 앞엣 말을 따르지 못하고 가다가는 떨어진다.

"야악!"

"야악!"

떨어질 때마다 차부는 무섭게 눈을 흘기며 장작개비를 얼메어 위협을 한다.

그러나 그저 악 소리를 들을 그때일 뿐, 말의 걸음은 매한모양이다.

픽 돌아서기가 무섭게 장작개비는 말의 가는 잔등을 후려친다. 말은 네 굽을 들었다 놓는다. 타악, 타악, 타악 장작개비는 세 번인지 네 번인지가 사정없이 연거푸 같은 자리에 떨어진다. 말은 장작개비가 번쩍 올라갈 때마다 떨어질 그 매의 무서움을 생각하고는 흠칫하고 네 굽을 들곤 한다.

"아이 가엾어!"

"정말이다. 아이 가엾어라아!"

어깨에 가방을 짊어진 국민학교 6년인 듯한 계집애 둘이 지나가다가 이것을 보고 걸음을 멈춘다.

말은 눈을 껌벅껌벅하며 말없이 그 매를 순종하고는 다시 걷기를 시작하였으나 이제라고 없는 힘이 생기는 수는 없다. 말의 걸음은 한결같이 차부의 만족을 사지 못했다.

"야악!"

장작개비는 다시 말 잔등을 후린다. 말은 인제 네 굽을 들 기력도 없는 듯이 그러나 아픔만은 느낄 수 있는 듯이 그리고 그것을 간신히 참는 듯이 목을 좌우로 내두른다.

"야악!"

장작개비는 또 올라간다.

"아이 또 때린다아!"

"사정없는 사람두!"

계집애들은 말의 아픔을 같이 아파하는 듯이 일제히 낯을 찡그린다. 그리고 한참이나 바라보고 섰더니 한 아이가 다른 한 아이의 팔소매를 끌고 차도로 내려서 그 경을 치는 말의 차바퀴 뒤로 돌아가붙는다. 차를 밀어 말의 힘을 도와주려는 의사임이 틀림없었다.

그러나 차부는 항용 있는 애들의 버릇인 매달려서 끌려오는 그런 장난으로만 안 것이다.

"경칠 계집애들이…."

눈을 부릅뜨고 우뚝 마주 선다.

계집애들은 겁을 집어먹고 어쩔 줄을 모르게 불이 나서 인도로 뛰어오른다. 그리고는 다시는 더 차바퀴에 가 붙을 생념을 내지 못하고 걸어가며 무어라고 저희끼리 재잘거리다가는 그 말과 말꾼을 둘러 살피곤 한다.

"야악!"

별안간 말꾼은 또 소리를 지른다. 애들은 걸음을 멈칫 세우며 눈을 그리로 쏜다. 말꾼의 손에는 그 버리지 못하고 들고 가던 예의 장작개비가 힘있게 번쩍 높이 들려 있음을 보았다. 이것을 보는 순간 저 매가 떨어지면 하는 애처로운 생각은 그 애들로 하여금 말꾼의 그 우직한 눈초리의 두려움도 헤아릴 여지가 없었던 모양이다. 한 아이가 뿌르르 달려 내려가 차바퀴 뒤에 또 가 붙으니 한 아이가 마저 덧달려 간다.

"이 경칠 계집애들까지 오늘은 또 성화야!"

"아니에요. 우리는 밀어줄 테에요."

"아니 못 비킬 테냐?"

차부는 장작을 얼멘 채 성큼 한 발자국 나선다. 애들은 다시 인도로 뛰어 올라온다. 차부는 단단히 애들을 쫓아 버릴 모양으로 인도로 올라서는 그들의 뒤를 연해 따른다. 애들은 한참이나 그냥 뛰다가 몸을 피하여 골목길로 빠져 들어간다.

이 애들이 그 말의 정경을 보고 다시 골목길을 나와 끝까지 말을 위하여 본의를 다해 싸웠는지 나는 그대로 그 마차의 뒤를 따라오며 그 아름다운 풍경에 끝까지 눈을 머무르고 있을 그럴 시간의 여유가 없어 갈대로 갈 길을 달리지 않을 수 없었던 것이, 지금도 생각하면 아쉽거니와, 그 어린 소학생들의 참을 수 없어 하는 순진한 마음씨, 그 아름다운 마음씨를 이제껏 잊을 길이 없다.

언제든지 거리에서 구공탄 구루마를 끄는 조랑말을 보기만 하면 그 깜정 두루마기에 책가방을 짊어진 그 어린 소학생들이 보이고 그러한 학생들을 볼 때마다 구공탄 구루마를 끄는 조랑말이 또한 눈앞에 나타나서는 묵은 기억을 되살리곤 한다.

우직한 차주의 사정없는 그 매, 그 매를 말없이 순종하는 그 말, 그 말의 정경을 차마 그대로는 보지 못하는 티 없는 어린 마음—그것은 분명히 거리에 핀 아름다운 꽃이었다.

집

집을 사는 것처럼 곤란한 게 없다.

무슨 모양이라든가, 허우대가 좋은 그리고 굉장한 집을 택하는 데서가 아니라 실용적인 것을 찾자니 오히려 그런 게 그리 어렵다. 달포를 두고 골라 보았어도 이렇다, 눈에 드는 집이 나서질 않는다. 대가는 얼마든지 무작정하고 골라 보았으면 혹 있었을는지 몰라도 내가 견준 칸 수의 집으로선 근 백 채를 보아 왔어도 모두 그것이 그것 같은 것들이었다.

본시 내가 있던 집을 판 것도 그 때문이었거니와 사람의 거처를 위하여 지었다는 것보다는 한 개의 상품으로 그저 돈만을 염두에 두고 지었다고 보는 것이 옳을 정도의 그러한 집들이었다.

쓸모라면 그건 살림살이에 따라 각기 다를 것이로되 통풍, 채광만은 건강에 절대 조건이므로 주택에는 으레 그것이 따라야 할 요건이요, 하루라도 결해서는 아니 될 물이 또한 그에 못지않은 요건의 하나임은 더 말할 나위도 없을 것이다. 그래서 내가 요구한다는 집도 첫째 이 두 조건의 충실에 있었다.

그러나 통풍과 채광이라는 것은 전연 고려치도 않고 문과 주위는 어찌 되었든 그저 그 일정한 건평 위에 어떻게 하면 다만 한 칸이라도 방을 더 세워 칸 수를 늘려 볼까 하는 설계에서 지은 집이라는 것이 보는 집마다 드러난다.

한 주춧돌 위에다 기둥 둘을 세우고 옆집 벽이 내 집 벽이요 내 집 벽이 옆집 벽이 되는 집과 집이 맞붙어 놓은 집까지 있다. 그러니 남의 집과 남의 집 사이라 뒤에 창을 내는 수가 없어 창이라고는 다만 출입하는 정면의 그 소위 출입문이라는 것 하나밖에는 내어놓지를 않았다. 이러한 칸 수 배치에 어떻게 우연히 볕이 들게 되는 방이 혹간 한 방씩 있게 되고는 일년 열두 달 가야 하루도 볕을 못 보게들 되었다.

그리고 기둥은 제대로 세우고 지었다고 하는 집들도 그 기둥과 기둥 사이가 불과 일 척 미만이어서 장님 눈 뜨나 감으나 격으로 뒤에 창을 내었대야 역시 눈흘림이요, 볕 한 줄기, 바람 한 점 들어올 틈이 없다. 게다가 추녀 끝에는 낙수물받이의 차양을 달아 놓아서 하늘조차 보이지를 않는 것이다.

그러나 그것도 완전하면 볕은 못 들어와도 위험성은 없을 것이, 이건 좌우 두 집의 차양을 그 한복판에다가 달아 놓고 두 집의 낙숫물을 한 곳으로 받아내게 만들었으니 함석의 이음을 땜 납의 힘이 충분히 그 두 집 물의 중량을 받아낼 능력이 모자라서 차양은 이은 짬마다 떨어져 낙숫물이 그 뒷벽과 기둥으로 흘러내려 뒷창을 열고 살피어 보면 뒷벽이 아니 무너진 집이 별로 없고 뒷벽이 무너진 집이면 개개(皆皆) 기둥은 썩었다. 비는 맞고 볕은 못 보고 썩을 수밖에 없는 것이 당연한 일이었다. 뒤가 저렇게 썩었으니 방안에도 물론 이상이 있으리라 짐작하고 방안을 또 기웃해 보면 곰팡내가 코를 찌른다.

정면으로 보면 아직 칠도 노랗게 그대로 있는 멀쩡한 집들이 이 모양이기에 대체 몇 해나 되었기에 하고 마루로 올라서 용마루의 건축 연대를 살피어 보면 다들 불과 5, 6년 안짝에 지은 집들이다. 그런데도 수명은 다들 앞으로 몇 해가 안 갈 것 같다.

그래도 이러한 집에 들어서게 되면 남의 집과 벽이 맞붙질 않았다고 복덕방의 기세는 자못 높은 것이었다.

"이 집은 뒤가 돌았습니다. 아주 시원하죠. 겨울이면 장작도 그 뒤에 한 수레는 들어갑니다."

아닌 게 아니라 벽이 맞붙어 옆집 변소가 내 집 안방 벽이 되어 있는 이런 집보다는 아니 나을 수가 없기는 없다. 땅을 아껴도 분수가 있는 것이지 이렇게도 거처 본위로 되어 있지 않는 집이 들어서는 집마다 거의 다인 것을 보고는 참으로 놀라지 않을 수 없었다.

그리고 물의 설비가 완전한 집도 별로 없었다. 이러한 유의 집들이면 수도는 으레 없고, 대개가 우물이 아니면 펌프인데 우물이 있다는 집도 위명(爲名)만 우물이지 물들이 여간 바르지 않다. 한 자나 두 자쯤만 더 깊이 파서도 그렇지는 않을 것을 물빛만 보이면 남의 눈을 가릴 수가 있다고 노 깡통만을 집어넣어 놓았다.

그리고 펌프라는 것이 또 우습다. 우물도 파지 않고 그대로 땅 위에다가 파이프를 꽂고는 그 옆에다가 하수도 구멍을 내어놓았다. 그러니 그 펌프 물이 완전할 리가 없다. 밑바닥에 저수(貯水)가 없으니 불과 몇 바케쓰에 수량이 끊이고 말뿐 아니라, 땅 밑바닥을 빨아올리기 때문에 모래가 언제나 그냥 묻어 올라온다.

그러나 그것도 몇 해만 지나면 하수도의 노깡에 고장이 생겨서 영락없이 그 하수도 물이 우물로 흘러들어 그나마 물이 더럽기 짝이 없이 된다. 그래서 이걸 폐정(廢井)으로 버려두고 물 가난을 보는 집은 오히려 안심이나 되거니와 이런 것을 모르고 그냥 그 물을 음료수로 전과 다름없이 쓰고 있는 집도 없는 것이 아니었으니 실로 보는바 딱한 사정이었다.

그러나 복덕방은 그저 칭찬이다.

"우물이나 펌프가 사실은 수돗물보다 낫습니다. 여름에 차고 겨울엔 덥고… 또 물맛이나 좀 좋습니까?"

복덕방의 말을 신청(信聽)하여서가 아니라, 마땅한 집이 없으니 알고도 사는 수가 없지 않아 있게 된다.

그러니 보건 조건(保健條件)이 불비한 이런 집에 마음이 가라앉을 리 없다. 기회를 보아서는 다시 팔려고들 한다.

왜들 자리를 한 곳에 못 붙이고 비용을 들여가며 집을 싸지고 떠돌아다니는 것일까 하였더니 이제 이러한 것을 알고 보건대 원인의 대부분이 여기에 있는 것이 아닌가 생각된다.

볕도 못 보는 지옥 같은 방안에서 기거하며 이 불결한 구정물을 먹고 그 집에 들어 사는 사람들은 참으로 가족들의 건강이 아니 근심할 수 없을 게다. 사람의 일생에 있어 건강에 으뜸가는 복이 없다고 하거늘, 건강이란 조금도 고려치 않고 지은 집들.

이 집들의 건축주들도 응당 제 손으로 제집들을 지었으려니 하면 그리하여 그들도 다들 이러한 집들을 쓰고 이러한 방에 들어앉아 이러한 물을 먹고들 살까 하는 생각이 들며 그들의 살림집들이 은근히 한 번씩 보고 싶어진다.

손

　종이에 손을 베였다. 보던 책을 접어서 책꽂이 위에 던진다는 게 책꽂이 뒤로 넘어가는 것 같아 넘어가기 전에 그것을 붙잡으려 저도 모르게 냅다 나가는 손이 그만 책꽂이 위에 널려져 있던 원고지 조각의 가장자리에 힘껏 부딪혀 스쳤던 모양이다. 선뜩하기에 보니 장 손가락의 둘째 마디 위에 새빨간 피가 비죽이 스미어 나온다. 알알하고 아프다. 마음과 같이 아프다. 차라리 칼에 베였던들, 그리고 상처가 좀 더 크게 났던들, 마음조차야 이렇게 피를 보는 듯이 아프지는 않을 것이다.

　나는 칼 장난을 좋아해서 가끔 손을 벤다. 내가 살아오는 40년 가까운 동안 칼로 손을 베어 보기 무릇 수백 회는 넘었으리라 안다. 그러나 그때마다 그 상처에의 아픔을 느끼었을 뿐, 마음에 동요를 받아 본 적은 없다.

　그렇던 것이 칼로도 아니고, 종이에 손을 베인 이제, 그리고 그 상처가 겨우 피를 내어도 모를 만치 그렇게 미미한 상처에 지나지 않는 것이건만 오히려 마음은 아프다. 종이에 손을 베다니! 종이보다도 약한 손, 그 손이 내 손임을 깨달을 때, 내 마음은 처량하게 슬펐다.

내 일찍이 내 손으로 밥을 벌어먹어 보지 못했다. 선조가 물려준 논밭이 나를 키워 주기 때문에 내 손은 늘 놀고 있어도 족했다. 다만 내 손이 필요했던 것은 펜을 잡기 위한 데 있었을 뿐이다. 실로 나는 이제껏 내 손이 펜을 잡을 줄 알아, 내 마음의 사자가 되어 주는 데만 감사를 드리고 있었다.

그리고 그 펜이 바른 손의 장 손가락 끝 마디의 왼모에 작은 팥알 만 한 멍울을 만들어 놓은 것을 자랑으로 알고 있었다. 글 같은 글 한 줄 이미, 써 놓은 것은 없어도 그것을 쓰기 위한 것이 만들어 준 멍울이래서 그 멍울을 나는 내 생명이 담긴 재산과 같이 귀하게 여겼다. 그리고 그것은 온갖 불안과 우울까지도 잊게 하는 내 마음의 위안이기도 했다.

그러나 그 멍울 한 점만을 가질 수 있는 그 손은 이제 확실히 불안과 우울을 가져다준다. 내 손으로 정복해야 할 그 원고지에 도리어 상처를 입었다는 것은 네가 그 멍울을 자랑만으로 능히 살아 나갈 수가 있느냐 하는 그 무슨 힘찬 훈계와도 같았던 것이다.

아닌 게 아니라, 내 손은 불쏘시개의 장작 한 개비도 못 팬다. 서울로 이사를 온 후부터는 불쏘시개의 장작 같은 것은 내 손으로 패야 할 사세인데 한 번 그것을 시험하다가 도낏자루에 손이 부르터 본 다음부터는 영 마음이 없다. 그것이 부르터서 튀어지고 또 튀어지고 그렇게 자꾸 단련되어서 펜의 단련에 멍울이 장 손가락에 들듯 손 전체에 굳은살이 쫙 퍼질 때야 위안이던 불안은 다시 마음의 위안이 될 수 있을 것이런만, 그 상 손가락의 멍울을 기르는 동안에 그러할 능력을 이미 빼앗기었으니 전체의 멍울을 길러 보긴 이젠 장히 힘들 일일 것 같다.

그러나 역시 그 손가락의 멍울에 불안은 있을지언정 그것이 내 생명이기는 하다. 그것에 애착을 느끼지 못하게 되는 때, 나라는 존재의 생명은 없다. 나는 그것을 스스로 자처하고도 싶다.

하지만, 원고지를 정복할 만한 그러한 손을 못 가지고 그 원고지 위에다 생명을 수놓아 보겠다는 데는 원고지가 웃을 노릇 같아, 손을 베인 후부터는 그게 잊히지 아니하고 원고지를 대하기가 두려워진다. 도낏자루에 손이 부르터 본 후부터는 그것을 잡기가 두려워지듯이 그렇게…….

방서한(放書恨)

바람이 살랑거리니 바깥보다는 방 안이 한결 좋다. 밤의 방 안은 더욱이 마음에 든다. 등하(燈下)에 책상을 기대앉으면 마음이 폭 가라앉는 것이 무엇인가를 자연히 사색케 한다. 등화가친(燈火可親)이라는 말이 있거니와 등화(燈火)를 친하지 않고는 견딜 수 없는 것이 겨울밤인 듯싶다.

저녁을 치르고 일순의 산책이 있은 다음 불을 켜고 고요히 방 안에 들어앉으면 내 마음은 항상 무엇에 그렇게 주렸는지 공허한 마음이 저도 모르게 그 무엇인가를 찾기에 바쁘다.

그러나 그것은 언제나 찾을 수 없는 그 마음이다. 찾아질 리 없다. 허나 그것을 못 찾는 마음은 우울하기 짝이 없다. 나이 인제 사십의 고개턱에 숨이 차게 되었으니 인생의 감상 시절은 지났다고 보아도 좋으련만 내 마음은 무엇을 찾기에 그리 늘 우울한지.

언제나 나는 내 마음에서 그 무엇인가를 찾다 못 찾으면 그것을 서적에서 찾으려고 애를 쓴다. 그 어떠한 책 속에는 꼭히 내 공허한 마음을 채워 줄 그러한 무엇이 들어 있을 듯만 싶은 것이다. 그래서 멍하니 앉아서 생각을 더듬다가는 벌떡 일어서 서가로 달리어가는 버릇이 있다.

하지만 지금 단칸셋방의 객사인 내 집엔 서가(書架)는커녕 책조차 비치한 것이 없다. 좋거나, 나쁘거나 그저 얻을 수 있었던 몇 권의 책이 책상 위에 놓여서 있을 뿐, 마음을 끄는 책이라고는 단 한 권도 없다. 책, 지극히 책이 그립다.

고향의 내 서재로 마음을 달린다. 여섯 층으로 된 천정을 찌르는 높다란 서가가 눈앞에 보인다. 거기에 빈틈없이 질서 있게 나란히 책들이 가득 꽂혀 있다. 그러나 그것도 팔아먹고 남은 나머지다. 그것들의 책에 구미가 동할 리는 더군다나 없다.

나는 또 장 속에 처박아 둔 2, 3의 서가를 연상해 본다. 몹시 마음이 허전하다. 한 번씩 눈을 거쳐는 보았다고 해도 내 마음을 살찌워 준 것이 그것들이었다. 그것이 이제 궁여(窮餘)의 일계(一計)에서 담배 연기로 화해 버리고 빈 서가만 남았거니 하니 마음의 공허가 더욱 심절하다. 어쩐지 그 빈 서가는 나 자신인 듯도 싶게 내 마음의 공허함을 느끼듯 공허함을 느끼는 것 같은 것이 알뜰히 걸린다.

그 서가에 가득하던 천여의 부수를 다시는 채워 보지 못할까, 아득한 생각이다. 그 부수를 다시 채우기만 하면 그래도 그 속에는 내 마음의 공허도 채워질 그러한 부분이 있을 듯만 싶은데 이제 그것을 임의로 할 수 있을 여유의 생각조차 맺지 못하니 나 자신은 이젠 아무렇게나 장 속에 던져둔 서가와도 같다는 생각이 들며 서글프기 짝이 없다.

그리하여 영원히 채울 길이 없는 그 서가와 같이 내 마음속에도 티끌과 거미줄만이 쌓이고 끄슬리는 가운데 나날이 낡아빠지는 것만 같다.

밤마다 등하에 고요히 앉기만 하면 나는 마음의 공허를 이렇게 느끼고 마음의 구석구석 들어차는 티끌 속에 케케묵어 가는 나라는 인간의 존재를 내다보고는 어이없이 웃어 보곤 한다.

실직기(失職記)

아침 여덟 시 치는 소리를 그대로 이불 속에서 무시하고, 한껏 단 잠에 취해도 출근에의 초조가 없어 좋다. 정성을 다하여 마음껏 일에 힘을 들여도 그 성의가 무시되는 데 불쾌함이 없어 좋고, 사사(私事)에 일을 쉬게 되는 주위의 사안(斜眼)에 미안을 느낄 필요가 없어 좋다.

자식들의 학비에 쪼들려도 실직을 빙자로 없다는 대답이 훨히 나와 좋고, 원고 아니 모이는 걱정, 책이 늦어질 걱정, 기사 쓸 걱정, 검열 걱정, 다 안 해도 좋다.

나는 이즘 산마(山馬)와 같이 마음이 자유를 행사한다. 밤이 깊은 줄도 모르게 독서와 사색에 마음껏 잠겼다 늦어진 잠이 이튿날 오정을 넘어도 거리낄 데 없고, 진종일을 거리로 싸다녀도 내 자유를 구속하는 건 오직 '고·스톱'밖에 없다.

한밤 동안 우리 안에 갇히었던 병아리가 오력(五力)을 펴느라고 마음껏 날개를 펴고, 마당이 좁다. 춤을 추며 돌아가듯이, 나도 거리가 좁다. 활개를 펴고 돌아간다. 이것이 나의 굶주렸던 생에의 욕구

이었던가 싶다.

　자유의 아름다움—그것이 한껏 아름다울 때 내 생은 빛나며 있을 것이 아닐까? 비로소 생존에의 영역을 벗어나 생활에의 문을 두드리는 도중에 선 것 같은 감이 조금도 아쉬움 없이 실직에의 위무(慰撫)를 준다.

　더욱이 밤과 자유—나는 이 밤의 자유에 얼마나 주렸던 것인고. 만뢰(萬籟)가 잠든 고요한 밤, 혼자만이 앉아서 주위의 의식 없는 숨소리를 들으며 마음껏 정신을 가라앉히고 책상을 기대어 좌우에 쌓아 놓은 애서(愛書)의 탐독에 자신을 잊는 여유와 자신을 찾는 사색에 이튿날의 늦잠에도 근심을 잊는 자유, 그것은 더할 수 없는 나의 행복을 말하는 시간이다.

　읽고 싶은 책에 손이 멎을 여유를 못 가지는 때처럼, 자신을 찾는 마음에 시간의 초조가 방해를 한 때처럼 고민인 것은 없다.

　나는 이제 여기에 자유를 가졌다. 서적의 유혹에 가난한 지갑귀를 긁히우고, 창작에의 유혹에 어쩔하도록 사색이 붙들어도 오히려 싫지 않다. 내 마음은 제멋대로 살쪄 볼 욕망에 불붙고 있는 것이다.

　작가의 침묵이란 결국은 고민의 표백인 것이다. 그 어떤 비약을 꿈꾸고 자진하여 사색 속에 깊이 침묵을 지키게 된다 하여도 그것이 창조충동의 제어인 점에선 역시 마찬가지의 고민일 것이거늘, 하물며 주위의 사정이 그것을 허치 않음에랴. 작가가 직업을 아니 가져서는 안 되는 때처럼 비극은 없을 것이다. 지난날에 있어서 나와 직업은 참으로 우울 그것이었고, 고민 그것이었다.

　그래도 다른 것과는 달리 비교석 창삭과는 인연이 가끼 있디고 볼 수 있는 붓 노름이 직업이었건만 그것이 창조적인 참을 수 없는 그 무슨 충동에서의 그러한 붓이 아니었고 그날이 그날 같은 기계적으로서의 역할에 아니 충실할 수 없는 직업적 책임이 정력에의 소비, 붓끝에의 권태를 아쉬움 없이 가져다주어 여극(餘隙)에의 이용에도 실로 창작에의 붓은 들리지 않았다.

이제 직업과 같이 눌리었던 창작에의 만만한 야심—그것은 마치 눌러도 눌러도 기어코 땅속을 뚫고 나와 마침내 아름다운 꽃을 피워내고야 마는 한 떨기의 봄풀과 같이 누르려야 누를 수 없는 형세로 해직(解職)조차 기회를 만난 듯이 머리를 들고 일어선다.

나는 이제 이것을 어느 정도까지 살려 가며 만족해 볼 것인가, 녹슨 붓끝, 사색에의 둔감, 표현에의 치졸은 끝없는 수련을 요해 마지 않건만 철없이 서두는 참을 수 없는 충동, 두려운 붓대를, 부끄러운 붓대를 나는 다시 들어야 하나 보다.

신문사가 깨어져 한가하겠으니 창작을 달라는 잡지 편집자들이 주는 자극, 그대는 나더러 무엇을 쓰기를 요구하는 것인고, 그리고 나는 또 무엇을 쓰지 않아서는 안 되는 것인고, 창작과 제재의 빈곤, 나는 무엇을 써야 하나? 여기에 창조적 고민이 다시금 새롭다.

침묵의 변(辯)

억지로 못 할 건 글인가 보다. 테마의 준비만 되면 써질 것 같아도 마음의 안정과 시간의 여유가 없어도 붓은 내키지 않는다. 테마가 확정되고 마음의 안정에 시간의 여유까지 충분히 있어야 붓끝엔 흥이 실린다.

한 센텐스에 같은 부사가 곱잡아 하나만 연달리게 되어도 필흥(筆興)이 죽는 내 성벽(性癖)엔 원고 마감 기일이 박두하면 마음의 초조에 그 테마가 충분히 매만져지질 않는다. 적어도 그 기일을 4, 5일쯤 앞두고 끝이 날 만한 예정의 시일이 내다보여야 마음이 턱 놓이고 붓이 들린다.

그러나 이렇게 붓은 들리게 된다 해도 그 진행까지엔 또 하나의 난관이 돌파되어야 하는 것이니, 그것은 처음으로 내어야 할 서두 그것이다. 나에겐 언제나 이 서두 일행(一行) 여하에 그 작품의 성(成)·불성(不成)이 따르게 된다. 서두가 마음에 맞지 않는 것을 시일 관계로 그래도 되겠지 하고 신행을 시키다가는 민빈이 실패를 본다. 실로 이 서두 일행에 내용을 살릴 작품의 형식이 결정되는 것이니, 이 서두에 소홀할 수가 없다.

그리하여 테마가 결정되고 마음의 안정을 기다려 시간의 여유를 충분히 얻어 놓고도 서두가 흡족히 되어야 그제야 붓은 일사천리로 내닫게 된다.

시작이 절반이라는 말이 있지만, 나의 창작에 있어 시작이 전부라 해도 과언이 아니다. 시작만 되면 시간이 허하는 한 쉼이 있다.

이 서두 일행 때문에 살이 깎인다. 8·15 이후 내가 들었던 붓을 다시 놓고 침묵을 지키기 무릇 몇 해이거니와 구상까지 다 되어 있는 것도 이 서두를 내지 못해 머릿속에서 그대로 썩어나는 게 4, 5개나 된다.

누군가 글을 비붓이 부탁만 해도 곧 승낙하고 잡은 참에 앉아서 40, 50매 내지 100여 매짜리를 꾸려대던 그 옛날 어느 시기를 생각하면 내게도 과거에 이런 시절이 있었나 하리 만큼 놀랍게 생각된다. 이것이 글을 무서워할 줄 모르는 소치였는지 모르나 어쨌든 그런 용기만이라도 되살려 찾고 싶은 마음이 문득 나곤 하는 때가 있다.

이번 《문예》지 창간호가 나에게 그렇게도 간곡히 마감 기일을 연기 하면서까지 창작을 원하는 그 부탁의 성의로 해서라도 어떻게 하나 만들어 보리라 시간이 있는 대로 노력을 해 보았으나 이놈의 서두가 몇 번이고 고쳐 보아도 불만이어서 끝내 이행을 못 하고 이런 잡문으로 색새(塞賽)를 하게 된다.

구체적인 내용 이야기는 작가의 비밀이라 피하거니와 후암동 개천 가 종이 집을 쓰고 사는 그 어떤 부족의 내력을 그려 보려고 처음 서두를 이렇게 내었던 것이다.

별이 흐른다. 물이 흐른다. 밤이야 깊거나 말거나 별은 별대로 흐르며 눈을 부시고, 물은 물대로 흐르며 귓전을 어지럽힌다.

그러나 마음이 붙질 않아 찢어 버리고,

어야 디야아
어어야 디야아

놋대가 물을 세기 시작하자 배는 수면을 미끄러져 나간다.

어야 디야아
어야 디야아

노랫소리가 높아질수록 미끄러지는 속도도 빠르다. 호심으로, 호심으로 기어드는 배는 하고, 써 보다가 또 집어치우고, 백여 년 동안이나 해마다 가을철이면 진흙으로 뒤 바르고 하기를 잊지 않은 바람벽은 시멘트 콘크리트처럼 단단하다.

육십이 장근한 늙은 몸이라고는 해도 힘을 다하는 곡괭이였다. 어깨너머로 잔뜩 품었다가 냅다 건너 치는데도 '텅' 하고 소리만이 요란할 뿐, 구멍 하나 제대로 뚫리지 않는다.

엇취, 엇취 땀을 벌벌 흘리며 초시는 곡괭이를 메었다 건너친다.

이렇게 시작을 해 보니 어느 정도 내용을 살리어 나가는 것 같아서 그대로 계속해 10여 장을 내려서 보았으나 이 역시 달갑게 마음에 당기는 것이 아니어서 또 내어 버리고는 아예 붓대를 놓고 단념해 버렸다.

이렇게도 어려운 창작이건만,

"저 댁에서는 소설을 쓴대. 쓰윽쓱 쓰기만 하면 돈이 생길걸…"

하고 우리 집을 가리켜 근처 사람들이 이렇게 이야기하는 것을 들을 땐 참으로 어떻게 대답을 하여야 할 것인지 모르겠다.

고독(孤獨)

　작가 생활에 있어 여행이 지극히 필요한 줄은 알면서도 나는 여행에 취미를 그토록 느끼지 못한다. 그리하여 특수한 사정으로서가 아닌 한에선 우금(于今)껏 여행을 위한 여행이란 단 한 번도 가져 본 일이 없다.

　고독이 찰지게 두고 스며들 때는 여행이라도 하여 보면, 시원할 듯이 문득 생각은 되면서도 차마 그것을 실행하여 그 찰지게 파고드는 고독을 아주 잊고 싶지는 않다. 고독이란 그 무슨 진리를 담은 껍데기 같게도 생각이 되면서 나를 버리지 않고 따르는 그 고독이 차라리 반갑게 여겨지기도 하는 것이다.

　그것은 고독을 피함으로 마음의 위안 삼고자 하기보다는 그것을 싸워 익힘으로, 그래서 그 껍데기를 깨트림으로 그 속에 담긴 그 참된 진리를 알뜰히 꺼내 보고 싶은 욕심이 여행에의 취미보다 오히려 고독에의 취미에 보다 더 강한 유혹을 받는 때문이다.

　그리하여 나는 고독이 심할수록 고요한 곳을, 지극히 고요한 곳을 찾아서는, 섯보나 너한 고독으로 친히여 보기는 것이 언제나 잊지 못하는 태도다.

　그러나 그 고독이란 껍데기 속에 들어 있을 듯한 진리는 가만히 눈을 감곤 숙친하기에 여간 베찬 것이 아니다. 숨이 막힐 듯이 답답하여 오는 가슴은 얼마 동안의 계속을 더 못 견디어 벌떡 몸을 일으켜 방 안으로 걸음을 돌린다. 역시 감은 눈에 뒷짐을 지고 홍글홍글 몇 바퀴고 수없이 돌아본다.

그래도 마음이 시원치 않으면 밖으로 나가, 뜰 안을 돈다. 방안보다는 여유 있는 면적이, 그리고 호흡할 수 있는 신선한 공기가 한결 시원함을 느끼어 주위의 사정에 거리낌이 없는 한, 그래서 때가 밤일 경우에는 밤이 깊은 줄도 모르고 몇 시간이고 줄곧 계속하여 돌게 된다. 그러나 중안의 시선에 이 행동이 드러날 우려가 있는 낮일 때에는 산상(山上)을 찾는다. 산상의 평다분한 잔디판을 고요히 눈을 감고 제 사념에 자기를 잊어 가며 거니는 맛이란 담배 연기 자욱한 기차 속에서 오력(五力)을 못 펴고 무릎을 맞비벼야 되는 그러한 여행에 비할 정도의 맛이 아니다.

그리하여 끊일 줄 모르는 이 취미는 같은 산상의 같은 자리에서 흔히 반복되는 것이므로 한때에는 흉보기 잘하는 근처 집 노파에게 아무개가 그게 미치지 않았나? 하는 퀘스천마크를 길게 끌고 다니며 외임을 들어 본 일도 있지만, 고독을 친하자는 나의 이러한 취미는 도대체 안 고칠 수 없는 하나의 버릇으로 되어 무엇을 생각하게만 되면 그 처소가 어디임을 헤아리지도 못하고 벌떡 일어서 왔다갔다 좌석을 거니는 무례를 범하게 된다.

그러나 나는 이 버릇을 구태여 자신에 책하고 싶은 마음이 없이 주위를 피하여 마음 놓고 거닐어 볼 터전이 없는 서울에 살게 됨을 한한다.

문밖을 나서면 거리다. 눈을 부릅뜨고 좌우를 살펴 가며 걸어도 어느 틈에 앞으로 맞닥뜨리는 자전거, 자동차가 사람을 몰라보는 혼잡이다. 바른 정신을 가지고는 차마 감불생심이요, 산이 그리우니 발 가까운 데가 없다. 적어도 하루의 시일은 다들 요(要)할 만한 곳이다. 그러니 다만 허여(許與)된다는 곳이 오직 제가 기거하는 방 안일 따름이다.

그러나 방이란, 내 방이자 곧 아내의 방이요, 그러니까 아이들의 방이 또한 아니 되지 못한다. 조용할 리도 없거니와, 세간살이 도구가 너저분히 널렸다. 생념이 날 턱도 없는데 걸음까지 또한 촌보도 허치 않는다. 그러니 실내 여행에조차 굶주리게 되는 고독의 껍데기는 이제 비껴 볼 길이 없이 제대로 아주 굳어져 버리게 되는 것은 아닌가 싶어진다.

원자탄(原子彈)

무어라고 따집을 수 없는 허전한 마음이 나를 늘 헌책전으로 끌어낸다. 이 마음의 요구엔 아무리 친한 벗도 응할 자격이 없고, 아무리 맛나는 음식, 아무리 재미나는 오락도 인연이 멀었다.

먼지 않고, 곰팡내 나는 그 어느 책 속에서 활자를 셈으로만이 그저 요구의 대상일 것 같아, 벗에서나, 음식에서나, 오락에서나 마찬가지로 역시 속아는 오면서도, 그래도 제일 신용이 있음직해서, 속아도 속아도 나는 이 헌책전의 유혹에만은 벗어나지 못한다.

옛날 어떤 서적광이 맨 처음으로 만든 책은 어떤 것이었을까, 있을 수도 없는 이 책이 그리워, 모든 일을 전폐하고 도서관이란 도서관은 온통 뒤락, 지구 위를 행각(行脚)하며 돌아가다가 하루는 어떤 도서관에서 몇 길이고 높이 쌓아 올린 서가에 사다리를 놓고 올라가 먼지를 털며 뒤적이다 그만 실수를 하여 떨어져서 죽었다는 이야기를 어느 문헌에서 보고 그 어리석음을 웃었거니와, 내가 지금 받는 유혹도 이런 어리석은 짓이 아닐까, 필시 어리석은 짓일 것 같으면서도 헌책전을 눈에 담고 떠나게 되고, 길을 가다가도 헌책전이 눈에 뜨이면 아니 들어가고는 못 배긴다.

그러나 수많은 철인, 문인이 몇 세기를 두고 정력을 다하여 짜낸 그 정수도 하나같이 내 가슴을 날카롭게 찔러 무릎을 도사리고 앉게 만들어 주지는 못했다. 결국은 현대 문화의 최고 수준이 몇천 년 전의 소크라테스, 플라톤, 아리스토텔레스의 반복이었던 것이다. 괴테의 「파우스트」에 와서 나를 한 번 놀라게 하는 세계의 정신은 또 이것의 반복 답보이었다. 스트린드 베리의 「다마스커스에」가 그것이었고, 월폴의 「경인(鏡人)」이 그것이었다. 이러한 반복 속에서 도스토예프스키의 「죄와 벌」을 찾고 나는 또 한 번 놀랐던 것이니, 이것이 내 허전한 가슴에 찔린 두 번째의 자극이었다.

그리고는 괴테, 도스토예프스키에서 그냥 답보를 하여 오던 현대의 정신은 식사나 궐한 것같이 이렇게도 마음이 늘 허전한 현대인의 가슴에다 「파우스트」나 「죄와 벌」 같은 영양소 대신에 원자탄을 안겨 주는 놀라운 창작을 하였다. 이 누구의 가슴에다 자극을 주렴인가. 이 원자탄을 가슴에 안고 놀람에 앞서 대담히 한 번 껄껄 웃은 자, 이 지구 위에 과연 있었을까.

인류를 지극히 사랑하여도 위인이라 받들고, 인류를 무참히 죽여도 영웅이라 받드는 것이 현대인의 정신임을 내 모르지 않거니와, 아무튼 「죄와 벌」 이후, 이 놀라운 승리가 원자탄이라면 이건 현대인의 수치가 아닐 수 없다.

이렇게 놀라운 노력을 가슴 허전한 현대인을 위하여 부어넣어 주었던들 현대의 정신은 얼마나 살이 쪄 자라고 있을 것인가. 그랬으면 이 혜택으로 나도 한동안은 이렇게 날마다 헌책전을 뒤타지 않고도 살쪄 볼 수 있었으련만, 오늘도 나는 의진히 허전한 마음에 헌책전으로 의연히 나서야 하는 신세다.

차가사(借家史)

집 없는 사람에겐 봄과 가을처럼 서러운 시절이 없다. 간신히 집 한 칸을 얻어들어 밑을 붙이고 삼동을 나게 되면 집이 팔렸으니 나가라, 그리하여 복덕방 순례를 또 하여 가며 "가족이 간단하지요? 어린애 없지요? 단 내외분이어야 놓는다는 방은 있습니다." 하는 따위의 불유쾌한 이야기를 들어가며 아이들이 있어도 없다, 속이고 또 간신히 방 한 칸을 얻어 들고 여름을 나면 집이 팔렸으니 나가라 명령이다.

서울서 집을 가지고 사는 사람은 태반이 집으로 먹고사는 장사치들이다. 그렇지 아니한 사람은 방의 여유가 있어도 세를 늘 놓지 아니하고, 이런 축들만이 세를 놓는 것이므로 이런 데밖에 얻어 들 수가 없는데, 집은 늘 내놓아 가지고 있다가 단돈 만 원이라도 붙게 되면 팔아서 바꾸는 것이니, 세 집에 들어 사는 무리들은 이 가을과 봄이 돌아오기만 하면 이사를 아니 하게 되지 못한다.

나도 이 가을에 집을 또 얻어야 하는 사람의 하나다. 그러나 자꾸만 올라가는 집값이라, 작년 가을에 얻어들었던 그 세전을 받아서는 도저히 그만한 집을 얻어 들 수가 없다. 월여를 두고 장안을 돌아보았으나 받은 세전에 맞는 집은 없다. 작년 가을보다 거의 배가 올랐다. 해방 후 단편집을 하나 내 가지고 그 인세로 4천 원짜리 전세를 한 2년 살다 보니 그 돈 4천 원으로는 방 한 칸 월세도 되지 않아 쓴 입을 다시고 작년 가을에 단편집 판권을 또 팔아 다시 세전을 마련했던 그 본전이 금년에 와서는 이렇게 또 모자란다.

집을 쓰고야 살게 마련된 것이 사람일진댄 사람 하나에 집 하나씩은 처져서 세상에 내보낼 것이지, 조물주의 이 무슨 모순이냐. 산으로 기어올라 번지 없는 집에라도 살아 보자는 생각이 문득 떠오르곤 하나, 그러나 그 물을 어떻게 하루이틀도 아니고 연일 연시로 끌어올려다 먹는단 말인가. 마흔두 층대를 올라가는 냉동(冷洞) 꼭대기에서도 살아 보았거니와, 물통 하나 자유로 들 수 없는 백면서생으로선 물 없는 집에 사는 도리가 없었다. 딱한 사정이다.

이것이 하고많은 학문 가운데서 하필 문학을 골라잡았다는 벌일까. 자래(自來)로 글과 친한 이, 다 가난하였다거니, 어떻게 해야 돈을 모을까 하고 남들은 눈이 빨개 돌아가는데, 이건, 자나깨나 발부리만 들여다보고 앉아서 어떻게 해야 글을 잘 쓸 수가 있을까 이것만 생각하니 그렇게 되지 않을 수가 없는 것이다. 언젠가 이북서 넘어온 피난민 한 사람이 브로커질을 해서 상당한 액수의 돈을 잡은 것을 보고 그 주위의 사람들이 슬근히 구미들이 동해서,

"그 배 언제 또 떠나나?"

"자네도 또 가나? 이번엔 나두 한몫 넣어 주게."

하고들 떠들 때 나는 나노 서팅게 한 빈 브로기질을 해보리란 생각보다 대뜸 머리에 떠오른다는 욕심이, 이 광경을 어느 소설의 한

장면으로 집어넣었으면 하는 생각부터 하기에 나는 나대로 만족한 나이었던 것이니 이러다가는 청내 가야 방 한 칸 마련해 놓고 살아 볼 것 같지 못하다.

서울서 아주 살림을 하기로 작정하고 내 권솔을 다 몰고 올라와 남의 집 사랑방 한 칸을 얻어들었다가 한 달이 채 못 돼서 집이 팔렸노라 앞자리를 치우라고 해서 방 한 칸을 마련하려 두 달 석 달을 돌아가다가 그해 겨울도 깊어 섣달 보름날에 이르러서야 겨우 냉동 꼭대기에다 어느 친구의 집 신세를 질 수 있게 됨으로 한숨을 쉬고 나서는 그적부터 오막살이라도 집은 한 채 잡고 살아야겠다고 해마다 별러 오는 게 곧이곧대로 오늘까지 이르러 10여 년이다.

집 한 칸 없으면서도 해방통에 남 다 드는 적산을 치사하다 혼자 안 들고 뻗댄 결과는 그래 무엇이냐. 겨울은 버적버적 닥쳐오는 하는 수가 없어 적산이라도 하나 얻어 들려, 용산 방면이라, 상도동이라, 이즘은 연일 섰다시피 뒤가 타 돌아다녀 보다 그 엄청난 권리금이 내 재산과 상대되는 집이라곤 고를 길이 없다.

하기야 지난날도 제집 없이 10여 년을 살아왔거니, 앞날이라고 못 살아갈 바 있으랴, 집을 구하다가는 지치어 이런 자위라도 하여는 보나 물가변동이 이렇게도 심하고 보면 한양같이 제 발부리나 들여다보고, 이러한 글줄로 원고용지 구멍이나 메워야 하는 직업으로선 한 칸의 셋방이라도 얻어질 것 같지 못하다. 그러니 집을 잡아야 한다는 생각은 이젠 깨끗이 잊어버리고 삶이, 차라리 한 근심만은 덜어 줄 것도 같다.

애연사 (愛煙史)

맛치고 담배 맛처럼 알뜰한 맛은 세상에 다시없을 것 같다. 내 생활에 있어 담배는 잊을 수 없는 하나의 벗이요, 또 좋은 스승이다.

몸이 피로하여졌을 때 담배를 한 대 피워 무는 맛이란 실로 애연가가 아니고는 이해할 수 없을 것이다. 어느 가까운 벗이 일찍이 이 담배 맛에서처럼 지친 심신에 위안을 준 적이 있을까. 한 대 피워 물고 고요히 앉아서 힘껏 한 모금을 들여 빨았다가 후, 내어 쉬면 그 연기와 같이 피로도 몰려나와 공중으로 사라지고 마는 것 같은 기분이 정신을 새롭게 해 준다.

내가 일찍이 담배를 못 배웠던들 이렇게 온갖 맛 중에 제일 가는 좋은 맛 하나를 영원히 모르고 지나게 되었을 것이 아닌가 하면 눈물을 흘리면서까지 기어코 배워 냈던 지난날의 그 어린 시절에 감사하지 않을 수가 없다.

마야족의 종교적 예의 중에는 이미 담뱃잎을 태워서 신에게 바치는 행사가 있었다는 기록을 보면 남배의 역사는 가장 오래된 역사를 가진 마야족과 같이 이어오는 것으로 추측되거니와 신에게 담배를 바치는 승려가 담배의 그 진기한 마취작용 그것이란 신의 현현(顯現)이라 하여 마침내는 그 자신조차가 끽연에의 탐을 내어 일반인사로부터 경끽(競喫)을 하게 되는 취미(趣味)를 가르쳐 준 것이 되어 보편적으로 습관이 길러짐으로 오늘에 와서는 내 입에까지 빨리게 된 것을 생각하면 이 담배의 율칙(律則)을 범한 그 승려에게 나는 다시 한 번 감사함을 사양치 못한다.

처음에는 내가 어떠한 동기에서 담배를 배우기 시작했는지는 생각이 퍽 옹색하나 열한 살 적에 떨어진 대통을 주어다 붓대를 잘라 맞추어서 곰방대를 만들어서 증조모님의 담배함에서 기새미를 훔쳐 내다가 변소 같은 곳으로 숨어 다니며 성(盛)히 피워 대던 기억만은 지금도 선하다.

구주(歐洲)에서 담배를 처음으로 피우던 스페인의 로드리크 더 헤레스라는 사람도 담배를 피우는 것 때문에 종교재판을 받아 옥중 신세까지 졌다는 말이 전하여 내려오거니와 나도 담배를 배우기까지에는 경을 치기 한두 번이 아니다. 근처 노인네들한테 망해 나가라는 극언을 듣기도 여러 번 하였고 소학교 적에는 선생한테 들켜서 벌까지 서 본 일이 있다.

점심 후 역시 변소에 들어가서 한 대를 피고 났는데 뜻밖에 사무실로부터 호출이 내렸다. 들어가 보니 아무런 말도 묻는 것이 없이 다짜고짜로 선생의 손은 나의 포켓으로 들어와 반도 못 먹은 2전(二錢)짜리 꽃표 권련갑(卷煉匣)을 드러냈다. 동시에 선생의 다른 한 손은 어느 새인지 철썩하고 나의 뺨에와 부딪치기에 사정이 없었다. 그것만이면 그래도 헐했다. 두 시간 동안인가를 허수아비처럼 곧장 팔을 벌리고 기척을 하고 딱 서서 벌을 서지 않으면 안 되었다.

그래도 나의 담배에 대한 길은 들지 않았다. 조금도 후회하는 법이 없이 여전히 숨어다니면서 피우기를 즐겼다.

이렇게 주위에서는 담배 피우는 것을 금할 뿐 아니라, 담배를 피운다는 것이 또 자신으로서도 여간 괴로운 일이 아니었건만 끊지를 못했다. 한 모금을 힘껏 들여 빨아 삼키면 그 고통이란 말할 수도 없다. 머리가 얻어맞은 것처럼 텡 하고 속이 후리후리한 것이 메스껍고 하여 실로 밥을 못 먹고 병인처럼 근더져서 한나절을 지나보내곤 한 적도 있었다. 그러면서도 웬일인지 그것을 끊지 못하고 끝끝내 계속하여 필야엔 제맛을 알고 빨게 되기까지 배워 놓고야 말았다.

이리하여 이래 20여 년을 꾸준히 피워 오며 친한 담배를 잊으려야 잊을 수 없는 좋은 벗이 된 것이다.

중학 시절에 한 번은 체조 선생이 담배를 조사하는 바람에 호주머니 속에 넣었던 피죤 갑(匣)을 갑자기 처치할 길이 없어 책상 밑 뒤판자 아래 구겨 넣으므로 급변을 피하게 되었던 것이 후일에 이르러서는 도리어 그것이 나를 도와주는 역할이 되었던 것이니 그 후 하휴(厦休)의 영어시험간(英語試驗間)의 하나로서 물은 비둘기의 스펠이 무엇이든지가 생각이 나지 않아 부등부등 애를 쓰다가 문득 그때의 그 책상 뒤 밑의 피죤 갑이 생각나기로 끄집어냄으로써 Pigeon이라 똑똑히 보고 쓸 수가 있었던 것이다.

이것도 이제 보면 담배를 사귀어 두었던 그 덕이라 아니 할 수 없거니와 정신적으로서의 활동이 계속되는 동안, 그동안의 참 벗은 내게는 오직 담배를 두고 다시 없다. 글을 쓰다가도 문득 혀끝에 담배 맛이 당기면 생각이 잦아늘고 붓이 밎는다. 그리기 때문에 나는 담배의 준비가 없이는 붓을 들지 못한다. 그것을 피움으로 권태를 느낄 줄 모르고 심신의 위로를 사며 앞으로의 생각을 길이 더듬어 나갈 수가 있게 되는 것이다.

그러므로 혹시 담배의 비치(備置)가 없다든가, 끽연에의 자유가 없는 그러한 장소에 처하게 되는 때의 생활은 내게 있어선 생활하는 그 순간이 아니요, 다만 생존해 있는 그러한 순간에 지나지 못하게 된다.

그러니 이러한 생활에의 욕망은 포켓에의 여유까지도 기다리기에 급하여 가다간 가끔가끔 담뱃값으로 책을 강요한다. 담배로 책을 바꾸게 된다는 것이 아까운 일이 아닐 수 없으나, 담배 역시 책과 다름없이 내 마음을 쳐 주는 벗이 아닌가 하고 생각이 들면 책이나 담배를 가릴 것이 없어 그저 어느 것이든간 충실한 벗으로서 역할을 다해 주었으면 그것으로 그만인 것 같아, 하루 세 갑의 담배 소비에 군색(窘塞)을 피치 못할 땐 나의 가난한 서가에는 한 금씩 한 금씩 틈이 벌어져 나간다.

이로 미루어 볼진대 앞으로 내 생활에 있어 물질의 여유가 있게 되는 것이 아닌 한엔 서가는 서가 저대로 나날이 파리해 가고 있을 것이 빤히 내다보인다.

문학(文學)과 건강(健康)

저온(低溫) 생활을 하려니 일현(日鉉)이 생각이 가끔 난다. 그는 몇 해 전 내 시골집에 머슴으로 있던 스물둘이든가, 아마 그러한 연령이었던 엄지럭 총각이었다. 백설이 펄펄 날리는 엄동에도 그는 구들에 불을 넣는 법이 없었다. 구들이 차면 병이 난다고 아무리 불을 넣고 자라고 해도 말을 듣지 않고 맨 구들 위에다 그저 짚북데기를 약간 깔고는 그 위에서 그냥 잤다.

남의 집이라 혹 샛더미에 때마다 임의로 손을 대기가 어려워 그러지는 않을까 싶어 하루는 조부님이 이렇게도 말씀을 해 보았다.

"네 방에 불은 산에 가서 네가 나무를 해다가 넣고 자도록 해라."

그리고는 그 태도를 보았던 것이다. 그래도 그는 그저 여전히,

"전 춥지 않아요."

한마디로 나무 한 조각 해 오지 않고 그 추운 겨울을 냉돌에서 끝끝내 났다. 그러면서도 감기 한 번 뱃증 한 번 걸리고 앓는 일 없이 건강한 몸으로 일은 일대로 남 지지 않게 해내는 아이었다.

조부님뿐이 아니요, 나뿐이 아니라, 우리 전 가족, 아니, 온 동내

에서 모두 이 일현이의 생활에는 아니 놀라지 못했다.

물론 그의 정신에 다소 이상이 없었던 것은 아니다. 전하는 말에 의하면 철도 연변의 밭에서 김을 매다가 무심중 기적을 울리며 달리어 들어오는 기차에 놀라 기절을 한 일이 있었는데 그때부터 정신이 좀 부족해진 듯하다고는 하나, 그러나 그의 모든 행동을 종합해 보면 그의 행동이 전연(全然) 정신 이상에 있다고만 그렇게 단순히 볼 수 없는 것이었다.

우리는 거리에서 거지로 노숙을 흔히 보거니와 빈한(貧寒)한 그의 가정은 그 후 곧 산지사방(散之四方)하게 되면서 그는 잠깐 남의 집사람이 되었다가 한 해 동안을 한지(寒地)에서 아니 지낼 수가 없게 되었다는 것이다. 그러면서 내한(耐寒)에의 단련을 받게 된 것이, 지금의 체질을 만들어 내었는가 보다고 그 자신도 말하는 걸 들었거니와, 사실 거기에 원인이 없었다고 볼 수가 없었다.

이건 내가 직접 자식들을 기르며 지나도 본 일이지만 추위를 타거나 타지 않는 것은, 그리하여 건(健), 불건(不健)의 체질을 갖게 되는 것은 아이의 그 기르는 방법에 있어 좌우됨이 여간 큰 것이 아니었다. 조모님은 증손자가 귀하다고 내 자식을 일상, 품에 품으시고 추울세라 절절 끓는 아랫목에다 묻어 놓고도 바람이 어디로 들어오는 것은 아닐까, 수건을 씌우고 또 머리맡을 가리고 하시며 방한과 보온에 할 수 있는 힘과 정성을 온통 기울여 길러 냈다.

그리고 그다음 것 계집아이는 그까짓 것은 여차라고 누구 하나 탐탁히 안아 주는 사람조차 없어 어머니의 젖을 떼선 아랫목 맛이라고는 보지도 못하고 웃목에서 저 혼자 되는대로 자라났다.

그러나 결과에 있어서는 되는 대로 길러낸 아이 편의 건강이 오히려 좋은 것이었다. 냉기나 겨우 피한 정도의 온돌이 밤 열한 시나 그러한 시각이 되면 코뿔이 얼어들고 손이 시럽고 하여 으슥거리는 몸이 이불을 뒤집어쓰지 않고는 배겨날 수가 없는데 이 아이만은 뎅글하게 등에다 샤쓰 하나만을 걸치고 종아리는 벌거숭이 그대로 들어내 놓은 채 조금도 한습(寒襲)을 두려워하는 일 없이 그저 저 할 일에 자세가 천연하다.

나는 그게 여간 부럽지 않다. 한참 혈기에 충만한 아이들과 건강을 동석에서 비해 말할 것은 아니로되 허투루 길러지지 못하고 아랫목에서 뼈가 굵게 된 내 건강은 아이 적에도 그리 좋은 편은 못되었다. 그러나 운동에 취미를 얻음으로 단련된 몸은 씨름 같은 것도 한태 할 줄 아는 건강이었다.

그렇던 것이 문학과 인연을 맺게 되고부터는 운동이라는 데는 조금도 관심을 아니 하게 되고 오직 그것이 생명인 것처럼 칠팔 년을 꼭 두문불출 방(房) 속에 박혀서 기거하며 책하고만 씨름을 하게 되는 무리(無理)가 감행되는 동안 건강은 저도 모르게 좀이 먹어 들었다.

십칠 관(十七貫)을 넘던 체중이 아무리 발에 힘을 주고 굴러 보아도 십칠 관 상하에서 저울 침을 더 돌릴 수가 없게 깎여 내린 것이다. 누워서 독서를 했기 때문에 눈이 나빠지고, 책상에 다년간 수굿하고 앉아 있었던 관계로 비색증(鼻塞症)도 생기고—하는 것이 그 부분적으로도 영향이 큰 것을 따져 짚은 의사의 말이었다.

아니 그것만이면 오히려 다행이었다. 심장도 확실히 약해진 것을 알고 있거니와 이것도 문학이 그렇게 만든 것이 사실이다.

정신생활을 위하여 희생시킨 신상을 장(㼵)한 일이리고 볼 것인가, 건강의 지속이 없을 때 정신생활도 따라서 영위할 수 없게 될 것은 빤한 일이다. 건강이 제일이라는 말은 보약 광고의 과장만이 아니라는 것을 나는 여기서 절실히 느끼게 된다. 아니 오히려 좀더 굳세게 건강은 그대로 그것이 인생이라고 나는 강조하고 싶다.

문학을 위하여 건강을 희생하고 문학을 할 능력을 잃게 된다는 것은 그 얼마나한 비극일 것인가.

시작한 지 불과 한 시간밖에 아니 되었을 이 짧은 글을 이까지 쓰는 동안에도 나는 몇 번이나 붓을 놓고 혹은 입김으로도 혹은 엉덩이 밑에도 깔아 보고 불어 보고 하며 그리곤 그 손으로 코끝을 감싸 녹이고 하기에 몇 줄 건너 거듭하여 왔는지 모른다. 아니 이것만이 몸에 마쳐는 견디기 힘든 어려움이라면 오히려 혈할 것이다. 정신이 어찔함을 느끼게까지 된다는 것은 참……

일현이 같은 건강, 그러한 건강의 꿈을 나는 왜 일찍이 꾸어 보지 못하였을까, 그리하여 길러 오지 못하였을까.

겨우내 불이라고는 단 한 번 맛도 보지 못한 그 냉돌(冷突) 위에서 자기의 체온만으로 엄습하여 들어오는 한파를 조금도 곤란 없이 막아내며 천연히 앉아서

"아리랑 아리랑 아라아라리요, 아리랑 고개루 너어머간다." 하고, 가끔 한 가닥씩 넘겨 가며 밤마다 새끼를 꼬던 일현이, 그 일현이의 건강이 나는 얼마나 부러운 것인고.

수상록(受相錄)

　사람이 세상에 날 때 일생의 필자를 그 얼굴에다 내어 박고 나는지는 알 길이 없으나, 대개 그 사람의 팔자가 그 얼굴에 그려 있는 듯이 보이기는 한다. 붙음, 붙음이 괴롭게 정리되고, 번듯하게 생긴 얼굴의 소유자는 그것이 그대로 그 사람의 복을 말하는 것 같고, 또 그와는 반대로 얼굴이 조밀작해서 어딘지 구차해 보이는 얼굴의 소유자는 아무리 해도 복은 없을 것 같게만 보인다.

　그러나 실제에 있어서는 그렇지도 않은 예를 우리는 빤히 내다볼 수 있으니, 육안으로 보아도 그렇게 번듯하게 복스럽게 생기고 아니 생긴 것으로는 그 사람의 운수를 따져 볼 수는 없는 일이다.

　하지만 얼굴이 번듯하게 생긴 사람을 보면 사실은 그렇지 않다 해도 어쨌든 복 좋은 사람같이 보이는 데는 할 수 없다.

　그리고 또 그것이 장래의 팔자에는 어찌 되었든 뭇 사람에게 그렇게 복스럽게 보이는 것만 해도 천복을 타고 난 사람 같아 나는 그러한 얼굴의 소유자를 대할 때마다 내 얼굴을 연상하고, 그러면 내 얼굴은 뭇 사람에게 어떻게 보일 것인가 하는 생각에 가끔 거울에다 자신의 얼굴을 비춰 놓고 요모조모 뜯어 가며 장단점을 찾아본다. 그리고 오늘까지 보아 오는 동안에 제일 잘생겼다고 인정하던 그런 얼굴에다도 비해 보고, 또 제일 못생기었다고 보였던 그런 얼굴에다도 비해 본다.

그러나 내 얼굴은 내가 좋아하는 형으로 그렇게 복스럽게 환하지도 못하고 할복한 형이라고 인정하는 그렇게 조밀작한 얼굴도 아니고 그저 평범한 나 하나의 보통 얼굴에 지나지 않는 것 같다.

그러면 내 얼굴 같은 이러한 형은 그 소위 관상학상으로는 어떤 것일까 나는 근래 그것이 무척 궁금하였다. 이것은 무슨 관상법을 믿어서가 아니라 복스럽게 생긴 사람도 복이 없고 복스럽게 생기지 못한 사람도 복이 있는 것을 볼 때 관상학상에서는 이것을 어떻게 보나 하는 호기심이 내 관상에서 한 번 그것을 시험하여 보고 싶은 까닭이었다.

그러나 이러한 일인즉 역시 쑤그러운 짓이라 돈을 주고까지 보일 필요는 없어 한 번 보여보자, 하고 그 어떤 기회만을 엿보아 오던 것이 월전(月前)에 우연히도 모모 씨로 더불어 이야기를 하던 끝에 관상 이야기가 나서 돈을 아니 받고도 보아 준다는 청운정(淸雲町) 오개석 씨(吳介石氏)를 찾아가 관상을 보인 일이 있다.

그러나 관상학상으로 보는 관상은 우리가 척 보기에 그저 번듯하고 아니 번듯한 것으로 복(福), 불복(不福)을 따져 버리는 그런 추상적 관법이 아니라, 사람의 일생에 굴곡이 있는 것과 마찬가지로 얼굴에도 그 부분 부분에 굴곡이 있어서 그것을 일생에 맞추어 보는 그러한 구체적인 관법으로 내가 생각하는 것보다는 그 보는 법이 아주 과학적이요, 조직적이다.

그러면 관상법으로 본 내 얼굴은 어떠하였나, 그 역시 대체로 볼 때는 나 자신이 생각하는 대로 그저 평범한 하나의 보통 얼굴로 본다. 그가 본 내 얼굴의 형은 무엇을 의미하는지는 모르나 자래형이라는 단안을 내린다. 그리고 세 부분으로 들어가 일생의 그 소위 팔자를 논하는 데 있어선 머리가 좋으니 초년 팔자는 좋았으나 이마가 들어가 삼십 대 팔자는 극히 좋지 못한 데, 코가 또한 좋아서 사십 대부터는 다시 운수가 좋다 한다. 그러나 그 직업의 가집에 있어 운(運), 불운(不運)이 좌우될 것인즉 문필을 집어 던지고 장사를 하여야 성공을 할 것이라 한다. 그래 그 성공이라는 것이 어떠한 정도의 것이냐고 물었더니 이천 석 하나는 염려 없다는 것이다.

그런 데다 입까지 또한 좋아서 그것을 족히 지킬 것이니 부디 장사를 하란다. 그리고 뺨 아래 뼈가 넙적하게 두드러졌으니 부하를 많이 거느릴 관상으로 유순한 마음은 심성으로 그 부하를 사랑하고 지도하나, 그 심성을 몰라주는 부하들이라 그들로부터의 시비는 면할 수가 없는 형이라고 한다. 이것이 그의 관상법으로 본 내 얼굴에 두드러진 팔자다.

무슨 이것을 믿을 것은 아니요, 또 믿고 싶은 것도 아니기는 하지만 문필을 던져야 한다는 얼굴이 내게는 갑자기 믿게 보였다. 그리고 가만히 얼굴을 뜯어보니 그 어느 한 모에 문재(文才)를 나타내는 그러한 재기에 찬 부분을 사실상 찾을 수 없다.

그러나 그렇다고 또한 나는 문필을 황금으로 바꾸어 버릴 생각은 조금도 없으니 내 팔자에 타고났던 벼 이천 석을 아깝게도 쌓아 보지 못하고 뉘 집 곳간에다 자선을 베풀게 되는 셈이 되고 만다.

율정기 (栗亭記)

인제 버들잎이 완전히 푸르른 걸 보니 밤나무 잎에도 살이 한참 오르고 있을 것 같다.

버들 뒤에 잎이 푸르른 나무가 하필 밤나무뿐이랴만 버들잎이 푸르면 나는 내 고향집 정원의 그 늙은 밤나무의 안부가 궁금해진다.

그것은 몇 백 년이나 되었는지 팔순의 노인네들까지 자기의 어렸을 시절에도 역시 그저 지금이나 다름없는 모양으로 그렇더라고 하는, 언제 어느 때에 심어졌는지 그 유래조차 알 수 없는 그러한 연령을 가진 밤나무다.

어떠한 나무든지 아름드리로 굵게 되면 그 보이는 품이 사람으로 비해 보면 많은 수양에 단련된 그러한 학자같이 침착하고 장중한 맛이 있어 보이거니와, 이 밤나무야말로 사상이 일관된 철학자같이 숭엄하게, 무겁게, 그리고 거룩하게 보였다.

주위에 둘러선 백양이라든가 솔 같은 것은 바람이 부는 듯만 해도 바람 좇아 몸을 부지할 줄 모르건만 유독 이 밤나무만은 고삭고 무지러진 가지일래 의연히 서서 그 자세를 변치 않는다.

척 보면 이젠 아주 생명이 다한 것 같이 속속들이 좀이 파먹어 들어가 껍데기 안으로 겨우 한 치 두께의 살밖에 붙어 있지 않지만 그래도 버들잎이 푸르면 잊는 법이 없이 뒤이어 잎을 피우고, 가을이면 기어이 열매를 맺어 굽알을 떨웠다.

이것은 마치 그 속속들이 구새 먹어 썩어진 등덜미가 이러한 도를 닦기까지 얼마나한 세고의 풍상에 부대끼며 속을 썩인 그 자취인가를 우리에게 보여 주는 것 같아, 그 밤나무를 대할 때마다 나는 무엇엔지의 사색에 저도 모르게 머리가 숙군했다. 어쩐지 나는 그것이 좋았다. 그것이 좋아서 조석으로 이 밤나무 그늘 아래를 거니는 것이 남모르는 내 한동안의 즐거움이었다.

조부님도 내 마음과 같았던지 항상 이 밤나무 밑을 떠나지 못하시고 나와 같이 그 그늘 아래 거닐기를 즐기셨다. 그러다가 요 바로 몇 해 전에는 해마다 그 가지가 고삭고 축나는 이 늙은 철학자를 보호하여 그로부터 영원한 벗을 삼으시려 돈을 들여 가며 인부를 사서는 북을 돋우어 주고, 그리고 그 둘레론 돌을 때려 대를 쌓고 정자를 만들어 놓았다. 그리고는 과객조차도 그 아래 머물러 같이 즐기게 하기 위하여 자연석을 주어다가 곳곳에 좌석을 만들어 놓고 이 늙은 철학자를 주위로 돌아가며 장미라, 목단이라, 매화라, 이런 향기 높은 꽃나무까지 구해다 심어서 정자로서의 정취를 한층 더하게 했다.

이렇게 하시는 것이 나로 하여금 이 늙은 철학자와 좀더 친할 수 있게 하는 원인이 되었거니와, 사람들은 이것을 율정이라 이름 짓고 여가(餘暇)가 있으면 이 철학자를 찾아 모여 와서 고풍한 그 정취 속에 잔을 기울여 가며 시를 읊었다. 내 그 시를 지금 일일이 기억 못하거니와 그 지방 일대는 물론, 남북관(南北關)으로부터까지 모여든 시문이 실로 기백 수(幾百首)로 조부님도 지금은 그것을 노여(老餘)의 보배로 제책(製冊)까지 하여 머리맡에 두시고 그 시문 속에 구원한 진리가 담긴 듯이, 그리하여 그것을 찾으시려는 듯이 짬짬이 읊으심으로 심신의 위로 삼아 오신다.

내 창작도 태반(殆半)은 여기서 되었다. 직접 이 철학자를 두고 짜여진 것은 아직 한 편도 없으나, 이 철학자와 벗하여 상이 닦였던 것만은 사실이다. 상(想)이 막히어 붓대가 내키지 않을 때, 나는 나도 모르게 책상을 떠나 이 철학자의 그늘 밑으로 나왔다. 그리하여 그 밑에서 고요히 눈을 감고 뒷짐을 지고 거닐면서 매듭진 상을 골라서 풀곤 했다. 생각이 옹색해도 이 그늘을 찾았고 독서와 붓놀음에 지친 피로가 몸에 마칠 때도 이 그늘을 찾았다. 실로 이 늙은 철학자 밤나무는 나에게 있어 내 생명의 씨를 밝혀주는 씨앗터였다.

이러한 씨앗터를 내 이제 떠나 살게 되니 해마다 버들잎에 기름이 지면 이 늙은 철학자의 그늘 밑이 더할 수 없이 그리워진다. 인제 그 밤나무에도 잎이 아마 푸르렀겠지. 비바람에 고삭은 가지들은 어떻게 됐을까, 그 안부가 지극히 알고 싶어지고, 그 밑에서 고요히 눈을 감고 사색에 잠겨 보고 싶어진다.

더욱이 생각의 가난에 원고를 자꾸만 찢게 될 땐, 어쩐지 그 그늘 밑 자연석 위에 잠깐만 앉아 눈을 감아 보아도 매듭진 상의 눈앞은 훤히 트여질 것만 같게 그 품속이 생각난다.

얼마나 나는 그 품속에 그렇게 주렸든지, 바로 며칠 전 그때가 아마 밤 열 시는 넘었으리라, 역시 그 밤에도 나는 기한이 박두한 원고와 씨름을 하다가 뜻대로 되는 것이 아니어서 이런 때이면 언제나 하던 버릇 그대로 이미 쓰인 몇 장의 원고를 사정조차 없이 왈왈 찢어 쓰레기통에 동댕이를 치고 대문 밖으로 뛰쳐나왔다.

그러나 일단 발이 멎고 보았을 때 그것은 가지라고 믿었던 그 철학자의 품속이 아니었고 대문 밖이자 행길인 냉천정(冷泉町)도 한 꼭대기 돌층대 위임을 알았다. 그적에야 비로소 나는 내 몸이 서울에 있는 몸임을 또한 깨달을 수가 있었다.

그리하여 그 순간, 갈 곳을 모르는 나는 어처구니도 없이 한동안을 그대로 멍하니 서서 쓴웃음을 삼키고, 아까 낮에 일터에서 돌아올 때 복덕방 영감이 돌층대 아래 죽어 가는 한 그루의 포플러 그늘을 지고 담배를 한가히 빨고 앉았던 것을 문득 생각하고 거기라도 좀 앉아서 생각을 더듬어 보리라 포플러 그늘을 찾아 내려갔다.

그러나 낮에 있던 그 나무 판쪽의 기다란 의자는 거기에 있지 않았다. 그대로 두면 그것도 잃어버릴 염려가 있어 영감은 필시 가지고 들어간 모양이다. 그러니 그 행길 가에 그대로 우뚝 서 있을 맛이 없다. 그것보다도 나는 지금 마음을 가라앉힐 시원하고도 고요한 자리를 찾는 것이다. 이 근처엔 어디 그만한 곳이 없을까, 담배를 한 대 피어 물고 뒷짐을 지고 연희장(延禧莊)으로 넘은 산탁 길을 추어 올랐다.

그러나 거기도 역시 마음을 놓고 앉았을 만한 곳이 없다. 산이라고는 하나 사람의 발부리에 지지리 밟히어 돋아나다 죽은 풀밭 위에는 먼지만이 보얗게 쌓여 조금도 신선한 맛이 없다. 밑도 대여 볼 생념이 없어 다시 집으로 내려와 옷을 갈아입었다. 내 다방에 취미를 모르거니와 이러한 경우엔 싫너라도 시울선 다방이란 곳밖에 찾을 데가 없는 것이다.

다방에도 제법 그 우리 고향 집 정원의 주인공 늙은 철학자와 같이 구새가 먹은 모양으로 흉내를 내어 꾸며서 분에다 심어 놓은 마치 애들의 장난감 같은 나무가 있기는 있다.

그러나 그것의 그늘 밑에서는 한동안의 마음을 가라앉히기커녕, 그리하여 사색에의 힘을 얻기는커녕 인위적으로 자연을 모독하여 순진한 사람의 눈을 속이려는 그것에 도리어 불쾌를 느끼게 되는 것밖에 없다. 그리고 현대의 권태가 담배연기와 같이 자욱이 떠도는 그 분위기 속에 숨 막히는 답답함이 도리어 정신을 흐려 놓아 줄 뿐이다.

하지만 잠시나마 다리를 쉬자면 역시 그러한 다방밖에 어디 밑 붙일 휴식처가 없으니 인위적인 철봉으로 생나무를 지지어 놓고 자연을 비웃으려는 그러한 분에 심은 나무와 억지로라도 벗이 되어야 하는 것인가 하면 그리하여 그 나무를 무시로 대하고 바라보며 인생을 생각해야 하는 것인가 하면 나 자신의 마음까지도 그 나무와 같이 철봉에 지워드는 것 같아 그러지 않아도 속인으로서의 고민이 큰데 자꾸만 인위적인 속인의 속인으로 현대화되어 가는 것 같은 자신을 생각하면 할수록 그 늙은 철학자 밤나무의 자연 속에 생각을 깃들여 자연 그대로 살고 싶은 욕망이 전에보다도 한층 간절하다.

나 떠난 이후에 이 늙은 철학자는 누구와 더불어 뜻을 바꿈으로 마음을 치는지, 조부님 좇아 이젠 연로에 자유롭게 이 철학자와 벗을 하실 기력이 근심되는데……

진달래

　꽃을 여자에게 비한다면, 진달래는 이미 춘정을 잊은 스무고개는 훨씬 넘어선 여인 같으면서도 또 정숙하여 보입니다. 그리고 확고한 인생관이 유행이라는 데는 눈도 뜰 줄 모르는, 그리하여 속세의 풍정과는 높이 담을 쌓은 점잖음이 속속들이 깃들여 있어 보입니다.

　그러기에 모든 꽃은 나비를 기다려 춘정을 느끼건만 진달래는 나비도 오기 전에 산간 깊숙이 홀로 피어서 스스로 봄을 즐기는 것으로 만족하는 것이 아닌가 합니다.

　진달래와 같은 시절의 피는 꽃으로 두봉화(杜蜂花)가 있습니다. 두봉화는 꽃도 잎도 그리고 나무까지 분간할 수 없이 진달래와 같습니다.

　그러나 그 이름이 두봉화인 것같이 벌을 방비하는 약을 지닌 것이 다만 진달래와 다른 것뿐입니다. 꽃을 싼 화판 밑에는 어교(魚膠)보다도 거센 진이 꽃이 시들 때까지 흐르고 있습니다. 그리하여 제 아무리 큰 벌이라도 와서 어르다니기만 하면 발이 붙고, 일단 붙으면 헤어나지 못하고 그 자리에서 생명을 잃게 되는 것입니다.

이러한 두봉화의 지조도 아니 가상타 할 수 없습니다만 진달래는 그러한 것의 방비책이기보다는 마음으로 그것을 이기어 내는 데 좀 더 고상한 뜻이 담긴 것을 엿볼 수 있습니다.

그러기에 두봉화와 진달래는 같은 형상, 같은 빛의 꽃이로되 우리는 진달래를 좀더 알고 사랑하는 것이 아닌가 합니다.

진실로 진달래가 사람의 마음을 움직여 놓는 힘은 큰 것입니다.

화전(花煎)이라면 진달래를 두고 하는 말입니다. 진달래가 봄 일찍이 피는 꽃이니까 한겨울 동안 그리웠던 춘정에서 빨리 서두는 것이 진달래를 찾게 되는 원인 같으면서도 진달래보다 빨리 피는 개나리를 찾아 화전을 하지는 않습니다. 다른 어느 꽃보다 붉은 꽃이 좀더 유혹적이기는 하지만 그 빛의 유혹에서라기보다는 어딘지 모르게 우리는 진달래의 그 높은 품위와 아름다운 마음씨에 움직이는 것이 아닌가 합니다.

보는 것만으로서는 만족하지 못하고 그 꽃을 먹어까지 보자는 것이 화전의 목적으로 참쌀가루에 꽃잎을 따 넣어서 꽃전을 지지어 먹는 것입니다. 술병을 지니고 진달래를 찾는다 해도 우리는 반드시 그 술잔에다 꽃잎을 뜯어 띄워서 마시고야 만족합니다. 이것은 높은 뜻을 지닌 진달래 꽃빛 물이 내 마음속에도 물들어지고 싶은 그러한 심정에서가 아닌가 합니다.

봄이면 그리운 진달래입니다. 해마다 한식절(寒食節)이면 선조의 선영(先塋)으로 성묘를 가서 그 산속에 핀 진달래꽃을 따 먹어 보며 노닐던 어린 날의 그 시절이 그립습니다.

이 봄에서 성(盛)히 피었을 그 선영의 그 진달래꽃, 그 진달래는 내가 그렇게도 저를 그리워하는 줄이나 알고 피었는지? 아니, 속진(俗

塵)에 무젖은 나를 잔뜩 피어서 비웃고 있는 것이 아닐는지? 진실로 한 잔 술에다가 진달래 꽃잎을 마음껏 따 넣어 실컷 마셔 보고 싶습니다. 그리하여 마음속을 새빨갛게 물들여 진달래 마음이 되어 보고 싶습니다.

장미(薔薇)

하필 꽃에 있어서뿐 아니라, 무슨 빛에 있어서나 그 어느 다른 빛보다 붉은빛이 좀 더 유혹적이거니와 같은 향기를 담은 같은 장미로되, 황장미(黃薔薇)보다는 홍장미(紅薔薇)가 한결 마음을 끈다.

황장미를 보통 여자에 비한다면 홍장미는 확실히 그것을 뛰어넘는 미인이다. 그리고 황장미는 숙성한 여인같이 점잖아 보이는 데 반하여 홍장미는 한참 시절을 자랑하는 17, 18의 처녀 같은 애교를 가졌다.

나는 이 붉은 장미의 애교에 반했다. 어느 때나 무시로 대할 수 있는 가족공원의 한 모퉁이에 핀 꽃이건만 나는 그렇게 한지(寒地)에 세워두고 보는 것만으로 만족할 수는 없었다. 한 가지를 꺾어 책상 위에 꽂아놓고 마주 앉아 그 높은 향기와 애교에 취하고 또 사랑하고 싶은 충동을 느낀다. 가지를 꺾으면 그렇게 고이 가꾸던 꽃이 성기어져 보기 싫을 것을 염려하면서도 나는 칼을 꺼내 들고야 말았다.

그러나 가시 때문에 용히 손을 댈 수가 없다. 뿌리쯤에서 줄기의 끝까지 바늘 끝같이 날카로운 가시가 손을 댈 자리도 없어 다닥다닥 붙었다.

황장미에는 그래도 손댈 자리는 있는데 이 홍장미에 그렇게 많다. 이것은 마치 예쁜 여자일수록 마음이 독하듯 꽃도 그러한 듯하다. 예쁘게 생기면 뭇사람들의 눈독을 많이 받아야 할 것이니까 그 예쁘고 아름다운 미의 절개를 지키게 하기 위하여 창조의 신은 미를 지으실 때는 반드시 그 보호책으로 독을 주신 듯하다.

그러나 미를 사랑할 줄 아는 인간은 그것을 마음껏 사랑하여 보아야 만족을 느낀다. 가시 때문에 꺾기가 힘들다고 나는 그대로 두지는 못했다. 가시가 손에 닿지 못하게 새끼로 채앵챙 감아쥐고 기어코 그중에도 탐스러운 한 가지를 꺾고야 말았다.

미인치고 지조를 가지는 여자가 드물다거니와 근본적으로 마음이 방탕한 탓은 아닐 게다. 미인일수록 그만치 마음은 독했으리라. 그러나 이 미에 취하는 눈은 꺾기 어렵다고 그 미를 그대로 두지는 않는 소이(所以)가 아닐까 한다.

나는 화병에다가 꺾은 꽃가지를 볼품 좋게 꽂아서 책상머리에 놓았다. 그러나 그 당시뿐이었다. 그 꽃을 꺾을 그때처럼 정열적으로 그 꽃에 사랑이 가지 않았다. 시들기에 보니 물 주기를 며칠이나 게을리했다. 미에 취하는 마음도, 그것을 사랑하는 마음도 일시였던 것이다. 그 미를 꺾음으로 나의 미에 대한 욕심은 벌써 만족하였던 모양이다.

제비

우중(雨中)에 미안하나, 좀 급히 와 달라는 벗의 부름을 받고 연두 끝에 우산을 벗긴다는 것이 어둠 속에 그만 제비 둥지에 손이 닿았던 모양이다.

둥지 안에서 알을 품던 제비가 파드득 날아난다.

지척도 분별할 수 없는 새까만 이 밤중에 더구나 비까지 내리는 이 밤중에 어디로 날아갔을까, 꽤 그놈이 다시 제 둥지를 찾아 들어올까, 둥지 틀 자리까지 손수 만들어주고 고이고이 새끼를 쳐 내가기를 바라던 내 마음은 자못 불안하였다.

받으려던 우산을 나는 다시 내려놓고 방안으로 얼른 들어가 램프 불을 밖으로 내다가 번쩍 들어 둥지를 비춰 주었다. 그러니까 어디를 갔던 것인지 획 하고 제비가 어둠 속으로 불빛을 좇아 재빠르게 날려 들어온다. 그러나 연두 끝에 바짝 다가 틀어 놓은 둥지에까지 자유롭게 내리붙기에는 아직도 불이 어두운 모양이었다. 둥지를 배앵뱅 싸고 돌면서도 올라붙지를 못한다.

그러니까, 그 옆 처마 대에 올라앉아서 자던 수놈이 목을 넌지시

빼고 좀 더 바짝 날아 들어오라는 듯이 재재거리며 부른다. 그러나
암놈은 붙으려다, 붙으려다 못 붙고 기진하여 다시 처마 밖으로 벗
어나 지붕으로 날러 나가 앉는다. 그리고는 숨이 트이는 양, 깃을 늘
이고 한참이나 앉았더니 또 처마 밑으로 날아 들어와 아까 모양으
로 둥지에 붙으려고 애를 쓴다. 그러나 소망을 못 이룬다. 두 번 세
번 이렇게 들락날락 거듭하기를 칠팔차나 하던 제비는 깃까지 함북
이 비에 젖어 나는 것조차 둔하여져서 둥지의 주위에도 날아오르지
를 못하고 토방과 처마 끝의 반 중동에서 오르락내리락 헤맨다.

　그 정상은 내가 보기에도 딱하니, 처마 끝에 앉아있는 수놈이야
오죽할 것인가. 둥지에까지는 못 올라붙어도 여기에나 올라오라는
듯이 수놈은 한편 쪽으로 몸을 앉은걸음으로 비켜 가며 자꾸 재재
거린다. 허나 그 암놈은 기운이 다 빠진 듯이 거기까지도 오르지 못
하고 토방 위에 떨어지듯이 그만 내려앉고 만다. 고추장 빛 턱 아래
털이 몹시도 불룩거리는 것을 보면 어지간히 숨이 찬 모양이다.

　한참이나 이것을 물끄러미 내려다보던 수놈은 자리를 잡지 못하
고 처마 대를 왔다 갔다 하며 안타까워하더니 그만 참을 수 없는 듯
이 푸드득 날아 내려와 자꾸 올라가자고 위로 날아올랐다가 토방
위에 내려앉았다가 하며 어쩔 줄을 몰라 한다.

　암놈도 수놈의 그 뜻을 아는지 푸드득 같이 날아오른다. 그러나
역시 둥지에 붙지를 못한다. 아니, 그 수놈까지도 암놈과 같이 붙으
려다, 붙으려다 붙지 못하고 토방 위로 내려앉고 만다. 그리하여 두
놈이 다 올라붙지를 못하고 번갈아 오르락내리락하더니 필야엔 암
놈이 먼저 올라붙는다. 그러나 이제 또 수놈이 처음 암놈 모양으로
올라붙지를 못하고 한참씩이나 태수를 하다가는 힘이 빠져 떨어지

곤 한다.

그러니까 이번엔 암놈이 또 둥지 속에서 고개를 갸웃거리며 처음 그 수놈 모양으로 안타까워하다 못해 수놈 따라 또 좇아 내려온다.

등불을 들고 장시간 이것을 바라보고 섰던 나는 그 제비 부부의 아름다운 마음씨에 자못 감격하지 않을 수 없었다.

그리하여 생사를 같이하려는 그 높은 정신에 나는 내 마음의 온갖 것을 빼앗기고 어서 두 놈이 다 같이 처마 대로 올라붙어 그 높은 희생적인 정신에 위안을 주고 싶었다. 그러나 암놈이 붙으면 수놈이 못 붙고, 수놈이 붙으면 그 적엔 암놈이 또 못 붙고 오르락내리락 안타깝다. 급기야 그 두 놈이 다 제 자리에 올라붙기까지에는 내 누이동생까지 불러내다가 쌍불을 받아 비추어 주었을 때로, 그동안이 아마 한 시간은 걸렸으리라고 보였다.

그리고 나서야 나는 급하게 부르는 벗에게 미안함을 느꼈으나, 그것보다는 오히려 무슨 커다란 무엇을 얻은 듯이 마음은 흡족한 것이 있었다. 만일 벗이 꾸짖는다 하더라도 할 말이 있는 것 같고, 그리고 설혹 벗이 내 마음을 비웃는다 하더라도 나는 거기에 스스로 만족할 것 같은 느낌이 조금도 벗에 대한 신의에 미안할 것 같지 않았다.

사연(思燕)

서울서 살자니 제비가 그립다. 봄 삼월이면 해마다 잊지 않고 내 서재(書齋) 문〔窓(창)〕앞 처마 밑에 들어와 깃을 들이고 새끼를 치던 그 제비가 그리운 것이다.

시골 있을 땐 음력 이월 그믐이 접어만 들면 나는 제비가 들어와 둥지 틀 자리를 나무 판지라든가 그러한 것으로 적당한 곳에 마련해 놓고는 맞아들이곤 했다. 그리고는 그놈이 아무 지장도 없이 고이고이 새끼를 쳐 기르기를 바라곤 했다.

그것은 무슨 제비가 들어와 새끼를 쳐야 그 집에 운이 든다는 그러한 전설을 염두에 두어서가 아니라, 나를 찾아들어와 내 방문 앞에 둥지를 틀고 새끼를 치는 그것이 귀엽고 사랑스러워서였다.

그것은 참으로 내 가족과 같이 귀여웠고 사랑스러웠다.

그러한 제비였건만 서울 와서 살게 되면서부터는 아주 소원하여졌다. 나를 찾아 들어오는 놈이 있기는커녕 공중에 날아다니는 그것조차 찾을 길이 없어졌다.

내가 서울 살림을 이제 처음 하여 보는 것이 아니요, 학생시절로

계용묵 작품선집

부터 통산을 하여 보면 십육여 년은 살았을 것이다. 그때는 집이라는 것이 없었고 남의 집 한 칸 방을 빌려 기숙을 하는 데 지나지 않았던 것이니까 특별히 그러한 관심이 없었던 것이나 집을 잡고 살림이라고 살게 되니 가족과 같이 여기던 그 제비라, 그 제비가 안 들어오니 가족이 안 들어오는 듯이 그 제비가 그리운 것이다. 실로 나뿐이 아니라, 선조 대대로 봄이면 맞아들이고 살던 그 제비였다고 생각하니 제비 없는 집에 살기가 더욱 쓸쓸한 감이 있다.

시골선 제비가 안 들어오는 집이면 흉가라고 한다. 그놈이 참으로 이상한 짐승이기는 한 것이었다. 안 들어오는 집은 영 안 들어온다. 시골이라도 읍(邑)이라든가 그런 고층건물이 번화한 거리에는 으레 들어오지 않는 것이지만 농가로 떨어져서도 안 들어오는 집이 있다. 조금도 다름이 없는 그 집이 그 집이나 마찬가지인 초가이로되 집이면 집마다 다 들어오면서도 빼어놓는 집이 있다.

그러면 그 집의 그해의 운은 나쁜 것이라고 추측을 하게 되는 것이 농촌 일반의 상식이다.

그러나 그것이 무슨 흉수(兇數)를 말할 만한 것이라는 그렇게 믿을 만한 근거를 찾을 수 없으니 그놈이 번화한 도시에는 들어오지 않는 것과 같이 어딘지 그 집에는 그놈의 비위에 맞지 않는 그 무슨 점이 필시 있을 것이라고 알밖에 없다. 그런데 나는 이러한 일을 직접 한 번 내 집에서 지나 본 일이 있다.

십여 년 전 내 집이 파산을 당할 때 내 서재에는 물론, 건넌방 큰방 사랑방 할 것 없이 방이면 방마다 그 방문 앞 처마 밑 도리 짬에다가 세 쌍, 네 쌍, 심지어는 다섯 쌍, 여섯 쌍 그 수도 모를 만치 들어와 다투며 둥지를 틀던 것이, 이 해 따라 어느 방문 앞에나 깃을 들이지 않고 그저 들어와서는 처마 밑에 그 무슨 무서운 것이 있기나 하는 듯이 기웃기웃하다가 달려나가서 지붕 위를 빙빙 돌아가는 나가고 하면서 간혹가다가 마당에 건너 맨 빨랫줄에 앉아 보되, 그것도 못 앉을 데를 앉은 듯이 날름하니 앉았다가는 곧 날아 나가곤 했다.

이렇게 하기를 삼사 쌍이 들어와서 봄내 하더니 여름철에 접어들면서 겨우 한 쌍이 내 서재 문 앞 처마 밑에 둥지를 틀고 새끼 한배를 쳤다.

그리고 그 이듬해에도 역시 그 전해 모양으로 제비란 놈이 들어와서는 지붕만을 빙빙 돌다 나가고 나가고 하다가 또 한 쌍이 남아서 깃을 들이고 하더니 설레는 집안이 조용해지자 삼 년째 되던 해 봄에 이르러서야 방문 앞마다 쌍쌍이 들어와 이른봄부터 예전대로 둥지를 틀었다.

이것이 이상하기는 했다.

대체 제비란 놈이 사람의 집 문전에 둥지를 틀고 새끼를 치려는 그 이유는 오직 사람을 믿고 자기를 해할 고양이라던가, 이런 모든 짐승을 돌보아 주리라고 믿는 데 있다고 추측되는 것만은 사실 같으니, 가령 그놈이 새끼를 치려고 하던 집에 불안한 빛이 보이게 되면 자기의 신변까지 보호하여 줄 그러한 성의가 그 집에 없으리라는 것을 엿보는 데서가 아닐까 하고 그 원인이 어디 있을 것인가를 한동안 생각해 본 일이 있다.

그러나 그것은 제비가 대답하시 않는 한, 영원힌 숙제로 남을 그러한 성질의 것밖에 더 되는 것이 아니어서 다시는 더 그것을 생각하려고도 아니하고 있는 지가 오래다.

이제껏 내가 제비를 못 잊어 하는 것은 다만 나를 찾아 해마다 들어오던 그 귀여움을 못 잊어서고, 또 내 집이 있게 된 후부터 몇백 년을 맞아 오던 그 제비를 맞지 못하는 섭섭함이 늘 마음에 남아 있는데서다.

서울도 제비가 들어오기만 한다면 내 서재 문 앞에 틀던 그 제비가 와 주기를 바라기나 하련만 내가 없으니 그 서재에 둥지 틀던 그 제비 필시 자리를 옮겨 뉘 집 문전에 깃도 들이고 그 집주인의 사랑을 받고 있을 것이라 아니 다시 그 시골집의 서재로 돌아가 그 제비를 불러다 놓고 책을 들고 앉아 보고 싶은 생각이 불현듯 간절하여진다.

정릉 일일(貞陵一日)

　정릉의 산속은 새소리 없이도 푸르다. 물소리만이 그저 솨아솨 골짜기마다 들릴 뿐인데 산은 푸르렀다. 새소리를 무시하고도 정기만으로 푸르른 그 기개만은 장하다 아니 할 수 없으나 적어도 이만한 녹음이라면 꾀꼬리 소리 한마디 들을 수 없음이 무색하구나.

　내 본래 산이나 바다의 취미를 모르거니와 오늘 내가 정릉의 녹음을 찾게 된 것도 무슨 이런 녹음의 유혹에서가 아니요, 사우(社友)들의 종용에 마지못해 따라나섰던 길이니 그까짓 녹음이야 짙었던, 말았던 꾀꼬리야 울던, 말던 어아(於我)에 하관(下關)이리오만 그래도 이 녹음에, 이 물소리라면 꾀꼬리 소리 한마디쯤은 있어야 면목이 설 것 아닌가. 어쩌다 오다가다 숲 속을 다녀가는 밀화부리 소리 한마디 들을 수 없다.

　이러한 녹음(綠陰)도 좋다고들 모여든다. 우리도 그리 늦은 편은 아니었건만 언제들 이렇게 떨쳐났는지 아직 오정도 멀었을 텐데 산은 사람으로 찼다. 아니, 곳에 따라선 벌써 노노한 취흥에 허리를 부리치고 꼽당춤에 냄비 장단이 한참인 데도 있었다. 우리 일행도 물이 흐르는 골짜기의 한 곳을 택정하고, 짐을 풀었다. 소고기, 닭고기, 계란, 과자, 술, 쌀 거기에 이것들을 요리할 도구 일습이 자전거로 하나가 실리어 왔다.

논다는 것은 결국 먹는다는 의미가 아닐는지 모른다. 제 아무리 명승경개를 대했다 하더라도 그것이 향락으로서의 본의였다면 반드시 먹는 일항(一項)이 따라야 그 의의를 지니게 되는 것 같다.

그러나 먹을 줄 모르는 것까지 먹어야 하는데 그 의의가 있다면 향락의 존재에 나는 의심을 두지 않을 수 없다.

일행 칠팔인 중 다만 한 사람만이 호주객이요, 여타는 모두 비주객인데 우리의 짐 속에서도 소주가 한 되, 삐루가 서너 병 나왔으니 먹을 줄 모르는 술이라도 이러한 좌석에서는 먹어야 한다는 법칙일까. 그리하여 억지로라도 먹어야 향락이 되는 것일까. 어쩌자고 먹을 사람도 없는 술의 준비가 이렇게도 많았을까. 처리에 곤란할 것이 미리부터 짐작되었지만 결국 삐루 몇 잔에 나는 괴로웠다.

제가 그물을 떠나 놓고 그 그물에 걸러드는 것이 사람의 장난이기는 하지만 스스로 지어서 괴롭게 만들어 놓고 괴로워하는 것으로 낙으로 삼는 것이 인생 본래의 사는 재미인지 모른다. 육자배기 장타령에 산을 떠내 보낼 듯이 노자 때리던 맞은짝에서도 모두 혼곤히들 근더졌다. 즐거운 현상일까 괴로운 현상일까. 나도 한 번 한껏 취하여 그들의 심경에까지 이르러 봄으로 그들의 심경과 같은 심경에서 인생을 한 번 내다보고 싶기도 하건만 몇 잔에 괴로운 술이니 도저히 그런 경지에까지 보지 못할 주량이 한이다.

"자, 한 잔만 더?" 하는, 권도 간절한 좌석의 권고이었으나 주량의 말을 안 듣는다.

나는 인생의 밑바닥을 들어가서는 살아 볼 수 없는 영원한 인생의 초년병인가 보다.

　"녹음방초승화시(綠陰芳草勝花時)에…." 하고 곡조도 어디선가 흘러드는 것을 보면 술에만 취하는 것이 아니라, 녹음에도 취하는 것임은 틀림없는 사실 같거니, 녹음에도 술에도 취할 수 없는 인생은 결국 괴로운 의의를 모르는 인생일까. 그렇다면 녹음도 술도 모르고 괴로운 내 마음은 과연 무엇을 의미하는 괴로움일까.

　만산에 주홍이 물소리와 같이 골짜기마다 찼는데, 오직 침묵으로 물소리만을 흘려내려 보내는 이 골짜기는 좋은 의미에서건 나쁜 의미에서건 녹음도 술도 무시한 이 날의 히트에 틀림없으리라.

피서(避暑)의 성격(性格)

그 어느 해 여름 피서를 한다고 이삼 인의 벗으로 어울려 옥호동 (玉壺洞) 약수(藥水)를 찾아갔던 일이 있다. 산촌의 약수치고는 설비나 경치나가 다 무던했다. 이 약수의 성능이 어떠한 것인지는 알 바 없었으나 물이 차기로는 빙수에 질 바가 없었다.

돌 틈새로 용솟음쳐 흐르는 물을 배지로 받으면 물 위에 보얗게 어리는 안개가 보기만 하여도 땀방울이 가더든다. 게다가 심산 깊숙이서 시잉싱 줄기차게 숲 사이를 헤치고 쏟아져 내려오는 산바람이 끊임없이 몸을 어루만져 주어 서츠 바람엔 한기까지 느낄 정도다. 다만 피서지로 결점인 것은 쭉 벌거벗고 진탕치듯 헤엄을 쳐 볼 그러한 물만이 없는 것뿐이지 시원하고 조용한 편으로 송도원(松濤園)이나 그런 것보다 오히려 좋을는지 몰랐다.

그러나 벗들의 비위엔 이게 다 틀렸다. 그날 밤 약수터 주위를 일순하고 난 벗들은,

"가세. 싱거워!" 하고 날이 밝으면 덥기 전에 일찌감치 떠나야겠다고 풀어 놓았던 짐을 도로 챙기며 수선이었다. 그래 대체 이게 어찌

된 일이냐고 물었더니,

"술이 있어? 계집이 있어? 병쟁이 아닌 담에야 무슨 맛에 여기서 여름을 나!" 하는 것이 그들의 똑같은 불평이었다.

피서가 목적이긴 하면서도 부수되는 그 어떤 자극적인 향락이 필요했던 것이다. 아무리 시원한 물이요, 바람이라고 하더라도 주색이 따르지 않는 물과 바람은 시원하질 않았던 것이다. 따지고 보면 피서를 한다는 그 피서는 피서를 위한 한낱 배경에 불과한 것이고 기실 피서는 주색에 있었다고 아니 할 수 없었다.

술을 마시지 않는 자에겐 이 약수터가 훌륭한 피서지이었지만 술을 마시는 사람에겐 이렇게도 피서가 안 되는 것이었다. 나도 일찍이 그 어느 한때는 삐루 한 타쯤은 사양치 않으려고 하던 시절이 있었거니와 만일 내가 술을 제대로 계속하는 그러한 건강한 몸이었더라면 이 약수터가 그들과 같이 그렇게 피서지로서의 대상이 되어지지 않았을 것일까. 술과는 지금토록 인연이 멀게 지나는 나는 피서의 성격에 자못 그 파악이 어려웠다.

내 술과는 인연을 멀리하되 이미 맛은 들였던 술이라 술맛은 알고 있는 처지다. 지금도 가다가는 가끔 조끼라도 한 잔… 하는 생각이 불현듯 떠오르는 때가 있는 것이 숨길 수 없는 심정이기는 해도 이만 정도로는 술의 천리가 밑바닥까지 통하지 못하기 때문일까. 그렇다면 술을 다시 계속할 만한 그러한 건강이 회복되지 못하는 한 나는 인생의 즐거운 취미 하나는 영원히 맛보지 못하고 살아야 하는 셈이 된다.

주색 없이도 시원함을 느낄 수 있는 나의 이 옥호동 약수 취미는 과연 어디 있는 것일까. 유색유주(有色有酒) 속에서 느끼는 취미보다 무색무주(無色無酒) 속에서 느끼는 취미가 좀더 유현한 취미가 되어지는 것은 아닐까. 이즘 나는 친구들의 우리 어디 피서나 가 볼까 하는 그런 의견이 있을 때마다 이러한 생각을 하고 피서의 성격에 다시금 고요히 마음을 깃들여 보곤 한다.

수박

취미에 따라서 제각기 다르기는 할 것이로되 여름 과실로는 아무 래도 수박이 왕좌(王座)를 차지해야 할 것이다. 맛으로 친다 해도 수 박이 참외나 다른 그 어떤 과실에 질 배 없겠으나 그 생긴 품위로 해서라도 참외나 그런 그 어떤 다른 과실이 수박을 따를 수 없을 것 이다.

그 중후한 몸집에 대모(玳瑁) 무늬의 엄숙하고 점잖은 빛깔이 우선 교양과 덕을 높이 쌓은 차림새 같은 그러한 고상한 인상을 주거니 와, 감미한 맛을 새빨갛게 가득히 지닌 그 속심은 이 교양과 덕의 상징이라 아니 볼 수 없다.

새빨갛게 속이 물드는 과실이 하필 수박이리오만, 유심히 보면 수 박의 그것은 어느 다른 과실의 그것보다 빛의 성질이 다르다. 천진 에 가까울 만치 순한 빛이요, 연한 살이다. 아마도 자연의 제과품으 로 이 수박이 여름의 풍물 가운데선 가장 예술적일 것이다.

내가 수박을 좋아하는 것도 실은 이 예술적인 풍미에 있다. 그래 서 나는 수박을 미각으로만 즐길 것이 아니라, 시각으로도 취미로도 즐기고 싶어, 한때 시골서 살 적엔 채원(菜園)에다가 수박을 손수 심고 가꾸며 어루만진 적이 있다.

한 개의 예술이 완성되기까지에는 그 노력이 헐한 것이 아니듯이 이 수박을 가꾸는 노력도 참으로 헐한 것이 아니었다. 재배법을 들여다보며 꼭 법칙 그대로 가꾸는데도 말을 잘 듣지 않았다. 참외는 맺히기만 하면 결실이 거의 영락이 없는데 수박은 그렇지 않았다. 맺혔다가도 곧잘 떨어지고 한창 크다가도 결실에 이르기까지의 밑자리가 위태해서 그것을 바로잡으려고 손만 좀 대어도 손내를 맡고는 않는다. 자연 이외의 접촉은 허하려고 아니했다. 자연이 준 지조를 충실히 지키는 과실이다.

이런 고상한 의지를 지닌 것만으로도 수박은 탐나는 미각의 대상이 아닐 수 없는데, 달고 시원하면서도 흡입이 깨끗한 맛이란 여름의 그 어느 과실이 감히 따르지 못할 것이다. 적당히 익어서 땅바닥에 닿았던 부분이 누렇게 되고 두들겨 보아 북소리가 나는 놈만 골라들면 그야말로 그건 여름이 아니고는 맛볼 수 없는 일미다.

그러나 시장에 진열된 것으론 이런 게 용히 눈에 띄지 않는다. 영리를 위하여 다량생산을 목적하고 인공을 가하여 자연을 모독해서 조숙시킨 것이 거의여서 수박 본래의 제맛을 다들 그대로 지니지 못했다. 심지어는 속을 붉게 만드느라고 애송이에다가 물감 주사질로 성숙시킨 것도 없는 게 아니라니 도시 사람은 어쩌면 한평생 수박의 제맛을 모르고 지나게 될는지도 모른다.

4천여 년의 역사를 가지고 오랜 세월을 내려오며 시인의 홍을 돋우고 만인의 입에서 오르내려 오는 수박이 오늘 와서 이렇게 변질이 되고 만다는 건 여름의 미각을 위하여 슬픈 일이 아닐 수 없다.

전승지(戰蠅志)

파리와 싸운다. 밥상을 들여다 놓으면 뚜껑을 열기가 바쁘게 달려들어 먼저 맛을 보며 돌아가는 놈이 파리다. 불결한 배설을 정한 데 없이 아무 데나 되는대로 갈겨 내는 놈이 또 파리다.

그러나 이런 것들쯤은 그대도 괜찮다. 책을 들고 누운 얼굴 위에 날아들어 자꾸만 피부를 간질이며 방해를 하는 때처럼 미운 것은 없다.

시인 하이네는 바로 죽기 직전에 사랑하는 애인을 가리켜 "나의 파리여!" 하고 불렀다거니와, 병석에 누운 자기의 주위를 떠나지 않고 언제나 빙잉빙 돌아가는 것이 마치 파리와 같아서 그렇게 불렀는지 어쨌든 애인을 파리라고 불렀다니 이 시인은 파리가 그처럼 좋았을까. 파리일레 책과의 친밀히 알뜰히 이어지지 못하고 모처럼 가라앉혀 책 속에 파묻힌 정신이 한 마리의 파리 때문에 가리가리 갈리어 나가는 걸 보면 애인이란 심사숙고에의 장애물이라고 이 시인은 애인을 파리에 비하여 그렇게 부른 것은 아니었던가도 싶어진다.

책을 들 때는 의연히 파리를 염려해서 앞뒤 창을 꼭 듣고 '후마기라'를 방안이 보얗도록 냅다 뿌려서 그놈들이 모두 취하여 근더지기를 기다려 말짱히 쓸어 버리고 새로운 기분으로 아주 길게 자리를 잡고 눕는 것이나, 어디서 날아오는 것인지 창을 열기만 하면 옹옹하고 모여들어 얼굴을 무대로 별별 후한 장난이 다 벌어진다. 난리니 뒤가 있을까, 옹이—하고 날아나선 허공을 한 바퀴 비잉 돌아가지고는 다시 돌아와 그 장난인 것을……

앉는 것도 아주 묘한 것이다. 콧등이면 콧등, 입술이면 입술, 꼭 앉던 그 자리에 영락없이 돌아와 앉는다. 골이 아니 오를 수가 없다. 갈릴 정신을 꺼리어 참자, 참자 참아 내다 못해 그놈들을 따라 일어서고야 만다. 어떻게 해서든지 그놈들을 잡아 경을 쳐야 마음이 개운해지는 것이다. 요리조리 피해내는 놈을 구석구석 따라다니며 기어코 쳐서 잡아 놓고야 다시 책을 들고 눕는다.

그러나 어디 고놈들뿐이던가. 얼굴에 와서 붙는 놈이란 매한가지로 고놈의 장난이 고놈의 장난이다. 날리다 날리다 참지 못해서 다시 벌떡 일어나는 날이면 그적엔 물불을 헤아릴 여지 없이 난타전이다.

"아, 아야!"

아내의 등골에 파리채는가 부딪쳤다.

고의의 짓이 아니라 미소로 대항이기는 하나, 맞은 자리가 노상 헐치는 않은 모양이다. 일감을 놓고 손을 등으로 돌려 긁적긁적하기에 보니 좁쌀만 한 피가 한 점 모시 적삼 등골에 빨갛게 물이 들었다. 얼마나 세차게 때려 조지었던지 파리 대가리가 그 자리에서 아주 박살이 되어난 모양이다.

그러나 배설 정도의 오점이라 썩 분간이 가지 못할 흔적이기에 나 역시 건 모르는 체 다시 파리 따라 채를 옮기었다.

제 일착으로 맞은 건 파리가 아니라 엉뚱하게도 날라리였다. 그저 치기에만 독이 오른 손은 그놈조차 파리로 빗보였던 모양이다. 날라리는 안타까움을 못 참는 듯이 머리를 뒤로 곤두세우고(기실은 비뚤어졌다) 뱅글뱅글 자꾸만 돌아가는 양이, 내겐 무슨 죄로 형벌이요 하고 살려 주기를 애원하는 것 같아 보기에 심히 민망스럽다. 다시 살아날 도리가 없을까 회생을 기다리며 동정을 엿보았으나 민망한 내 마음을 풀어 주기엔 너무도 상처가 컸다.

돌아박힌 대가리를 종시 바로잡지 못하고 한참이나 앵둥이를 들었다 놓았다 하고 앞발을 바르르 떨더니 그게 최후였다. 그 후로는 영 아무런 동작이 없다. 큰일을 저지른 것처럼 마음이 섬뜩하다. 이 며칠 동안 파리를 수없이 아마 수천 수(數千首)는 넘었으리라. 그렇게 쳐 왔어도 조금도 마음에 동요가 없던 것이, 날라리를 죽인 이제 그놈이 끔찍이도 불쌍하다. 그것이 내 본의가 아니었던 것을 변명한댓자, 그리고 안 했댓자 죽고 말았으니 무슨 소용이 있으랴. 그저 횡액을 면치 못한 그 죽음만이 애처로울 뿐이다.

이 날라리의 횡사에 대한 책임은 누가 져야 마땅할 것인가. 파리가 져야 할 것인가, 내가 져야 할 것인가. 결국은 내가 아니 질 수 없는 성질의 것이다. 돌아오게 되는 책임이 당연하게 되는데 고놈들의 파리가 더한층 미워진다. 고놈들을 씨알머리가 없이 멸종을 시키리라, 파리채 끝에 주어진 힘은 더할 수 없이 어지러워졌다. 안팎으로 들락날락 진종일을 쳐냈다.

그러나 그날 밤 빈대의 성화에 잠이 깨어 보니 어디서 또 그렇게 모여들었는지 10여 마리는 넘으리라, 어쨌든 그 많은 수효의 파리가 아내의 잠자는 입에 한 입 들어가 진탕치듯 침을 빨아내고 있다. 입안이라 파리채는 쓸 수가 없어 손으로 휘저어 날리고 보니 그 벌어진 입안의 하얀 이빨 위에 동골동골하게 그려진 누에 알 같은 까만 반점들은 그게 필시 그놈들의 배설이 또 틀림없었다. 이것이 항상 입을 다물고 잘 줄 모르는 벌이라면 비색중으로 늘 코가 막히어 입을 벌려야 잘 줄 아는 내 입이니 내 입엔들 어찌 그러한 장난이 없었으리라고 믿으랴. 고놈들을 모조리 또 잡아 죽이지 않고는 마음이 가라앉을 수 없었다. 다시 자리에 누울 생념도 없이 불의의 작전이 야반에 한참 또 분주하였다.

이렇게 추하고 성가신 그 짐승을 하이네는 애인에 비하여 부르다니!

애인을 "나의 파리여!" 하고 부를 때, 족히 성을 내지 아니하고 이 시인의 부름을 영광으로 만족하게 받아 주었던지, 하이네에게 한 번 물어보고 싶어진다.

여름의 미각(味覺)

여름은 채소를 먹을 수 있어 좋다. 시금치, 쑥갓, 쌈, 얼마나 미각을 돋우는 대상인가. 새파란 기름이 튀여지게 살진 성성한 이파리를 마늘장에 꾹 찍어 아구아구 씹는 맛 더욱이 그것이 찬밥일 때에는 더할 수 없는 진미가 혀끝에 일층 돋운다.

그러나 같은 쌈, 같은 쑥갓이로되, 서울의 그것은 흐뭇이 마음을 당기는 것이 아니다. 팔기 위하여 다량으로 뜯어다 쌓고 며칠씩이나 묵혀 가며 시들음 방지(防止)로 물을 뿌려선 그 빛을 낸다. 여기 미각이 동할 리 없다.

여름철이 아니고는 이런 것이나마 역시 맛볼 수 없기는 하나, 성성한 채정(採精)이 다 빠지고 취김 물에 겨우 제 빛을 지니어 가는 그 가난한 이파리가 비위에 틀린다.

그래서 이 이삼 년 챈 쌈이 그리운 여름이 와도 여름을 잊은 듯이 그처럼 좋아하는 쌈 한 번 마음 가득히 먹어 보지 못했다. 언제나 시골서처럼 채원에다가 푸른 식량을 한 밭 심어 놓고 식욕이 읍지일 때마다 먹으면 뱃속까지 새파랗게 물들 것 같은 성성한 정기가 담뿍 담긴 그 푸성귀를 아구아구 씹어 먹어 볼는지.

아내도 그런 것이 무척 그리운 모양으로, 가게에서 사 오는 그것보다 어떻게 좀 생기가 돌게 만들어 먹을 수 없을까 한 번은 파를 사다가 서울집하고도 유별히 좁은 그 마당 한 귀의 물독 옆에다가 서너 포기를 꽂아 놓고 물을 주어 키웠다.

이걸 하루는 고향에서 손님이 왔다가 보고 "저게 뭐 채원(菜園)인가?" 해서 고성소(高聲笑)를 한 일이 있기도 했거니와, 이런 것에 구애가 없이 사는 시골 사람이 무척 그립다.

어떻게도 우리 집 마당이 좁은 것인가는 여기에 그 평수를 숫자적으로 따지어 밝히기보다 좋이 설명해 주는 것이 있으니 바로 작년 봄이었다. 시골서 입학시험을 치러 올라왔던 어떤 여학생 하나가 마당 한복판에 서서 사방을 두루 살펴보더니 "마당은 어디 있어요?" 해서 웃었다면 그 마당의 넓이가 얼마나한 정도일 것인가는 가히 짐작해 알 것이다. 그러니 그렇게 심어 먹기를 즐기는 아내이었건만 그 파 다섯 포기(꼭 다섯 포기)밖에는 여기에 더는 생념을 내지 못하고 넘석거린다.

"그 뒷곁 바위 위에다가 흙을 좀 사다 붓고 쌈이나, 그런 것을 좀 못 심을까요?"

"장독은?"

"장독 옆으로 말이에요."

"사다가 먹는 게 그저 싸지."

"그래두."

아내는 되건 안 되건 한 번 시험을 해 보았으면 하는 심정이다.

그러나 그 바위 위에다가 흙을 덮으려면 한 자 두께는 덮어야 할 게니 한자 두께면 흙이 한 마차, 한 마차면 비용이 사 원, 그리 많은 돈은 아니나, 장마를 한 번 겪고 나면 꼭 사태(沙汰) 질에 나중에는 그 흙을 처내는 인부 삯까지 처넣어야 할 것만 같으니 아내의 그 심경을 헤아려 보잠도 딱한 노릇이다. 이유를 설명하고 승낙을 않았더니 아내도 그건 그럼 즉이 생각이 들었던지 다시는 더 아무 말이 없이 그저 그 마당귀의 파 다섯 포기에만 일심으로 손을 넣으며 이즘엔 한 포기를 더 늘려 여섯 포기가 담 짬에서 새파랗게 자라나며 반찬의 양념을 돕는다.

하지만 가게에서 사 오는 시들은 백채(白菜)엔 아무리 신선한 파가 들어가도 그토록 맛을 돕는 것이 되지 못 된다. 모처럼 애를 쓰고 키워서 만든 김치를 맛이 없달 수 없어 잠자코 먹기는 하지만 결국은 아내의 손만 좀더 분주하게 만드는 수고밖에 더 되어지는 것이 아니다.

겨울밤 찬밥에다 동치미를 썰어 비빈 그 기운찬 맛, 미미각(美味覺)의 여성적인 추과(秋果), 고사리, 맛이나물 같은 가지가지의 춘채(春菜), 철철이 미각의 대상이 계절을 자랑하지 않는 것이 없으나, 여름철의 그것이 내게는 좀 더 유혹적이건만…….

참외와 수박이 결코 추채류(秋菜類)에 떨어지는 미각이 아니거니와, 쑥갓, 쌈이 또한 산채에 지는 것이 아니건만…….

먹는 데도 역시 그 운치가 반은 더 미각을 돋우는 것이어서 수박은 다락 위에서 꿀을 부어 한가히 먹어야 맛이 나고, 참외는 거적문을 들치고 들어가는 원두막 안에서 먹어야 맛이 난다. 그런 것을 서울선 기껏 골랐대야 따다 두어서 익힌 속 곤 놈을 그것도 마루 위에 서밖에 앉아 먹을 데가 없으니 제맛이 돋궐 리가 없다.

이즘 한참 수박과 참외를 수레에다 잔뜩 싣고 거리거리 돌아가며 외쳐내는 하나 쑥갓이나, 쌈 매한가지로 내 비위는 그렇게 흐뭇이 움직여지는 것이 아니다.

"쥔치 사라우?"

채소에 맛이 없어 하니 아내는 생선장수를 불러 세운 모양이다.

"외이를 사지?"

"글쎄, 생생한 게 여기에 올라와야지요."

"그럼 거리에 내려가 보지?"

"아까도 내려가 봤는데요. 뭐 소경 눈 뜨나 감으나예요."

오늘도 김치는 또 굶었다.

조어찬(釣魚讚)

　나는 낚시를 좋아한다. 지금도 내가 만일 고향에 있는 몸이라면 이 글을 쓰는 이 시간이 바로 송가포반(宋哥浦畔)의 그 소위 '섬배미뚝'이라는 갈밭 속 회돌아진 모롱고지의 애기버들 밑에 한가히 풀 방석을 깔고 앉아 바람 좇아 굽이치는 물결 위에 자리를 못 잡는 낚시깃의 동정에서 고깃쩔을 찾아내려고 온 정신을 시선에 모으고 있을 그러한 시간에 틀림없을 게다.

　한여름의 한낮 볕이 지글지글 내리눌러, 개구리조차 어쩔 줄을 몰라 하며 죽은 듯이 두 다리를 쭉 뻐드러지고 물 위에 두웅둥 떠도는 그러한 더위인데도 이때만은 더운 줄을 모른다.

　실로 내게 있어, 세상의 온갖 시름을 잊을 수 있는 행복한 순간이 있다면 한바다에 낚시를 던지고 고기를 노리는 그 순간일 것이다. 창작할 때의 그 한순간이 낚시질 그것보다 못지않은 행복한 순간임에는 틀림없으나 그 순간과 상반하여 속을 태워 주는 한동안 한동안의 괴로운 그 순간마다 한 근씩이나 살을 깎아내리는 듯한 실로 참기 어려운 역한 순간이기도 하다.

그러기 때문에 내 마음을 살찌워 주는 점에 있어서는 낚시질이 오히려 창작의 위에 놓인다.

그래서 그런지는 모르나 어쨌든 낚시질 철만 되면 나는 보던 책도 쓰던 글도 다 집어 던지고 한여름 동안을 줄곧 낚시질로 지나 보내게 된다. 이것이 그 어느 한 해의 여름 동안의 그 짓이 아니었고 십년 가까이 계속해 온 때가 나의 과거에는 있다.

집에 일은 어떻게 되는지 모른다. 오직 눈에 보이는 것은 굽실거리는 푸른 물결이요, 그 물결 위에 곤드라 선 낚시 깃대. 그리고 하얀 비늘을 번득이며 요동치는 손바닥 같은 붕어.

이 유혹은 날이 새기가 바쁘게 나를 강가로 이끌어낸다. 홰에서 닭이 푸득푸득 내리는 깃부춤 소리가 들리면 부랴부랴 옷을 주워 입고는 낚시 도구를 매고 떠난다. 그래선 해를 지우고도 오히려 부족하여 강변에 미련을 두고 이튿날을 혼자 마음에 약속하곤 날이 어두움을 못내 탄식하며 집으로 돌아온다.

낚시질 그것에의 신밀(神密)한 제호미(醍醐味)에 취하면 잠시라도 강변을 떠나기가 싫은 데다 고기란 놈이 물기를 또 아침저녁으로 잘 물리는 것이어서 그 유혹이 이렇게 나를 날마다 진종일을 강변에 붙들어 놓는다.

참으로 해가 솟을락 말락 동쪽 하늘이 벌겋게 물들어 오를 때, 그리고 해가 질락 말락 서쪽 하늘에 붉은 놀이 길이 퍼질 때, 이때야말로 낚시의, 그날의 계절인 것이다. 어쩌다 아침잠이 늦어서 해가 올라오게만 되면 아침도 미처 못 먹고 떠난다. 그래서는 저녁 한 동안을 또 기다리기에 한 종일을 굶는 일도 있다.

그런데 나의 낚시질 취미에는 남다른 이상한 것이 있다. 남들은 크나 적으나 고기가 쉴 새 없이 물어야 재미가 있다고들 하나, 나는 적은 놈이 물리면 그만 화가 버쩍 나서 못 한다. 적어도 손바닥만큼 이나 한 놈이 물려야 정신이 낚시에 쏠린다. 그러기 때문에 나는 언제나 큰놈을 잡기에 애를 쓴다.

그러나 큰놈이 그리 쉬이 물리는 것이 아니다. 그러니 잡는 수는 남보다 언제든지 떨어지기 쉬우나 잡히는 놈이면 그것은 굵다. 낚시질 취미란 물론 고기를 낚는 데 있을 것이나 그저 낚는 것만으로는 묘미가 없다. 아무런 반항도 없이 낚싯대도 휘지 않고 겅뚱 달려 올라오는 작은 놈은 아무 낚을 맛이 없는 것이다.

적어도 일 척 내외의 큰놈이라야 물 밖을 나오지 않으려고 물속을 왔다 갔다 물살을 찢으며 요동을 쳐서 낚싯대가 부러질 염려가 있을 만큼 수고스럽게 낚아내는 데 묘미가 있는 것이니, 이 순간이야말로 유현한 진리 속에 자기를 잊는 그 일순이다. 실로 낚시질 취미란 큰놈을 낚는 데 있다.

그러나 메기라든가, 뱀장어 같은 놈은 아무리 굵은 놈이라 해도 낚을 맛이 없다. 물살을 찢고 달아나는 힘이 없이 그저 무겁게만 달려 올라오기 때문에 그것은 싱겁기가 짝이 없다. 차라리 술쪽 같은 적은 붕어만치도 그것은 낚을 맛이 없다. 낚시질엔 붕어 낚시질이 본격적일 것이다.

그러므로 고기를 낚아도 재미있게 낚기 위하여 붕어 낚시질을 아니 할 수가 없다. 그러나 붕어가 서식하는 곳에는 메기도 의례히 같이 살고 있어 도저히 붕어만을 낚을 수는 없으나 고기의 습성을 알고 낚시를 주는 그 방법을 알게 되면 어느 정도까지는 이 메기를 피하고 붕어만을 낚아낼 수가 있다. 어떠한 고기나 작은놈은 대개 물

위에서 놀기를 좋아하고 큰놈은 물 깊이 있기를 좋아한다. 그러기 때문에 낚시의 지혜를 깊이 주어 물 위에 뜨는 것이 겨우 곤드라서게 낚시를 주면 문제없이 큰 붕어를 낚을 수 있다.

이렇게 하는 것이 자연히 또한 메기는 못 물리게 하는 방지도 되니 메기란 놈은 크나 작으나 물속 깊이보다는 물 위에서 늘 떠돌아다니며 작은 고기를 잡아먹는 습성을 가졌기 때문에 작은놈들이 노는 옅은 물속에서 대개는 지나고 있으므로 지혜가 깊으면 메기가 잘 물리지를 않는다. 그래 이렇게 깊이 지혜를 주어 놓고 노리다가 꿈물하고 깃에 이상이 있을 때 바짝 정신이 긴장되며 가슴이 두근두근하여진다.

그것은 지혜가 깊은 만큼 의례히 붕어일 것이요. 또 붕어라도 보통 낚을 수 있는 평범한 작은 놈은 아닐 것이기 때문이다. 그런데다 그 맥에서 고물거리는 깃이 동작으로 두말없이 큰 놈인 것을 짐작해 내기까지 할 때에는 옆에서 누가 뺨을 쳐도 모르게 정신은 거기에 빼앗기고 법열의 무아경 속에서 진맥하게 된다.

그러다가 그 맥과 같이 과연 굵은 놈이 채어 낚싯대를 쥐인 손끝이 뭇줄 하고 낚싯줄이 모로 뻗을 때의 그 순간의 묘미란 여기 붓끝으로 형용하기에 족한 그러한 성질의 평범한 묘미가 아니다.

사람이란 성질에 따라 취미를 달리 가지거니와 나는 과거의 생활에 있어 맛보아 온 온갖 취미 가운데서 낚시질의 신묘한 맛에 족히 비겨 볼 그러한 취미를 일찍이 맛보아 본 일이 없다.

지금도 나는 백화점 같은 곳을 들렸다가 낚시 도구가 눈에 뜨이게 되면 불현듯 낚시질의 충동을 받고 잊을 수 없는 부세(浮世)의 시름에 더한층 마음이 우울하여짐을 느끼나, 낚시질의 그 절묘한 취미

로 한동안이나마 시름을 잊어 볼 그러한 시간의 여유에 군색함을
혼자 속으로 극히 애달파하곤 한다.